"어른들을 위한 동화"
뱁새가 황새는 왜 따라가?

"어른들을 위한 동화"
뱁새가 황새는 왜 따라가?

하림(霞林) 황우상 의 뱁새가 황새는 왜 따라가?/모두출판협동조합(이사장 이재욱) **펴냄**/
2018년 6월 8일 초판 1쇄 **발행**/
디자인 김명선/**ISBN** 979-11-89203-03-0, 979-11-961865-3-1(04810)(세트)
ⓒ황우상, 2018
modoobooks(모두북스) 등록일 2017년 3월 28일/ **등록번호** 제 2013-3호/
주소 서울 도봉구 덕릉로 54가길 25(창동 557-85, 우 01473)/
전화 02)2237-3316/ **팩스** 02)2237-3389/ **이메일** modoobooks17@naver.com
공식카페 http://cafe.naver.com/modoobooks17

*책값은 뒤표지에 씌어 있습니다.

modoo story ❸

"어른들을 위한 동화"
뱁새가 황새는 왜 따라가?

하림(霞林) 황우상 지음

협동조합출판사

<드리는 말씀>

어른들도 동화를 읽어야 합니다.

어느 따뜻한 봄날, 공원 벤치에 할아버지와 손자가 책을 읽고 있습니다. 머리가 허연 할아버지는 안경을 코에 걸고 책을 눈 가까이 대고 읽고 있고, 손자는 벤치에 걸터앉아 두 다리를 간들거리며 책에 머리를 박다시피 하고 있네요.

손자가 할아버지에게 묻습니다.
"할아버지는 무슨 책을 읽으셔요?"
할아버지가 대답합니다.
"동화책이란다."
"동화책은 저 같은 어린이들이 읽는 거잖아요. 왜 할아버지가 읽으셔요?"
"물론 동화책은 어린이들을 위한 거지만 어른들도 동화책을 읽어야 한단다."
"왜요?"
"동화책에는 어린이들의 고운 마음, 동무들과의 순수한 우정, 부모와의 사랑, 이 세상과 저 끝없는 하늘을 바라보는 티 없는 상상력이 들어있거든."
"어른들 책에는 그런 게 없어요?"
"가끔씩 있기야 있지. 하지만 어른들은 자기를 지키고 가족을 보호하기 위하여 직장이나 사회에서 다른 사람들과 경쟁하고 싸우느라고 자기 마음이나 우정이나 사랑 같은 것을 제대로 돌아볼 여유가 없어서 말이야."

"아, 그래서 아빠나 엄마는 언제나 바쁘고 피곤하다고 하는군요?"

할아버지가 빙긋이 웃으며 말씀하십니다.

"아빠나 엄마도 너처럼 어려서부터 동화를 많이 읽었기 때문에 바쁘고 피곤해도 곧 여유를 찾을 거야."

손자가 눈을 반짝이며 할아버지에게 말합니다.

"저도 할아버지처럼 나이가 들어도 동화책을 읽을 거예요. 물론 다른 책도 읽겠지만요."

할아버지가 사랑스러운 눈길로 손자를 그윽하게 바라봅니다. 그리고 두 사람은 다시 책 속으로 빠져들어 갑니다.

어느덧 해가 지려는지 공원의 숲이 붉게 물들어갈 때 할아버지와 손자는 가만히 책을 덮고 벤치에서 일어섭니다.

할아버지가 손자의 어깨를 따뜻하게 껴안고 손자는 할아버지의 허리에 팔을 두르고 집으로 돌아갑니다.

싱그러운 오월의 미풍이 두 사람을 감싸듯 살랑이며 지나갑니다.

차례

드리는 말씀
어른들도 동화를 읽어야 합니다...4

제1부
나를 찾아서
"뱁새가 황새는 왜 따라가?"...10
갈매기, 다시 바다로 나가다...14
"우물 안 개구리가 어때서요?"...19
황소는 무엇을 찾았나? ...25
낙엽의 모자이크...30
벽화 속의 장미...38

제2부
자유로 가는 길
담장을 넘은 암탉...46
자유를 향한 질주...52
산양과 염소들...59
골짜기의 사람들...65
앵무새, 창공을 날다 ...70

제3부
산다는 것

할머니와 넝쿨장미...78
조약돌...84
원앙가족 이야기 ...91
고장 난 승용차 ...99
인연 ...105
분재(盆栽)...114
산양과 당나귀 ...124
민들레와 양귀비 ...134

제4부
꿈을 찾아서

빙하의 꿈...142
번쩍이는 산 ...149
갈매기의 꿈 ...157

제5부
변화에 대하여

강물은 어떻게 사막을 건넜을까? ...164
달팽이의 여행...166
눈사태...173
오아시스...179
올가미...186

제6부
새로운 삶
자개장 ...192
자전거...200
낙엽의 노래 ...206
"묵은 솔이 관솔이여!"...214

제7부
사랑은 나 자신부터
민들레 꽃씨...226
소나무와 고령토...231
상수리나무의 모정(母情)...237
쌍골죽 이야기...243

제8부
믿음이라는 것
땅 따먹기 ...250
가문의 영광 ...254
"우리 산이 젤 높아!"...259
검은 소...264

제1부
나를 찾아서

"뱁새가 황새는 왜 따라가?"

흔히들 사람들이 뱁새라고 부르는 붉은머리오목눈이 한 마리가 난생 처음 날갯짓을 하며 하늘로 날아올랐어. 둥지에서 살 때와는 달리 넓은 하늘을 나는 뱁새의 가슴은 한껏 부풀어 올랐지.
"야아, 나도 이제는 이 넓은 세상에서 마음껏 날아다니며 놀아봐야지!"
이 때, 뱁새는 저 북쪽 하늘에서 날아오는 희고 커다란 새를 보았어. 그리고 그 새가 가까이 왔을 때 뱁새는 그만 그 멋있는 모습에 반하고 말았다고. 그것은 긴 목에 넓은 날개, 그리고 늘씬하게 뻗은 두 다리가 참으로 아름답고 우아한 황새였지.
세상에 이런 멋있는 새도 있다는 걸 알게 된 뱁새는 모든 것을 제쳐놓고 황새를 따라다니기로 결심했어. 황새와 친하게 지내는 걸 알면 엄마 아빠도 좋아할 것이라고 생각했지. 같이 태어난 형제들은 자기를 얼마나 부러워할까 생각하니 가슴도 뛰었고 말이야. 그리고 자기도 언젠가는 황새처럼 긴 다리에 커다란 날개를 갖겠다고 마음속으로 다짐했어.
그날부터 뱁새는 황새를 따라다니기 시작했어. 그러나 황새는 뱁새가 따라오든 말든 상관없이 그 긴 다리로 여기저기 냇가나 늪지대를 찾아다니며 물고기나 개구리를 잡아먹었지.
뱁새는 이만저만 고생이 아니었어. 자기의 짧은 다리로 황새를 따라다니다 보면 조금도 쉴 틈이 없었으니까. 게다가 황새의 먹이는 뱁새의 먹이와 전혀 달랐기 때문에 배를 채울 수가 없었어. 그래도 뱁새는 자기 주위의 다른 새들이 자기를 부러워할 것이라고 믿으며 기를 쓰고 황새를 쫓아다녔지.

　어느 날 지친 뱁새가 나뭇가지에 앉아 쉬고 있을 때, 나이 지긋한 까마귀가 말을 걸어왔어.
　"뱁새야, 요새 황새하고 어울려 다닌다면서? 그래 재미있냐?"
　뱁새는 드디어 자기를 알아주는 새가 있다고 생각하고 뻐기면서 말했지.
　"예, 그럼요. 아주 재미있고말고요. 게다가 황새가 나를 아주 좋아한다고요."
　사실 황새가 뱁새를 좋아한다는 말을 거짓말이었어. 황새는 아예 뱁새한테 아무 관심도 두지 않았으니까.
　"그래? 그렇다면 다행이구나. 그런데 어째 네 모습이 좀 수척하구나. 먹이를 제대로 못 먹어서 그러나 본데……."
　뱁새가 조금 풀이 죽어서 대답했어.
　"예, 사실은요, 황새가 먹는 먹이하고 제 먹이가 달라서 그래요. 황새를 따라다니다 보니 제가 좋아하는 곤충이나 애벌레를 별로 먹지 못해서 배가 고프네요. 황새는 개구리나 물고기를 좋아하거든요."
　"그런데도 왜 황새를 그렇게 좋아하지?"
　"그야, 황새는 키도 크고, 다리도 길고, 목도 늘씬해서 그렇죠, 뭐."
　"내가 보기에는 네 몸도 아주 멋있는데 그래. 날개 색깔도 윤이 나고, 부리도 짧지만 예쁘고, 다리도 앙증맞게 잘만 생겼는데…."
　"아이, 제 몸이 뭐가 좋다고 그러세요? 황새하고 비교하면 아무 것도 아니죠."
　까마귀는 나지막한 소리로 뱁새를 타일렀어.

"뱁새야, 모든 불행은 비교에서 온단다. 왜 너의 그 예쁜 몸을 황새와 비교하니? 황새는 황새의 몸이 있는 것이고 뱁새는 뱁새의 몸이 있는 거야. 황새는 물론 날개가 크고 다리는 길지. 큰 날개는 황새가 저 먼 북쪽과 여기를 날아다녀야 하기 때문에 생긴 것이야. 긴 다리는 황새가 좋아하는 먹이가 물속이나 늪에 사니까 그런 거고. 너는 뱁새야. 너는 저 먼 곳까지 날아갈 필요도 없고, 물속의 고기는 먹지도 않는데 왜 황새의 날개나 다리를 부러워하지?"

뱁새는 갑자기 말문이 막혔어. 그리고 생각했어.

'그렇구나. 뱁새인 내가 왜 굳이 황새의 날개와 다리를 부러워하지…?'

늙은 까마귀가 또 말했어.

"행복이나 만족은 너 자신한테서 찾아야지, 바깥에 있는 다른 어떤 것에서 찾을 수는 없단다. 네가 아무리 황새 흉내를 내도 황새가 될 수 없고 행복해질 수도 없어. 뱁새인 너 자신을 제대로 볼 수 있어야 해. 조용히 잘 생각해 보려무나."

늙은 까마귀는 말을 마치자 훨훨 날아가 버렸지.

혼자 남은 뱁새는 까마귀의 말을 곰곰이 생각하다가 목이 말라 가까운 물웅덩이를 찾아갔어. 물을 마시려고 고개를 숙인 뱁새는 그 물 속에 비친 자기의 모습을 보았어.

아, 거기에는 정말 아름다운 새 한 마리가 있는 거야.

발그레한 색깔의 머리에, 작지만 초롱초롱한 두 눈.

윤기가 흐르는 날개, 보드라운 깃털, 탄탄한 두 다리.

진실로 완벽하게 아름다운 자태를 가진 새였지.

순간 뱁새는 깨달았어.

'아, 나도 이미 완전하구나. 황새만 아름다운 게 아니었어. 황새는 황새로서 멋있지만 나는 뱁새로서 훌륭한 거야. 까마귀 어른의 말씀이 맞아. 황새 흉내를 낸다고 내가 황새가 될 수는 없어. 설사 황새가 된다고 해도 그건 황새도 뱁새도 아닌 거야. 그래, 나는 나야!'

뱁새는 배, 배, 배, 환희의 노래를 부르며 하늘로 날아올랐어. 발아래 펼쳐지는 풍경이 모두 새로워 보였어. 바람의 느낌도 달랐고, 그리고 모든 것이 그냥 좋은 거야. 이때, 친구 뱁새 한 마리가 날아와서 물었어.
"어이, 왜 오늘은 황새하고 안 놀아? 황새가 어디 갔어?"
뱁새는 당당하게 말했지.
"야, 뱁새가 황새는 왜 따라가?"

갈매기, 다시 바다로 나가다

오랜 세월 동안 이 바닷가의 갈매기들은 만족하게 살아왔어. 뭐니 뭐니 해도 먹이 걱정이 없었으니까. 굳이 바다 위를 날아다니거나 물 위를 떠다니며 잘 잡히지도 않는 물고기를 잡으려고 애를 쓰지 않아도 좋았으니 말이지.

다른 곳에서는 어떤 갈매기가 어쩌다 고기 한 마리를 잡아 어디 호젓한 곳에 가서 여유 있게 혼자 먹으려면 어느 새 다른 힘센 갈매기가 달려들어 빼앗아 가기 일쑤였지만, 이 바닷가는 전혀 그럴 염려가 없었어.

그건 바로 저 바다 한가운데에 있는 아름다운 섬으로 놀러오는 관광객들 때문이었지. 한 십 년 전쯤, 꽤 큰 그 섬에 해수욕장을 비롯한 휴양 시설이 개발되면서 사람들이 몰려오기 시작했고, 자연히 그 섬과 육지 사이에는 여객선이 정기적으로 다니게 되었거든.

어느 날 한 호기심 많은 갈매기가 그 여객선 꽁무니를 따라갔어. 그런데 마침 갑판에서 과자를 먹던 한 아이가 장난삼아 과자를 그 갈매기에게 던졌는데 갈매기가 그걸 냉큼 받아먹었지. 이걸 본 다른 사람들도 과자를 갈매기에게 던져 주면서 사진도 찍고 박수도 치고 야단이 났었어.

그날 과자를 잔뜩 얻어먹은 그 갈매기는 다음 날 친구 갈매기를 여럿 데려왔고, 급기야 이 바닷가에 사는 갈매기는 모두 여객선을 따라다니며 과자를 받아먹기 시작한 거야. 그 섬의 관광을 담당하는 회사에서는 이 과자 받아먹는 갈매기들의 이야기를 하나의 관광 상품으로 선전했고, 관광객은 더욱 늘어났지.

그때부터 갈매기들은 물고기를 잡으러 바다로 나가지 않았어. 관광객들이 던져주는 과자만 받아먹어도 배가 부른데 굳이 몸에 물을 적셔가며 고생할 필요가 없었던 것이지.

여름에 태풍이라도 불어와서 배가 뜨지 못하면 갈매기들은 선착장 주위에 있는 가게들의 쓰레기통을 뒤졌어. 워낙 많은 사람들이 다녀가곤 했기 때문에 쓰레기통에도 갈매기들이 먹을 것은 얼마든지 있었으니까.

그런데 유독 한 갈매기 가족만은 여객선을 따라다니지 않고 바다에서 힘들게 물고기를 잡아먹으며 살아갔어. 그 가족의 우두머리인 할아버지 갈매기가 완강하게 고집을 부렸기 때문이야.

"갈매기는 본래 바다에서 물고기를 잡아먹고 살게끔 되어 있어. 저런 것은 인간들이나 먹는 거야. 갈매기든 인간이든 자기의 천성을 따라 살아야 돼. 다른 갈매기야 그걸 받아먹든 말든 우리 가족은 절대 먹어서는 안 돼."

여객선을 따라다니는 갈매기들은 이 할아버지네 가족을 세상을 편히 살 줄 모르는 멍청한 갈매기들이라고 놀리고 심지어 욕을 하기도 했지.

세월이 흐르면서 사람들의 과자를 받아먹은 갈매기들은 살은 통통하게 쪘으나 어쩐 일인지 갈매기 특유의 날카로운 눈빛도 흐릿해지고 털은 윤기가 나지 않고 쉽게 빠지곤 했어. 반면에 물고기만 잡아먹은 갈매기 가족은 살은 찌지 않았으나 몸매가 균형이 잡히고 날카로운 눈빛은 저 멀리 수평선까지 훤하게 볼 수 있었고 깃털은 윤기가 나면서 햇빛에 반짝거렸지.

그러던 어느 날, 선착장이 어수선해지더니 플라스틱 모자를 쓴 사람들이 땅을 파는 중장비들을 끌고 나타났지 뭐야. 그리고는 육지와 바다 여기저기에 커다란 구멍을 파서 철근을 박고 콘크리트를 부어 교각을 만들더니 그 섬까지 거대한 다리를 놓았어.

　얼마 후 다리가 완공되자 관광객들은 배를 타지 않고 직접 승용차를 몰고 그 섬으로 건너가기 시작했지. 그리고 여객선은 다른 곳으로 옮겨 가고 말았고.

　늘 사람들에게 과자를 받아먹던 갈매기들은 하는 수 없이 매일 쓰레기통을 뒤지기 시작했어. 그러나 선착장이 없어지자 가게들도 하나둘 문을 닫더니 결국 하나도 남지 않게 되었지. 그러자 갈매기들은 한두 마리씩 굶어 죽기 시작했어.

　오랜 세월 동안 사람들이 주는 과자만 받아먹고 살다 보니 자기들이 본래 바다에서 생활하던 갈매기라는 사실은 물론이고 바다에 나가 물고기 잡는 법까지도 잊어버렸던 거야. 바다에 나가기만 하면 비록 힘은 들더라도 싱싱한 물고기를 잡을 수 있을 텐데 그냥 푸른 바다를 바라보면서 갈매기들은 죽어가고 있었지.

　이때, 사람들의 과자를 먹지 않고 바다에서 물고기만 잡아먹던 갈매기 가족의 할아버지가 죽어가는 갈매기들에게 날아와 말했어.

　"아니, 지금 여기서 무얼 하고 있는 거야? 왜들 이렇게 맥없이 죽어가고 있어? 너희들은 갈매기야. 그리고 바로 코앞에는 바다가 있는데 뭐들 해? 빨리 바다로 나가 고기를 잡지 않고?"

　그러자 죽어가던 한 갈매기가 힘없는 목소리로 대답했어.

　"영감님, 저희들은 과자만 먹어서 그런지 살이 너무 찌는 바람에 몸이 무거워서 날기가 힘이 들고요, 또 물고기 잡는 법은 다 잊어버려서 바다에 나가도 고기를 잡을 수 없을 거예요."

　"무슨 소리야? 너희들은 갈매기야. 갈매기는 물고기를 잡게 돼 있어. 얼른 나를 따라 와. 내가 다시 고기 잡는 법을 가르쳐 줄 테니."

　대부분의 갈매기들은 굶어 죽어 가면서도 늙은 갈매기의 말을 들으려 하지 않았어.

"야, 저 영감 따라가 봐야 별 수 없어. 새삼스럽게 무슨 물고기냐, 물고기는? 좀 있으면 사람들이 또 몰려와서 과자를 던져줄 거야. 그때까지 근처 쓰레기통을 뒤지면 되지, 뭘 그래."

그러나 그 중 몇 마리의 갈매기들이 비틀거리며 일어나더니 할아버지 갈매기를 따라나섰지.

"아니야, 저 영감님 말씀이 옳아. 우리는 본래 갈매기야. 결국 우리 본성대로 사는 것이 옳아. 나는 힘들더라도 다시 바다로 가야겠어."

할아버지 갈매기는 따라온 갈매기들을 데리고 바다 한가운데로 나갔어.

"우선 이렇게 높이 떠서 바다 속을 바로 내려다 봐. 물고기들은 항상 떼를 지어 다니니까 커다란 덩어리가 움직이는 게 보일 거야. 그 덩어리가 움직이는 속도를 따라서 너희도 같은 방향으로 날다가 적당한 거리에 왔다 싶으면 그대로 몸을 던지듯이 내려가서 한 마리만 무는 거야. 많다고 욕심내지 말고 한 마리만 노리도록 해. 그리고 항상 마음속으로 자신에게 말해. '나는 갈매기다. 나는 물고기를 먹고 사는 갈매기다.'라고. 먼저 갈매기의 본성을 찾아서 자신감을 되찾아야 하니까. 자, 그럼 시작해 봐."

첫 번째 갈매기가 하늘로 날아오르더니 공중에서 외쳤어.

"나는 갈매기다! 물고기를 잡는 갈매기다!"

그리고는 잠시 바다 속을 살핀 다음 있는 힘을 다해서 물속으로 돌진해 들어갔으나 고기는 잡지도 못하고 물만 뒤집어 쓴 채 허우적거리면서 물위로 올라왔어. 계속 다른 갈매기들도 시도를 했고, 대개는 실패했으나 그 중에는 단번에 맛있는 물고기를 잡은 갈매기도 있었지.

열 번, 스무 번 계속해서 물속으로 돌진한 갈매기들은 드디어 매번 물고기를 잡을 수 있게 되었고 육지에서 이걸 본 다른 갈매기들도 몰려와서 물고기를 잡기 시작했어. 그리하여 굶어 죽어가던 모든 갈매기들은 이제 더 이상 사람들이 던져주는 과자가 없어도 쓰레기통을 뒤지지 않고 자기 힘으로 당당하게 물고기를 잡아먹으며 살아가게 되었대.

"우물 안 개구리가 어때서요?"

어떤 마을 입구에 우물이 하나 있었어. 1년 사시절 항상 맑은 물이 솟아나오는 그 샘은 깊이가 어른 한 길 정도 되는데, 마을 사람들이 그 위로 또 한 길 정도 벽을 쌓아 올려 다른 더러운 물이나 흙이 들어가지 못하게 해놓았지.

그런데 그 우물에는 언제부터인가 개구리 한 마리가 살고 있었어. 그 개구리는 우물 속에 사는 벌레나 날아 들어온 파리 같은 것들을 잡아먹으며 살아갔지.

그리고 고개를 들어 쳐다보아서 우물 입구가 환하면 날이 새는 줄 알았고 하늘이 안 보이고 캄캄해지면 하루가 간 것을 알았어.

그 개구리는 알고 있었지. 비록 가보지는 않았지만 저 벽을 넘어 밖으로 나가면 또 다른 세계가 있다는 것을. 때때로 그 바깥세계에 대한 호기심이 일기도 했어.

사람들이 쌓아 놓은 우물 벽이 가파르기는 해도 조금만 애를 쓰면 넘지 못할 정도는 아니었지.

그러나 그 개구리는 굳이 밖으로 나가려고 하지 않았어. 그 우물에는 언제나 신선한 물이 솟아 나왔고, 잡아먹을 먹이가 부족하지 않은 것도 한 가지 이유였기는 해.

그렇지만 그보다 더 큰 이유는, 그가 벌써 바깥세상에 대해 알만큼 알고 있었기 때문이었어.

비록 좁은 우물에서 바라보는 하늘이지만, 그 하늘에 떠가는 구름이 알려주는 자연의 이야기, 또 나무 끝에 불던 바람이 어쩌다가 잠시 우물

속으로 불어 들어와 들려주는 바깥세상 이야기, 그리고 우물 가까이 있는 느티나무 그늘에 모인 동네 노인들의 세상 돌아가는 이야기 속에서 그는 많은 것을 듣고 배웠던 것이야.

그해 여름 어느 날 큰 태풍이 몰아치면서 장대비가 쏟아졌어. 우물 바깥에서는 저 위쪽의 저수지 방죽이 무너질 것 같으니 높은 곳으로 피신하라고 큰 소리로 외치고 다니는 사람들의 다급한 목소리가 들려왔지.

그 다음 날 새벽 무렵, 개구리는 엄청난 굉음과 함께 어마어마한 어떤 힘이 밀려오는 것을 느꼈어. 그리고 잠시 후 우르릉 쿵쾅 바위 구르는 소리가 들리더니 벌건 흙탕물이 우물 속을 가득 메우고 지나갔지. 개구리는 우물 밑 바위틈에 재빨리 숨었어.

얼마나 지났을까, 황톳물과 범벅이 된 우물이 잔잔해진 것 같아 바위틈에서 빠져 나온 개구리는 수면 위로 올라갔어. 벌써 날은 밝았고, 우물의 높은 벽은 허물어져 있었으며, 마을 입구의 집 몇 채는 큰물에 휩쓸려 가버리고 없었지.

비바람은 그쳤고 여러 사람들이 터져 버린 방죽을 가리키며 걱정스레 얘기를 나누고 있었어.

그때 누가 개구리에게 투덜거리는 소리로 말을 걸었어.

"에이, 이게 무슨 꼴이람? 여보시오, 거기 개구리 친구, 여기가 어딘가?"

깜작 놀란 개구리가 옆을 돌아보니 나잇살이나 들어 보이는 민물거북이 한 마리가 진흙으로 뒤범벅이 된 풀을 뒤집어쓴 채로 개구리를 바라보고 있었지.

"아, 여기요? 여기는 우물입니다. 지금은 흙탕물이지만 곧 맑아질 겁니다."

"우물이라고? 하하하, 그럼 자네는 이 우물 속에서 산다는 겐가? 말 그대로 우물 안 개구리로구먼 그래."

"그렇습니다만, 우물 안 개구리가 어때서요? 그게 뭐 이상한가요?"

"어허, 이런 답답한 친구 봤나⋯⋯ 아, 이 세상이 얼마나 넓은데 그 좁은 우물에서 산단 말이야?"

"넓으나 좁으나 내 맘 편하게 살면 되지, 뭐 꼭 넓어야 합니까?"

"그래도 한 번 이 세상에 태어났으면 넓은 세상에 나가서 견문도 넓히고 세상 보는 안목도 키워야 할 게 아닌가? 그래야 남들도 알아줄 것이고."

"그럼 그렇게 말씀하시는 거북님은 도대체 어쩐 연유로 여기까지 오셨나요?"

그러자 거북은 거드름을 피우며 목소리를 가다듬고 말했어.

"나도 사실은 저 저수지 물줄기 상류 먼 곳에서 살았는데, 하루하루 사는 게 점점 지겨워지더라 이 말씀이야. 그럭저럭 살아가기는 하겠는데, 오늘이 어제 같고, 내일도 또 오늘 같은 날이니 도무지 재미도 없고, 이렇게 살다 죽으면 누가 알아주나 싶으니 나 자신이 한심하기도 하고 말이야."

"그래도 친구나 이웃들은 있었을 텐데요?"

"아, 있기야 있었지. 그러나 그런 조무래기들이 있으면 뭘 하나? 뭐, 내 삶에 보탬이 돼야 말이지. 나같이 큰 뜻을 품고 있는 동물은 역시 크고 똑똑한 동물과 어울려야 제 격이거든. 그래서 곰곰이 생각한 끝에 결심을 했지."

"어떤 결심을요?"

"이 얕고 좁은 물에 사는 시시한 친구들과 지내봐야 아무도 날 알아주지 않을 테니 뭍에 올라가서 나처럼 네 발 가진 짐승들과 어울리면 좋겠다 싶어 물에서 빠져 나왔지."
"그래, 어떤 네 발 짐승을 만났나요?"
"첨엔 옛 이야기처럼 토끼를 만났는데, 어찌나 빨리 뛰어다니는지 따라다닐 수가 없더라고. 그래서 좀 느리게 걷는 황소와 친해지려고 했는데, 그야말로 소 닭 보듯 전혀 관심을 안 보이더군. 돼지는 냄새가 지독해서 사귀고 싶지도 않았고, 양은 착하기는 한데 멍청해서 별로 내키지 않았고……."
"그렇겠지요. 그 짐승들이 뭐 답답하다고 느리기만 한 거북님과 친해지려고 하겠어요?"
"그래서 다시 생각했지. '그래 육지에서는 내가 느리지만 물속에서는 헤엄을 잘 치니까 좀 더 큰물로 나가보자. 거기엔 틀림없이 나를 알아주는 동물들이 있을 거야.' 그래서 물을 따라 내려오니까 간밤에 둑이 터진 저 큰 저수지가 있더군."
"저수지에서는 다른 물고기들과 친해졌나요? 다들 거북님을 알아주던가요?"
개구리의 물음에 거북은 시무룩해졌어.
"사실은 별로였어. 다들 자기들끼리만 지내고 아무도 나한테 관심을 안 보이더라고. 오히려 상류 쪽에 살 때는 그래도 살갑게 친구처럼 지내던 이웃들도 꽤 있었는데……."
"그러다가 그만 저수지 방죽이 터지는 바람에 제가 사는 이 좁은 우물까지 오셨군요."
"그래. 그러다 보니 세월만 흘러가서 이렇게 늙었지. 남들이 제대로 알아주지도 않고, 그렇다고 달리 이루어 놓은 것도 없고……."
"그런데 거북님은 왜 남이 거북님을 알아주길 바라세요?"
"아, 그야 뭐, 누군가 나를 알아주면 내 존재가 돋보이는 것 같으니까 행복하지 않겠어?"

"거북님, 그러다가 거북님을 알아주던 남이 어디로 가버리면 거북님은 어떻게 될까요?"

"그러면 아마 굉장히 서운하고 서글프겠지."

"그러다가 또 누군가가 거북님을 알아주면 행복하고요?"

"그렇겠지, 뭐."

거북의 목소리는 점점 잦아들었지.

"거북님, 거북님의 행복은 순전히 남의 손에 달려 있군요. 남이 알아주면 행복하고, 모른 체 하면 불행하고."

"………?"

"거북님, 자기의 행복은 남이 갖다 주는 게 아닙니다. 행복이란 자기 마음속에서 우러나와야 되는 거예요. 행복이나 불행의 시작과 끝은 모두 자기에게 있어요. 자기 마음 안에서 스스로 만드는 것이지, 마음 바깥세상 어느 곳이나 그 무엇도 내 행복을 찾아 주지는 못하지요."

거북은 이제 목을 등껍질 속에 밀어 넣고 아무 말 없이 깊은 생각에 잠겼어. 개구리가 말을 이었지.

"그리고 마음속에서 행복을 찾는 길은 바로 자기 자신을 있는 그대로 보는 겁니다. 나의 외모가 잘났건 못났건, 내 환경이 좋건 나쁘건 주어진 그대로를 인정하고 마음속으로 받아들일 때 자기 스스로에게 자신이 생기고 만족이 생기는 거지요. 그게 바로 거북님이 그렇게 찾아다닌 행복입니다. 마음속에 행복이 있으면 내가 좁디좁은 우물 속에 살건, 엄청나게 넓은 호수에 살건 그냥 즐거울 수 있어요."

개구리도 더 이상 말을 하지 않았어. 거북이는 여전히 목을 움츠린 채 아무 말이 없었지.

어느 새 하늘은 파랗게 갰고, 개구리가 사는 우물도 흙탕물이 빠지면서 다시 맑아졌어.

　해가 서산에 닿을 때쯤 거북이가 천천히 목을 내밀고 일어서더니 정중하게 개구리에게 말했어.

　"개구리님, 제 마음의 눈을 뜨게 해 주셔서 참으로 고맙소. 이젠 나도 어딜 가든지 자신 있게 그리고 행복하게 살아갈 수 있을 것 같소이다. 정말 감사하오. 이 은혜 잊지 않으리다. 그럼 안녕히 계시오."

　거북이는 흘러가는 물 쪽으로 천천히 발을 옮겼어. 저 멀리 동쪽 하늘에는 빛깔도 찬란한 쌍무지개가 떠 있었지.

황소는 무엇을 찾았나?

어느 농부네 집에 황소가 한 마리 있었어. 그 집의 가장 중요한 재산이어서 주인은 언제나 여물도 잘 먹이고 외양간도 깨끗하게 치워주었지. 그 황소는 누가 봐도 탐이 날만큼 크고 튼튼했어.

그러나 황소는 행복하지 않았지. 하루 종일 쟁기를 끌면서 논밭을 갈아야 하고, 아니면 무거운 짐을 실은 달구지를 끌고 여기저기 다녀야 하는 자신의 신세가 보잘것없고 한심스러워서 말이야. 세나가 건너 마을 늙은 소는 어느 날 어디론가 끌려가서는 영영 돌아오지 않았다는 소문도 들려와서 황소의 마음은 아주 심란했어.

'아, 이렇게 힘들고 고생스럽게 살다가 어디로 가는지도 모르게 죽는다는 것은 너무 허무하지 않은가! 이런 허망한 삶을 벗어날 길을 찾을 수는 없을까?'

황소는 매일같이 고민하고 또 고민했어.

그러던 어느 날, 밭갈이를 끝내고 터벅터벅 집으로 돌아오던 황소는 윗마을에 사는 늙은 염소를 만났어.

"어이, 황소 아닌가? 밭갈이하고 오나 보구먼. 힘들지?"

"말씀도 마세요. 날씨는 덥죠, 땀은 나지요, 죽겠어요. 하루 이틀도 아니고 1년 열두 달 내내 이 짓을 하자니 정말 힘드네요. 그런데 이런 고달픈 삶을 벗어날 길은 없을까요? 영감님은 연세가 많으니 아시는 것도 많을 것 아니겠어요?"

"알기야 알지. 그런데 그게 그리 쉽지가 않아."

방법을 안다는 염소 영감의 말에 황소는 귀가 솔깃했지.
"아니, 영감님, 아무리 힘들어도 저는 꼭 해낼 거예요. 방법을 알려만 주세요. 아무래도 지금 이 생활보다야 어렵겠어요?"
잠깐 망설이던 염소 영감이 말했어.
"이건 옛날부터 전해 내려오던 이야긴데 말이야. 여기서 북쪽으로 백 리쯤 가면 아주 높은 산이 있는데 이름이 도통산이라네. 거기만 올라가면 도가 훤히 통한다고 해서 붙은 이름이야. 그 꼭대기에 올라가면 거룩한 신령님이 계시는데, 그 분한테 빌기만 하면 모든 걸 다 들어주신다는군."
"그런데 여태까지 누구도 도통했다는 말을 들은 적이 없는데요."
"그야 그 신이 워낙 험하고 높아서 아무도 꼭대기까지 올라가지 못해서 그렇지. 그래서 아까 내가 어렵다고 하지 않았나? 하여튼 알아서 하게나. 난 이만 가네."

그날부터 황소는 그 도통산에 갈 궁리만 했어. 꼭 그 꼭대기까지 가서 신령님을 만나 이 고달픈 삶을 벗어나겠다고 속으로 다짐했지. 그래서 어느 날 주인이 깊이 잠든 밤에 황소는 고삐를 끊고 그 집을 나와서는 북극성을 바라보며 북쪽으로, 북쪽으로 걸어갔어.
며칠을 힘들게 걸어간 황소는 마침내 도통산 밑에 당도하여 산꼭대기를 바라보았어. 까마득히 높은 봉우리는 구름에 가려서 제 모습이 제대로 보이지 않았지만, 전체적인 산세는 참으로 웅장하고 숲이 깊어서 과연 거룩한 신령님이 사실 만하다고 황소는 생각했지.
오랜 여행에 지치고 수척해진 몸을 이끌고 황소는 숨을 깊이 들이마시면서 드디어 산을 오르기 시작했어. 가슴은 벅차오르고 다리에는 힘이 솟았지. 저기만 올라가면 내 삶이 바뀐다고 생각하니 그다지 힘든 줄도 모르고 계속 올라갔어.

　과연 그 산은 크고 높고 깊어서 올라가면 갈수록 길도 없고 바위와 아름드리나무가 앞을 가로막았어. 그러나 황소는 뿔로 덤불을 헤치고 다리로 바위를 밀어내면서 나아갔지. 온몸이 가시에 찔리고 바위에 부딪혀 피가 나고 발굽도 갈라져 아팠지만 황소는 포기하지 않았어.

　한참을 더 올라가니 이제는 수풀도 끝나고 눈과 얼음으로 덮인 등성이가 나타났어. 뼛속까지 파고드는 차가운 바람 때문에 황소는 눈도 제대로 뜰 수 없을 지경이었지. 그렇지만 황소는 한 발 한 발 힘들게 걸음을 떼어놓았어. 저 멀리 보이는 등성이만 넘으면 신령님이 계시는 산꼭대기에 닿을 것이라는 희망에 황소는 마지막 힘을 다하여 기나시피 올라갔지.

　마지막 굽이를 돌자 더 이상 올라갈 곳이 없었어.

　'아, 드디어 산꼭대기에 다다랐구나.'

　황소는 기뻤어. 바람은 여전히 차게 불었지만 하늘은 맑게 개어서 햇빛이 찬란하게 빛나고 있었지. 산중턱에 걸린 짙은 구름 때문에 산 아래는 아무 것도 보이지 않았어. 황소는 마음을 가라앉히며 천천히 주위를 돌아보았지.

　'그 거룩하신 신령님은 어디 계시지?'

　황소는 한참을 기다렸어. 곧 그 거룩한 신령님이 나타나셔서, '너의 근심이 무엇이냐?'고 물으실 것 같았지.

　시간은 자꾸 흘러갔어. 그러나 신령님을 나타나지 않았지. 해는 이제 점점 서쪽으로 내려가고 있었어. 황소는 당황했지.

　'이럴 리가 없어. 이럴 리가 없어. 분명히 신령님은 계실 거야. 곧 나타나실 거야.'

　마침 저녁때가 되어 둥지를 찾아가던 독수리 한 마리가 나타나서 물었어.

"여보시오, 황소 양반. 이 추운 산꼭대기에서 뭘 하시는 게요?"

"나는 여기 사신다는 신령님을 만나려고 왔는데, 혹시 어디 계시는지 아시오?"

"신령님이라니? 나는 평생 매일 이 꼭대기를 넘나들었는데, 한 번도 본 적이 없습니다. 그런 분은 없어요."

황소는 그만 그 자리에 주저앉았어.

'신령님이 안 계시다니⋯⋯ 그럼 나는 어디 가서 누구한테 물어보나?'

독수리가 또 물었어.

"신령님을 만나서 뭘 하실 작정이었소?"

황소는 한참 망설이다가 말했지.

"내 사는 게 하도 고달파서 그걸 벗어나는 길을 여쭈어 볼 작정이었지요."

이 말에 독수리가 크게 웃었어.

"여보시오, 황소 양반. 자기의 삶은 자기가 헤쳐 나가는 것이지, 누구한테 물어보는 것이 아니라오. 신령님이 아니라 하느님이 와도 당신 삶을 바꿔줄 수는 없어요. 그건 오로지 당신만이 할 수 있어요."

황소는 처음 듣는 말에 당황했어.

"그렇지만 그걸 어떻게 내가⋯⋯?"

"나를 있는 그대로 보고 나면 내 주위의 모든 것을 제대로 볼 수 있고, 그러면 자신의 삶을 보는 새로운 눈이 뜨이지요. 그렇지만 이것은 아까 말한 것처럼 당신 자신만이 할 수 있는 것이지 어느 누구도 대신할 수 없답니다. 자, 그럼 나는 이만 갑니다. 황소 양반도 빨리 내려 가셔야겠어요. 해가 저무는데⋯⋯."

독수리가 날아가는 서쪽을 바라보면서 황소는 우두커니 그대로 앉아 있었어. 추위도 못 느끼고 바람이 부는 것도 몰랐어. 그냥 그 자리에 앉아서 서쪽 하늘을 바라보고 있었지. 허무한 기분이 들기도 하면서 또 왠지 모르게 마음이 편안해졌어.

해가 먼 서쪽 산을 넘어가면서 온 하늘이 벌겋게 물들었어. 그리고 그 붉은 노을은 황소가 앉아 있는 산꼭대기의 하얀 눈마저 물들였다가 서서히 어둠 속에 사라져 갔어.

황소는 별들이 가득한 하늘을 쳐다보며 그냥 그 자리에 앉아 깊은 생각에 잠겼어. 차가운 눈이나 매운바람도 황소의 명상을 방해하지 못했지.

어느덧 별빛이 점차 이울면서 동이 터올 때, 동녘 하늘에 반짝이는 샛별을 바라보던 황소는 갑자기 깨달았어.

'아, 그렇다! 모든 것은 내가 보고 생각하기 나름이다. 그냥 있는 그대로 보면 되는 것을! 그 독수리의 말이 맞아. 모든 것은 나에게 달려있는 거야.'

황소는 추위에 굳어진 몸을 천천히 일으켜 길게 기지개를 켰어. 그리고 떠오르는 태양빛을 받으며 산을 내려왔지.

주인집으로 돌아온 황소는 다시 옛날의 일상으로 돌아갔어.

그러나 이제는 더 이상 하루하루의 삶이 고달프지 않고 마냥 즐거웠지. 나날의 일과 자기의 삶이 둘이 아닌 하나였기 때문이야.

남들은 그 황소를 도통한 소라고 불렀지만 황소는 이렇게 말할 뿐이었어.

"아닙니다. 저는 그저 그냥 제 삶을 살아갈 뿐이랍니다."

낙엽의 모자이크

도시의 어느 동네 길가 모퉁이에 조그만 공원이 있더군. 글쎄, 공원이라고 부르기도 좀 뭣할 정도로 작은 땅때기라 달리 쓸 만한 데가 없어 구청에서 마을공원으로 만들었다고 해. 그래도 공원이라고 이름을 붙이려다 보니 조그만 정자도 하나 짓고 은행나무도 한 그루, 단풍나무도 한 그루 심었어. 두 나무 다 높이가 겨우 한 오 미터 정도나 될까, 그런 대로 나이가 좀 든 나무였지. 그리고 길과 맞닿은 경계선에는 키가 한 사오십 센티미터 되는 어린 회양목들을 심었어. 바로 은행나무와 단풍나무 밑과 그 주변이었지. 그리고 그 옆에는 제법 커다란 바윗돌도 하나 갖다 놓았어. 뭐, 그럭저럭 공원 구색은 갖춘 거지.

나무를 심고 나니 그런 대로 맨땅보다는 나았지만 지나다니는 사람들은 별로 눈길을 주지 않았어. 근처에는 그다지 높지는 않아도 숲이 꽤 우거진 자그만 산이 하나 있어서 봄이 되면 벚꽃이랑 팥배나무 꽃이 다투어 피었고, 또 부근의 아파트 단지 옹벽 위에는 오래 전부터 개나리를 심어놓았기 때문에 노란 개나리꽃들이 폭포수 쏟아지듯 피었거든.

모두 잘 알다시피 봄에야 은행나무나 단풍나무 꽃이 어디 눈에 띄던가? 회양목 꽃을 제대로 본 적 있어? 그러니 길옆이라 많은 사람들이 지나다니면서도 그 작은 공원의 나무들에게는 별로 눈길을 주지는 않았어.

어느 날 은행나무가 단풍나무에게 말했어.
"어이, 단풍, 이거 뭐 우리를 쳐다보는 사람들이 하나도 없네. 아무리 꽃도 좋지만 좀 너무하잖아."

"그러게 말이야. 아마 여기에 나무라고는 너하고 나밖에 없는데 꽃도 아직 피지 않다 보니 별로 눈에 안 띄나 봐."

그때 두 나무의 발치에서 더 볼멘소리가 들려왔어.

"형님들도 참 너무들 하시네요. 왜 여기에 형님들 말고는 나무가 없다는 거예요? 키 작은 나무는 나무도 아닌가요? 그리고 형님들이야 키라도 그만 하니 가끔은 올려다보는 사람이라도 있잖아요. 우리는 정말이지 아무도 눈여겨 봐주지 않는다고요."

두 나무가 고개를 숙여 내려다보니 회양목들이 올려다보며 떠들고 있는 거야.

"그리고 말이죠. 형님들이야 가을이 되어 노랗고 빨갛게 물이 들면 사람들 시선을 끌겠지만 우리야 뭐 가을이라고 달라지는 것도 없으니 재미가 하나도 없다고요."

은행나무와 단풍나무가 가만히 듣고 보니 그 말도 옳은 거야. 그래서 먼저 단풍나무가 말했지.

"듣고 보니 너희들 말이 맞구나. 미안하다. 여기에 나무라고는 우리 둘밖에 없다고 한 말 취소할게. 그리고 우리 함께 잘 지내보자."

은행나무도 말을 거들었어.

"맞는 말이야. 함께 지내면서 우리도 무언가 사람들의 눈길을 끌 수 있는 방법을 찾아보자고."

이 때 옆에 묵묵히 있던 바위가 입을 열었어.

"왜 모두들 사람들의 시선을 끌려고 애를 쓰지? 그냥 은행나무는 은행나무로, 단풍나무는 단풍나무로, 회양목은 회양목으로 살면 되는 것 아닌가?"

세 나무는 갑작스러운 바위의 말에 모두들 깜짝 놀랐어. 사실은 바위가 옆에 있다는 것을 여태까지 생각하지 못했거든. 그도 그럴 것이 바위야 바람이 분다고 흔들린 적도 없고 비가 온다고 덩치가 더 커진 적도 없을 뿐더러, 그렇다고 나무들처럼 살랑거리며 조잘거린 적도 없었으니 말이야. 바위가 계속 말했어.

"사람들이 보건 안 보건 너희들은 나무고 나는 바위란 말이야. 사람들이 쳐다보면 뭐가 좋다는 건가?"

회양목이 얼른 말을 맞받아치고 들어왔지.

"바위 어르신은 오랜 세월을 살아오셨으니 그런 것에 관심이 없을지도 모르지만, 저희들 회양목은 이제 태어난 지 얼마 되지 않아 그런지 몰라도 뭔가 사람들의 관심을 받고 싶다고요."

그러자 은행나무와 단풍나무도 편을 들고 나왔어.

"그래요. 이 세상에 태어났으면 그래도 내 존재를 알리는 게 당연하지 않겠어요? 그냥 있는 둥 마는 둥 살다가 죽는다면 너무 억울할 것 같아요."

바위는 아무 말 없이 그냥 빙그레 웃기만 했어.

봄이 지나고 여름이 가고 가을이 되었어.

은행나무는 잎들이 노랗게 황금색으로 변하고 단풍잎은 눈이 부실 정도로 붉게 물들었지. 지나가던 사람들이 쳐다보며 한 마디씩 했어.

"야아, 역시 가을은 은행하고 단풍의 계절이야. 괜스레 가슴이 울렁거리네."

"그래, 봄꽃도 좋지만 가을 하면 단풍이니까."

은행나무와 단풍나무는 기분이 좋아서 가지를 하늘로 쭉 뻗었지.

이때 두 나무 아래쪽에서 훌쩍훌쩍 우는 소리가 들렸어. 두 나무가 내려다보니 회양목이 울고 있는 거야. 은행나무가 물었어.

"어이, 회양목, 왜 울어? 무슨 일이야?"

한참 훌쩍거리던 회양목이 말했지.

"사람들이 봄이나 여름에는 크고 아름다운 꽃에만 관심을 가졌지 우리처럼 꽃이 그다지 눈에 띠지 않는 나무는 잘 바라보지도 않았어요. 그나마 이렇게 가을이 오면 형님들은 잎이 화려하게 변해서 사람들의 시선을 모으는데 우리같이 키도 작고 만날 푸른 나무는 뭐 하나 사람들이 봐주는 게 없잖아요."

단풍나무가 말했어.

"그래도 너희들은 상록수라서 늘 푸르잖아? 그건 그것대로 좋은 것이지."

은행나무도 거들었어.

"그럼 그렇고말고. 다른 나무들이 다 낙엽이 지면 늘 푸른 잎을 가진 너희들이 분명히 사람들 눈에 띌 거야."

그렇지만 회양목들은 울적한 표정으로 고개를 숙이고 있었지.

그날 밤 회양목들이 잠이 들었을 때 은행나무와 단풍나무가 소곤소곤 얘기하고 있었어.

"이 봐, 단풍. 저 회양목들이 너무 기가 죽은 것 같지 않아? 좀 측은하네."

"글쎄 말이야. 어떻게 위로할 방법이 없을까?"

"자기 색깔이 단조롭고 변화가 없어서 싫다고 하니 우리 잎이라도 쟤들 위에 떨어뜨려서 사람들 눈에 뜨이도록 하면 좀 위로가 되려나?"

이때 밑에서 바위가 말했어.

"자네들 생각은 참 고맙지만, 그건 회양목의 참모습이 아니잖아. 바람이라도 불면 자네들이 보태준 이파리들은 그냥 날아가 버릴 텐데."

"그 말씀도 맞지만 우선은 저 회양목들의 마음부터 좀 다독여주고 싶어서요. 어이, 단풍, 우리 한 번 해 보자고."

은행나무와 단풍나무는 밤새 몸을 흔들어 노란 잎과 빨간 잎을 회양목들 머리 위에 흩뿌려주었지. 마침 그날 밤에 때 이른 눈도 조금 내려서 회양목들을 살포시 덮어주었어. 그러나 아침이 되어 눈을 뜬 회양목들은 여전히 뾰루퉁하게 말이 없었어.

해가 높이 떴을 때 두 남녀가 이 녹지 근처를 지나가고 있었지. 대학생들 같았는데 남학생은 카메라를 손에 들고 여기저기 두리번거리며 무언가를 찾고 다녔어.

"야, 교내 가을 사진 콘테스트가 곧 마감되는데 아직 제대로 된 작품 거리가 안 보이니 걱정이다. 찍기야 수도 없이 찍었지만 마음에 드는 게 없어."

"선배, 지금이 늦가을이니 은행이나 단풍 같은 거 찍으면 되잖아?"

"단풍이니 낙엽 같은 건 너무 많이들 찍는 소재라서 신선감이 없어. 그렇다고 명색이 사진반인데 아무 거나 작품이라고 낼 수도 없고……."

그때 여학생이 소리쳤어.

"아, 선배, 저기 봐. 저 바위 앞에 회양목들. 약간 붉은 빛이 도는 초록 이파리들 위에 노란 은행잎과 빨간 단풍잎들이 정말 예쁘잖아?"

"우와, 정말 멋있다. 그 위에 하얀 눈까지 살짝 덮여 있어서 더 근사하네. 저걸 찍어야겠다."

"그래, 사진 제목은 '낙엽의 모자이크'가 어때, 선배?"

남학생은 각도를 바꿔가며 사진을 수십 장 찍었고 여학생도 주위를 둘러보며 여기는 어떨까, 이쪽도 찍어봐라 하며 이것저것 거들었어. 회양목들은 갑자기 두 사람의 관심이 자기들한테로 쏠리자 얼떨떨하면서도 기분이 아주 좋았지. 은행나무와 단풍나무도 흐뭇한 기분으로 내려다보고 있었고, 바위는 여전히 그저 아무 말 없이 바라만 보고 있었지.

몇 주일 후 그 두 학생들이 그 작은 공원에 다시 왔어.
"선배, 그 사진으로 대상 받은 거 다시 한 번 축하해. 그 사진 정말 멋있었어. 단풍잎들이 꼭 빨간 별 같더라."
"그리고 노란 은행잎은 또 어떻고. 뭔가 풍성한 가을의 냄새가 나는 것 같지 않았어?"
"그래, 선배. 또 배경으로 앉아 있던 바위도 얼마나 구도가 좋았는데. 정말 선배 사진 솜씨는 알아줘야 한다니까."
"우리가 지난번에 사진 찍은 데가 여기지? 어, 그런데 그림이 확 바뀌었네. 은행잎도 없고 단풍잎도 안 보이고."
"그거야 바람이 불어서 그렇겠지, 뭐."
두 사람의 얘기를 듣고 있던 회양목들은 모두들 다시 시무룩해졌어. 단풍잎이 별 같다는 둥, 은행잎에선 가을 냄새가 난다는 둥, 바위 구도가 좋다는 둥 하면서 정작 회양목 얘기는 한 마디도 내비치지 않았거든. 한 줄기 차가운 바람이 고개를 숙이고 있는 회양목들 위를 훑고 지나갔어.

겨울이 지나고 다시 봄이 찾아왔어.
겨우내 다소 붉은 빛을 띠었던 회양목들의 이파리들은 점점 연두색으로 변해갔어. 그리고 한 달쯤 지나자 아주 짙은 녹색이 되면서 반짝반짝 윤이 나기 시작했지. 그러나 회양목들은 그냥 하루하루를 보내고 있었어. 자기들을 눈여겨 봐주는 사람들도 없고, 은행나무와 단풍나무의 위로나 바위 어른의 말씀도 그저 심드렁하기만 했거든.
그러던 어느 날이었어. 아침 해가 떴을 때 보니 커다란 거울을 실은 트럭이 길가에 세워져 있는 거야. 아마 공원 근처 실내공사를 하는 집에 일찍 배달하려고 간밤에 미리 실어다 놓은 것 같아. 그날도 회양목들은 심심하게 지내고 있었어. 하기야 아무 생각이 없이 지내면 모든 게 심심하게 보이는 법이지. 바람이 불어도 그만이고, 비가 내려도 그저 그렇지, 뭐.

그런데 그날 낮에는 뭔가 햇빛이 다른 거야. 분명히 해는 머리 위에 떠있는데 옆에서 또 다른 빛이 비치는 게 아니겠어? 회양목들은 이게 도대체 어디서 오는 빛일까 하고 두리번거렸지. 그러다가 차에 실린 큰 거울을 본 거야. 그리고 거울 속을 들여다 본 회양목들은 깜짝 놀랐어. 거기에는 반짝반짝 윤이 나는 잎을 가진 아담한 나무들이 있었거든. 회양목들이 은행나무와 단풍나무를 보고 물었어.

"형님들, 이거 보세요. 저 안에 있는 나무가 뭐예요? 잎이 초록색으로 반짝거리는 게 아주 보기 좋은데요."

은행나무나 단풍나무는 키가 커서 거울 속을 들여다 볼 수가 없었기 때문에 큰 가지를 주억거리면서 말했지.

"글쎄다. 여기서야 제대로 볼 수가 없어서 뭐라고 말할 수가 없네."

그때 바위가 빙글빙글 웃으면서 물었어.

"왜, 그 안에 있는 나무들이 멋있어 보이냐? 좋아 보여?"

회양목들이 대답했지.

"예, 바위어른. 아주 멋있어요. 특히 반짝거리는 잎들이 무척 예쁜데요."

바위가 천천히 말했어.

"잘 봤구먼, 그래. 그런데 그게 바로 회양목 너희들 자신이라는 걸 모르겠느냐?"

"예? 저희들이라고요? 우리가 어떻게 저렇게 예쁘고 멋있을 수가 있어요? 바위어른께서 저희들 놀리시는 거죠?"

"내 말 잘 듣고 똑똑히 봐. 저 물건은 거울이라는 것인데, 세상 만물을 있는 그대로 비춰주는 거야. 지금 너희들이 보고 있는 것은 바로 거울에 비친 너희들이야. 알겠느냐? 너희들은 바로 지금 보는 것처럼 너희들 자신만으로도 저렇게 예쁘고 멋있는 거야. 단풍잎도 예쁘고 은행잎도 좋지만 그건 너희들 회양목에서 나온 것이 아니야. 바람이 불면 왔다가 바람이 불면 날아가 버리는 것이지. 봐라. 지금 너희들은 다른 것을 아무 것도 입히지 않은 너희들 자신을 보고 있는 거야. 그래도 저렇게 예쁘고 멋있잖니. 너희들이 피우는 꽃은 비록 화려하지는 않지만 그 향기가 아주 맑아서 너희들 별명이 청향목이라면서? 회양목은 회양목인 것이야. 은행이나 단풍나무처럼 잎이 화려하지도 않고 어떤 풀이나 나무들처럼 크고 눈에 띄는 꽃을 피우는 나무도 아니지만 회양목은 회양목 나름대로 아름다운 것이야. 사람들이 봐주든 안 봐주든 상관없이 말이야."

바위 어른의 말씀에 회양목들은 거울 속을 다시 한 번 들여다봤어. 그리고 알았지. 자기들 회양목들도 아름답고 예쁘다는 것을. 비록 키가 작고 꽃도 눈에 띄지 않지만 자기들도 어엿한 한 종류의 나무라는 것을.

따스한 햇볕이 그 공원 위에 쏟아질 때 회양목의 은은한 향기 속에 비둘기 떼가 날아오르고 있었어.

벽화 속의 장미

 시내 높은 곳에 있는 달동네에도 봄이 오고 있습니다. 아직은 가끔 찬바람도 불고 아침이면 그늘진 곳에 살얼음이 끼기도 하지만 봄은 오고 있습니다.
 시내로 내려가는 비탈길 옆 등성이의 나무들이 옅은 보라색으로 물이 오르고, 남향집 담 앞의 공터에는 겨울을 견뎌온 이름 모를 풀들이 연둣빛을 띠기 시작합니다. 그럴싸해서 그런지 어디선가 들려오는 산비둘기 울음소리도 새로운 기운을 불러오는 것 같습니다.
 이 동네 한가운데에는 제법 넓은 길이 지나가는데, 그 한쪽에 꽤 높은 시멘트 담이 있고 그 벽에는 아름다운 그림이 그려져 있습니다. 저 멀리 산 위로 흰 구름이 두둥실 떠 있고 산 밑에는 초가집 몇 채가 옹기종기 모여 있는데 가장 가까이에는 탐스러운 빨간 장미가 여러 송이 피어 있습니다.

 지난 해 늦가을이었습니다. 남녀 대학생들이 어떤 사람의 안내를 받으며 이 동네로 올라왔습니다. 모두들 배낭을 메고 있었는데 손에는 화판을 들고 있었습니다. 학생들이 땀을 닦으며 숨을 고르고 나자 안내하던 사람이 말했습니다.
 "이 높은 곳까지 올라오느라 수고들 하셨습니다. 저는 이곳 구청 문화센터에서 나온 사람입니다. 이미 말씀드렸다시피 올해 우리 구청에서 달동네의 주거 분위기를 개선하고자 하여 지난달에 이곳 주택의 담장들을 보수했습니다. 그 결과 전보다는 많이 좋아 보이기는 하지만 역시 칙칙한 회색 시멘트 담장이라 우중충합니다. 그래서 여러분의 학교와 협의하여 모든 벽에 아름다운 그림을 그려 넣기로 하였습니다. 미술을 전공하는 여러분들이니 어느 벽이나 골라서 마음껏 솜씨를 발휘해 주시기 바랍니다. 그림의 소재나 색상은 자유로이 선택하시면 됩니다. 자, 이제부터 시작해 주십시오."

학생들은 삼삼오오 그룹을 만들어 이 집 저 집의 벽에 그림을 그렸습니다. 어떤 팀은 어린이 놀이터를 그리는가 하면, 다른 팀은 우주를 떠다니는 열차를 그리기도 하였고, 그 중의 한 그룹이 이 장미꽃이 피어 있는 풍경화를 그린 것입니다.

모든 담벼락에 그림이 다 그려지자 동네 사람들은 무척 좋아했습니다.
"야, 이 그림은 꼭 옛날 어릴 적에 놀던 내 고향 동네 풍경이네."
"저건 우리 아이들이 자랄 때 텔레비전에서 한참 많이 나오던 만화영화 아닌가?"
"그래, 맞아. 그리고 이 장미꽃은 정말 진짜 꽃 같구먼. 금방이라도 벌이나 나비가 날아올 것 같아."

가을이 지나고 겨울이 와도 벽화는 여전히 아름다운 풍경을 보여주고 있었습니다. 매일 보던 그림들이고 내린 눈이 가끔 벽에 얼어붙기도 하여 잘 보이지 않을 때도 있어서 처음만큼 크게 관심을 보이지는 않았지만 그래도 사람들은 오며가며 벽화들을 보며 즐거워하곤 했습니다. 학생들이 그림을 그릴 때 좋은 물감을 썼는지 다행히 겨울을 지내면서도 그림들이 그다지 퇴색하지는 않았습니다.

장미꽃이 있는 풍경화가 그려져 있는 담장 위에는 진짜 덩굴장미가 줄기를 뻗어 있었습니다. 집주인이 몇 년 전에 담장 옆에 심은 것인데 작년에는 제법 많은 꽃송이를 피워서 보는 사람들이 아주 좋아했답니다. 봄바람이 불자 얼어붙었던 땅이 풀리면서 덩굴장미에 조금씩 물이 오르고 가지마다 어느새 불그스레한 꽃망울이 소록소록 올라오기 시작했습니다.

벽화 속의 활짝 핀 장미꽃 한 송이가 따사한 햇볕을 즐기다가 덩굴장미의 꽃망울을 보고 깜짝 놀랐습니다.

'아니, 저게 뭐야? 왜 저런 게 올라오지? 도대체 저 구불구불한 넝쿨은 저 위에서 뭐 하는 거야?'

그래서 옆에 있는 다른 장미에게 물었습니다.

"얘, 저 위에 있는 넝쿨에서 뾰족뾰족 튀어나오는 게 뭔지 아니?"

그 장미도 그게 뭔지 알 수가 없었지요.

"글쎄 나도 모르겠는데. 너나 나나 저런 건 본 적이 없는데 나라고 알 수가 있겠냐."

그때 담장 곁에 있던 사철나무가 말했습니다.

"너희들 저게 뭔지 궁금하냐?"

"아, 사철나무 아저씨. 그럼요, 궁금하고말고요. 도대체 저 넝쿨은 뭔데 저런 조그만 것들이 자꾸 솟아오르나요?"

사철나무가 천천히 말했습니다.

"저 넝쿨은 덩굴장미라고 한단다. 그리고 저렇게 솟아나는 건 꽃망울이라고 하는 거야. 추운 겨울이 지나고 따뜻한 봄이 오면 꽃을 피우려고 저렇게 새순이 나오는 거지."

장미 그림이 놀라서 말했습니다.

"저 넝쿨이 장미라고요? 우리와 같은 장미 말인가요?"

"너희와 똑같은 장미는 아니지만 장미는 장미니까, 말하자면 서로 사촌쯤 된다고나 할까?"

"그건 그렇다 치고요, 그 꽃망울이라고 하는 건 어디 있다가 어떻게 나오는 거예요?"

"저 장미나무 속에는 꽃망울을 나오게 하는 기운이 깃들어 있는데, 추운 겨울에는 안에 숨어 있다가 봄이 되면 저렇게 새순을 내보내는 거야."

장미 그림은 또 한 번 놀랐습니다.

장미나무 속에 꽃망울을 틔우는 기운이 있다가 봄이 되어 새순으로 나온다는 말은 들어본 적이 없었으니까요. 하기야 작년 늦가을에 그려진 그림이니 그럴 만도 하지요.

"사철나무 아저씨, 저 덩굴장미 속에 그런 기운이 깃들어 있다면 우리한테도 그런 기운이 있겠네요? 그런데 왜 우리한테는 서린 새순이 없어요?"

사철나무는 좀 당황스러웠습니다. 살아있는 덩굴장미와 그림 속의 장미는 엄연히 다르니까요. 한참을 생각하던 사철나무가 말했습니다.

"장미야, 너희는 이 벽에 그려진 그림이잖니? 그렇지만 저 덩굴장미는 땅에 뿌리를 내린 생물이야. 그림과 생물은 서로 달라. 한 번 그려진 그림은 그 모양 그 색깔이 오랫동안 그대로 있지만, 덩굴장미 같은 생물은 저렇게 새싹으로 나와서 꽃을 피우는데, 그 꽃은 겨울이 오면 자기의 씨앗을 남기고 시들어서 죽는단다."

"그럼 저 덩굴장미가 작년에는 우리처럼 이렇게 꽃을 피웠단 말인가요?"

"그렇지. 하지만 사람들이 너희들을 이 벽에 그리고 있을 때는 벌써 덩굴장미 꽃들은 다 지고 없었지."

"그럼 우리가 덩굴장미들보다 더 오래 사네요?"

"한편으로 생각하면 그것도 맞아. 하지만 생물은 씨앗을 남기기 때문에 그 생명이 끝없이 이어지지만 너희 같은 그림은 언젠가는 퇴색하여 지워질 텐데 씨앗을 남기지 못하니 생명이 더 이상 이어지지 않지."
 이 말을 들은 벽화 장미는 시무룩한 얼굴을 하며 고개를 숙이고 더 이상 말이 없었습니다. 언젠가 퇴색하여 지워지면 끝이라는 말에 충격을 받은 모양이었습니다. 사철나무도 뭐라고 위로를 하려다가 마땅한 말이 생각나지 않아 그만 두었습니다.
 담장 위의 덩굴장미는 사철나무와 벽화 장미의 대화를 들으면서 무언가 골똘하게 생각하고 있었습니다.

 다음날 아침 해가 떠오르자 날은 더욱 따뜻해졌습니다. 어느 집에선가 들려오는 수탉의 긴 울음소리가 더욱 늘어진 것 같습니다. 벽화 속의 장미는 여전히 시무룩한 표정입니다. 이때 덩굴장미가 말을 걸었습니다.
 "이봐, 사촌 장미. 왜 그렇게 시무룩해? 뭐, 기분 나쁜 일이라도 있어? 오늘같이 좋은 날씨에 너처럼 화려한 꽃이 활짝 웃어야 모두들 신이 나지, 그렇게 어두운 얼굴로 있으면 되나."
 장미 그림이 깜짝 놀라 고개를 들고 덩굴장미를 올려다보았습니다.
 "아니, 덩굴장미잖아? 난 네가 꽃을 피우면 어떤 모습일까 궁금했는데……. 사실 내가 좀 기분이 안 좋은 건 어제 사철나무 아저씨한테 들은 말이 있어서 그래."
 "그건 알아. 나도 다 들었거든. 그러니까 우리 같은 생물은 생명이 긴데, 너 같은 그림은 생명이 짧아서 실망스럽다 이거지?"
 벽화 장미는 여전히 뚱한 표정으로 대답했습니다.
 "그렇잖아? 너는 오래 산다는데, 나는 얼마 안 가서 없어진다니 말이야. 네가 나라면 어떻겠어?"
 "그래, 그 말도 일리가 있어. 하지만 다시 한 번 생각해 보자고. 사실 내가 피우는 꽃들은 며칠 정도밖에 못 살아. 길어야 열흘이지. 워낙 많이 피고 지니까 오래 피어 있는 것 같지만 사실이 그래. 하지만 너는 어때? 벌써 작년 가을부터 지금까지 그렇게 화려하게 피어 있잖아? 겨울에도 내내 싱싱하게 보였고 말이야. 난 겨울에는 필 생각도 못 하거든."

"그렇지만 너는 새봄이 오면 또 다시 꽃을 피우잖아? 그리고 그 꽃은 씨앗을 남겨서 새로운 생명을 만들어 가는데 나는 그럴 수가 없다고."

"그건 맞는 말이야. 하지만 어차피 너와 나는 다른 삶을 살게끔 태어난 거야. 너는 처음부터 이 회색빛으로 덮인 달동네를 보다 밝고 즐거워 보이게 하려고 그려진 그림이고, 나는 어쩌다 이 집 주인한테 팔려서 여기 온 거야. 물론 내 꽃들이 피면 사람들이 좋아하고 동네가 밝아 보이는 건 너의 경우나 똑 같지만, 너는 처음부터 그런 목적으로 그려진 그림이라고. 내가 시들어서 사람들이 거들떠보지도 않는 겨울에도 너는 사람들에게 아름다운 꽃을 보여주었지. 그걸로 된 거 아닐까?"

그 때 사철나무가 거들었습니다.

"덩굴장미 말이 옳다. 날 봐라. 사실 나는 그다지 사람들 눈에 띌 만큼 아름다운 나무도 아니고, 꽃도 그리 아름답지 않아. 하지만 난 추운 겨울에도 푸른빛을 잃지 않는다. 그게 내게 주어진 사명이라면 사명이니까. 생명이 있고 없고가 문제가 아니고, 지금 우리가 있는 이곳을 얼마나 아름답게 만들었느냐가 중요한 거야. 벽화 장미 너도 너의 존재가치를 충분히 나타내고 있으니까 절대 실망하지 말고 끝까지 환하게 웃으며 지내도록 해."

어둡던 장미 그림의 얼굴이 점점 환해졌습니다.

아직도 찬 기운이 도는 봄바람이 휙 불고 지나가자 덩굴장미와 사철나무가 으스스 몸을 떨었습니다. 학교에서 돌아오는 아이들의 떠들썩한 소리가 골목에 울려 퍼지고 있었습니다.

제2부
자유로 가는 길

담장을 넘은 암탉

어느 산비탈에 양계장이 있었어. 그 안에는 수많은 암탉들이 겨우 자기 한 몸 정도 들어가는 쇠창살로 된 둥지 안에 쪼그리고 앉아서 매일같이 알을 생산하고 있었지. 때가 되면 일하는 사람들이 쇠창살 둥지 앞에 붙어있는 통에 닭들이 먹을 사료와 물을 갖다 주었어.

그 닭들 중에 영월댁이라고 불리는 암탉이 있었어. 강원도 영월 부근에 있는 어느 부화장에서 사온 병아리들을 양계장 주인이 '영월닭'이라고 불렀는데 어찌어찌 하다 보니 그 한 마리만 여기 남게 되었고 영월닭이 그만 영월댁으로 불리게 되었던 거야.

그런데 영월댁은 양계장 안의 생활이 너무나 지겨웠어. 하루 종일 제대로 움직이지도 못하고 쪼그리고 앉아 있는 것도 고통스러웠지만 무엇보다도 바깥세상을 제대로 볼 수 없어서 답답했어. 게다가 양계장 안은 밤에도 전깃불을 환하게 켜놓아서 잠도 제대로 잘 수가 없었지. 나중에 알고 보니 닭들이 알을 더 많이 낳게 하려고 일부러 그렇게 해놓았다는 거야.

영월댁은 부화장에서 태어났을 때 처음 본 푸른 하늘과 나무가 우거진 높은 산을 아직도 기억하고 있었어. 그리고 봄바람을 타고 은은하게 풍겨 오던 이름 모를 꽃향기도 영영 잊히지 않았고 말이야. 푸른 하늘, 높은 산, 꽃향기는 언제나 영월댁의 마음속에 아련한 그리움으로 남아 있었지.

영월댁이 이 양계장으로 들어와서 얼마 되지 않았던 어느 날, 갑자기 양계장 한 구석에서 꼬꼬댁거리는 소리가 요란하더니 사람들이 많은 닭들을 끌어내어 어디론가 가버리는 게 아니겠어? 놀란 영월댁이 맞은 편 둥지 속에 있는 자기보다 한참 먼저 들어온 닭에게 물었지.

"아니, 저 닭들은 어디로 가는 거지요? 왜 갑자기 저러는 거예요?"

"저 언니들은 이제 너무 늙어서 알을 못 낳거든. 그래서 이제 죽으러 가는 거지, 뭐."

"아니, 죽으러 가다니요? 여태까지 이렇게 쭈그리고 앉아서 알만 낳은 것도 억울한데…… 도대체 어디서 어떻게 죽는데요? 그리고 죽으면 어떻게 되는데요?"

"언젠가 사료를 주는 사람들이 얘기하는 걸 들있는데, 도살장이라는 곳에서 죽인 다음 사람들에게 판대."

그날 밤, 영월댁은 결심했어. 자기는 절대로 그렇게 허무하게 죽지 않고 언젠가는 푸른 하늘이 보이는 높은 산에서 자유롭게 살겠다고. 물론 아직 어떻게 이 양계장을 빠져나갈 수 있을지 방법은 찾지 못했지만 마음만은 단단히 다졌지.

그러던 어느 날, 어떻게 했는지 장끼 한 마리가 양계장 안으로 들어와서는 이리저리 날아다니다가 마침 영월댁이 있는 둥지 가까이에 앉아. 생전 처음 보는 장끼 때문에 놀라서 꼬꼬댁거리는 닭들을 보며 장끼가 말했지.

"아아, 암탉 아주머니들, 제발 진정하세요. 저는요, 저 숲속에 사는 수컷 꿩인데 사람들은 저를 장끼라고 부르지요. 그전부터 이 양계장을 관심 깊게 봐왔는데, 아주머니들 형편이 너무 힘들어 보여서 혹시 도와드릴 일이라도 있을까 해서 한 번 들어와본 겁니다."

그러자 어떤 암탉이 물었어.

"아니, 도대체 뭘 어떻게 도와주겠다는 거예요? 우리 형편이 어때서요?"

"안 드릴 말씀이지만, 이게 어디 제대로 산다고 할 수 있겠습니까? 밤낮없이 꼭 갇혀 살면서 사람들 먹으라고 알이나 낳다가 그것마저도 안 될 만큼 나이를 먹으면 도살장으로 끌려가서 죽으니 말입니다."

이 말에 나이가 든 다른 암탉이 말했지.

"이거 보세요, 장끼 양반. 누구에게나 주어진 운명이라는 게 있는 거야. 댁이야 운수 좋게 산에서 태어나서 산에서 자랐지만 우리 같은 닭들이야 이렇게 살게 되어 있는 걸 어떡해? 그냥 이렇게 살다가 죽을 때가 오면 죽는 거지."

"아니지요. 물론 아무리 노력해도 벗어날 수 없는 상황도 있겠지만, 그래도 노력은 해 봐야 하지 않을까요?"

이때 영월댁이 얼른 나섰어.

"장끼 아저씨 말이 옳아요. 노력도 안 해보고 포기한다는 건 너무 억울해요. 그렇다면 여기를 벗어날 수 있는 방법이 있을까요?"

"글쎄, 어렵긴 하겠지만 전혀 없는 것은 아닙니다. 우선은 여러분이 그 철망 둥지를 벗어나야 하겠고 그런 다음 이 양계장 밖으로 탈출해야지요."

그러자 나이 든 암탉이 코웃음을 치면서 말했지.

"이거 봐, 장끼 양반. 그런 원칙적인 말이야 누구는 못 하나? 둥지를 벗어나고 양계장 밖으로 탈출하는 방법을 알아야지. 그리고 설령 탈출을 했다고 해도 생전 가본 적도 없는 숲 속에서 어떻게 살라는 거야?"

장끼가 잠시 생각하더니 대답했어.

"며칠에 한 번씩 사람들이 와서 둥지 문을 열고 둥지를 청소하지 않습니까? 그때 얼른 밖으로 뛰쳐나오면 될 겁니다. 여태까지 그런 적이 없었기 때문에 사람들도 별로 주의를 기울이지 않을 테니까요."
 여기저기서 닭들이 장끼의 말이 일리가 있다고 수군거리자 나이 든 암탉이 다시 말했지.
 "좋아, 그건 그럴 듯해. 그렇지만 이 양계장은 지붕이 꽉 막혀 있고 문은 하나밖에 없는데 사람들이 항상 닫고 다닌다고. 그럼 이 둥지를 빠져나가 봐야 별 소용이 없지 않느냐 이 말이야."
 장끼가 웃으며 말했어.
 "그럼 아주머니께서는 제가 어떻게 이 안으로 들어왔다고 생각하시나요? 저 천정과 벽 사이에 틈이 보이지요? 제가 부리와 발톱으로 뚫은 구멍이랍니다. 이 양계장의 벽이나 천정이 의외로 허술하더라고요. 아마 여러분이 도망가리라고 생각하지 않았기 때문에 사람들이 이것을 지을 때 대충 만든 모양입니다. 제가 그 구멍을 좀 더 크게 만들어 놓을 테니까 그리로 빠져 나오시면 되지요."
 이 말을 들은 영월댁의 가슴이 콩콩 뛰기 시작했어.
 '그래 이제 기회가 왔구나. 나는 꼭 여기를 빠져나가고야 말겠어.'
 그러나 나이 든 암탉이 다시 말했지.
 "이것 좀 봐. 여기를 빠져나가기만 하면 뭘 해? 우리는 숲속 생활을 아무 것도 모르는데. 그리고 사람들이 하는 말을 들으니 거기에는 족제비나 들고양이들이 많다던데 어떻게 살아? 나는 안 가겠어. 어차피 죽을 목숨이라면 편하게 여기서 살다가 죽을래."
 이 말에 다른 닭들도 두려운 듯 고개를 끄덕거렸어. 장끼가 다시 말했지.
 "여러분, 모든 생물은 자유롭게 살 권리가 있습니다. 그런 권리를 한 번도 누리지 못하고 그냥 사람들 손에 죽는다면 얼마나 허무한 삶이 되겠습니까? 여기서 죽으나 숲에서 죽으나 마찬가지라고 생각할 수도 있지만 그렇지 않습니다. 단 하루가 되어도 내가 내 삶을 선택해서 살 수 있다는 것이 얼마나 보람 있는 일이겠습니까? 그리고 숲속의 생활이 비록 쉽지는 않다고 해도 조금만 노력하면 금방 적응할 수 있습니다. 다시 잘 생각해 보십시오. 물론 모든 것은 여러분 각자가 결정할 문제지요."

이때 영월댁이 소리쳤어.

"장끼 아저씨, 저는 여기에서 빠져 나갈래요. 꼭 좀 도와주세요."

"좋습니다. 아까 말씀드린 대로 저 구멍을 좀 더 크게 뚫어 놓을 테니까 적당한 때를 봐서 빠져 나오세요. 그리고 숲속에 와서 저를 부르시면 제가 마중을 나오겠습니다. 그럼 저는 이만 가보겠습니다. 안녕히 들 계십시오."

며칠 후 사람이 둥지를 청소하러 문을 열었을 때 영월댁은 화닥닥 둥지를 튀쳐나와서 죽을힘을 다해 장끼가 만들어 놓은 구멍을 향하여 날아올랐어. 가까스로 구멍에 다다른 영월댁이 헐떡거리는 숨을 고르며 구멍을 통하여 밖을 내다보니 거기서부터 숲까지의 거리가 상당히 멀어 보였어. 우선 숲과 양계장의 경계를 이루는 철조망까지만 해도 대략 20미터 정도 되는 데다 철조망의 높이도 3미터쯤 되었거든.

영월댁은 바깥마당을 살폈어. 다행히 주인이 기르는 개는 어디로 갔는지 보이지 않고 어린 아이들 둘이서만 장난을 치고 있었지. 주위를 다시 한 번 살핀 영월댁은 마당에 내려앉은 다음 잽싸게 철조망 쪽으로 달려갔어. 장난을 치던 아이들이 '와아, 닭이다.' 하며 쫓아왔지.

온힘을 다해 달리던 영월댁은 철조망 앞 7~8미터쯤에서 힘껏 날갯짓을 하며 날아올랐어. 자기 몸이 공중에 붕 떠 있을 때 영월댁은 보았어. 푸른 하늘과 높은 산, 그리고 자태를 뽐내며 흐드러지게 피어 있는 갖가지 꽃들을 말이야. 철조망 위에 사뿐히 내려앉은 영월댁은 온 천하가 다

들으라는 듯이 큰 소리로 외쳤어.

"꼬꼬댁 꼬꼬, 나는 이제 자유다. 나는 이제 자유다. 아무도 나를 막지 못한다. 나는 자유다!"

그러고 나서 영월댁은 숲속으로 훌쩍 날아 들어갔어.

그 후로는 아무도 영월댁을 보지 못했어. 다만 산행을 하던 등산객들이 산속 어디선가 알을 낳은 암탉이 환희에 차서 우는 소리를 가끔 들었다는 소문은 있었지. 그리고 어떤 사람들은 산 속에서 노란 병아리들을 보았는데, 생김새는 우리가 시골집이나 부화장에서 흔히 보는 병아리와 같았지만 수풀 속을 여기저기 뛰어다니는 모습이 얼마나 날쌔고 빠른지 마치 꿩 새끼인 꺼병이 같았다고 했어. 그 뒤의 소식은 나도 더 들은 것이 없다네.

자유를 향한 질주

옛날 기병대가 요즘의 탱크부대처럼 막강한 힘을 자랑하던 시절, 어느 부대의 의장대에는 여러 마리의 말이 있었어. 모두들 키가 늠름하게 큰 데다 외모도 어느 한 곳 흠 잡을 곳이 없는 명마들이었지. 부대에서는 말 한 마리마다 전담 병사를 두어 말의 먹이나 치장에 만전을 기하게 하였으며 또 수의과 전문 군의관을 배치하여 말들의 건강을 돌보게 하였어.

여러 말들 중에서도 선샤인이라고 불리는, 특히 돋보이는 말이 있었어. 쭉 곧은 네 다리에 미끈한 허리하며 다부진 목과 휘날리는 갈기는 과연 이름에 걸맞게 동녘에 비치는 햇살 같았지. 그래서 계급이 높은 장군들이 전 장병을 연병장에 모아 놓고 사열을 할 때면 부대 지휘관은 언제나 선샤인을 타고 의장대를 지휘했어. 선샤인은 이런 자기 자신을 무척 자랑스러워하였고 동료 말들도 선샤인을 부러워했지.

어느 날 의장대 사열을 끝낸 말들이 마구간에서 쉬고 있을 때였어. 선샤인도 자기 마구간에서 전담 병사가 가져다 준 건초를 배부르게 먹으며 쉬고 있었는데 어디선가 이상한 말소리가 들려오는 거야.

"구구구, 당신이 그 유명한 선샤인인가? 과연 잘 생겼구먼. 그래 여기서 지내는 재미가 어떤가? 구구구."

깜짝 놀란 선샤인이 천장을 쳐다보니 산비둘기 한 마리가 대들보에 앉아서 말을 하고 있었어.

"아니, 이건 조그만 비둘기 아냐? 건방지게 함부로 내 이름을 막 불러? 그래, 내가 바로 선샤인이다, 왜?"

"말이면 말답게 넓은 들을 달리며 살아야지 이게 뭐람? 이 좁은 마구간에서 사람들이 주는 건초나 씹고 앉아서 말이야. 이 부대를 빠져나가서 산을 두 개만 넘어가면 사람들이 쉽게 올 수 없는 넓은 분지가 있는데 거기에는 자네 같은 말들이 자유롭게 살고 있다네. 구구구."

이 말을 들은 선샤인은 코웃음을 쳤어.

"웃기는 소리 하고 있네. 지금 내가 누군지 알고나 얘기하는 거야? 나로 말할 것 같으면 이 부대에서 제일가는 의장대 말이라고. 나만큼 멋지고 잘 생긴 말이 없다 이 말이야, 나에 대한 대우도 더할 수 없이 좋다고. 아침저녁으로 병사가 목욕을 시켜 주지, 건초나 사료도 최고급으로만 먹여주는 데다 이 마구간도 여름에는 시원하고 겨울에는 따뜻하게 해주니 걱정할 게 없어. 그런데, 뭐라고? 여기를 나가서 산속에 사는 야생마들과 같이 살라고? 쓸 데 없는 소리 하지 말고 빨리 가버려!"

산비둘기도 지지 않고 말했지.

"구구구, 이것 봐, 선샤인. 모든 살아 있는 것들은 끼리끼리 모여서 자유롭게 살아야 하는 거야. 그래야 서로 돕고 위해 주고 이끌어줄 수 있는 거지. 그리고 자네들 말이란 본래 갈기를 휘날리면서 넓은 벌판을 달려야 하는 게 아닌가? 그런데 지금은 어떤가? 별로 넓지도 않은 연병장에서 병사들 사열할 때 사람을 태우고 껑충껑충 걷는 게 고작이니 그게 어디 사는 건가? 구구구."

선샤인은 그만 자기도 모르게 화가 나서 콧김을 크게 내뿜으며 소리쳤어.

"이이힝, 이 녀석이 어디서 쓸데없이 잔소리야? 빨리 가버리지 못해?"

산비둘기가 날아 가버리자 선샤인은 가만히 생각에 잠겼어.

자유롭게 산다, 넓은 벌판을 달린다는 말이 자꾸 가슴을 치고 있었거든. 벌판을 달린다는 거야 말 조련장에서 하던 달리기 연습을 떠올리니 쉽게 연상이 되었어. 그러나 자유라는 말은 이해가 가지 않았지. 자유라, 자유라…….

　며칠 후 의장대 연습이 끝나고 연병장 구석의 나무 그늘에서 말들이 쉬고 있을 때, 허리가 꾸부정한 노인이 무거운 수레를 끄는 늙은 말의 고삐를 잡고 연병장 안으로 들어왔어. 그 수레에는 의장대 말들이 먹을 건초가 잔뜩 실려 있었지.
　수레가 자기 앞을 지나갈 때 선샤인은 그 늙은 말을 살펴보았어. 골격은 상당히 크고 억세게 생겼으나 살이 없이 비쩍 마른 몸매에 가는 다리, 앙상하게 드러난 갈비뼈, 핏발 선 눈 하며 땀에 젖은 갈기가 참으로 불쌍한 모습이었지. 헉헉 하며 내뿜는 거친 숨소리에 선샤인은 자기 마음이 저리는 기분이 들었어.
　이때 그 노인이 늙은 말에게 말했지.
　"이 녀석, 옛날 생각이 나느냐? 너도 한때는 여기 의장대에서 날리던 말이었지. 그런데 지금은 이렇게 힘들게 수레나 끌고 다니는구나. 그렇지만 어쩌겠느냐? 이게 네 운명인 것을."
　선샤인은 소스라치게 놀랐어.
　'아니, 저렇게 불쌍하게 생긴 말이 옛날에는 여기 의장대 말이었다니……그런데 어쩌다가 지금은 저렇게 되었을까?'
　그날 밤 선샤인은 잠이 오지 않았어. 낮에 본 그 말이 여기 의장대에서도 날리던 말이라면 지금의 나도 언젠가는 그렇게 될 수도 있지 않을까 하는 생각이 들었기 때문이야.
　그렇다면 그것을 피할 길은 없을까, 어떻게 해야 좋을까 하며 잠을 못 이루던 선샤인의 머릿속에 문득 얼마 전에 산비둘기가 말했던 '자유'라는 말이 떠올랐어.

　아직도 자유라는 말을 잘 알 수는 없지만, 자유롭게 살면 저런 모습은 되지 않을 것 같은 생각이 들었지. 그날부터 선샤인은 항상 그 늙은 말과 자유라는 단어를 생각하며 지냈어.

　그러던 어느 날 밤에 깊은 잠을 자다가 왠지 마구간이 무척 덥다는 생각을 하며 눈을 뜬 선샤인은 사방이 불길에 휩싸인 것을 보았어. 사태를 깨달은 선샤인은 마구간 문을 발로 차 부순 다음 밖으로 달려 나갔지.
　그러나 미처 다 나가기 전에 천정이 무너지면서 불붙은 서까래 하나가 선샤인의 얼굴 왼쪽을 쳤어. 순간적으로 왼쪽 눈이 쓰라리고 눈 아래가 화끈거렸지만 선샤인은 그대로 밖으로 달렸지. 밖에서는 병사들이 달려 나오는 말들을 붙잡아 진정시키고 있었어.
　선샤인을 붙잡은 병사가 옆에 있던 동료에게 말했어.
　"아이고, 이 선샤인이 화상을 많이 입었네. 왼쪽 눈에도 피가 나는 걸 보니 아무래도 애꾸가 되겠는걸."
　결국 선샤인은 왼쪽 눈은 실명을 하고 왼쪽 귀도 반쯤 잘려나가고 말았지. 얼굴 화상도 상당히 심해서 보기 흉한 모습이 되었어.
　화상 치료는 끝났으나 의장대 연습에 참가도 못 하고 마구간 주위를 어슬렁거리던 선샤인의 귀에 병사들이 하는 말소리가 들렸어.
　"여보게, 저 선샤인도 이제 좋은 시절 다 지났지? 명색이 의장대 말인데 저런 모습이니 말이야."
　"어쩔 수 없지, 뭐. 화상만 아니면 아직도 몇 년은 더 의장대 생활을 할 수 있을 텐데. 담당 장교 얘기를 들으니까 곧 짐수레 말로 팔 거라더군."
　선샤인은 눈앞이 캄캄해지는 것 같았어.
　'그럼 내가 바로 그 늙은 말처럼 수레를 끈다는 거야? 의장대에서 제

일 잘 나가던 내가? 말도 안 돼, 말도 안 돼!'

그때 마침 또다시 전에 날아왔던 산비둘기가 나타났어.

"구구구, 선샤인, 안녕하신가? 모습도 그렇고 기운이 없는 게 별로 안녕하지 못한 것 같은데?"

선샤인은 조금 화도 났지만 그래도 말동무가 생긴 것이 기뻐서 대답했지.

"화상을 입는 바람에 한쪽 눈도 멀고 얼굴도 말이 아니게 됐는데, 오늘 우연히 듣자니까 나를 팔아버린다고 해서……."

"그래. 사람들은 다 그렇다고. 네가 쓸모가 있을 때는 애지중지하다가도 쓸모가 없어지니까 팔아버리는 거야. 여기서는 네가 하고 싶은 것을 스스로 정하는 게 아니라 사람들이 정하잖아. 결국 네 운명을 사람들에게 맡겨 놓은 거지. 구구구."

"그럼 네가 전에 말한 산속 분지에 사는 말들은 어떤데?"

"거기서야 말들이 자유롭게 살지. 배고프면 풀을 뜯고, 목이 마르면 냇가에서 물을 마시고. 쉬고 싶으면 쉬고, 달리고 싶을 때는 달리고."

"그렇지만 겨울에는 무척 추울 텐데……? 또 여름은 더울 테고 말이야. 그리고 늑대나 다른 맹수가 많다는 얘기도 들었는데……?"

"물론 춥기도 하고 덥기도 하지. 그때는 깊은 골짜기나 동굴 안에서 지내면 돼. 맹수가 있어도 말들은 무리를 지어 다니니까 함부로 덤비지 못해. 중요한 것은 사람들에게 의지해서 사는 것이 아니라 자기가 스스로 자기 운명을 결정할 수 있는 자유가 있다는 거야."

한참을 곰곰이 생각하던 선샤인은 드디어 마음을 굳히고 산비둘기에게 물었어.

"좋아. 나도 거기에 가고 싶어. 어떻게 하면 갈 수 있지? 나는 죽을 때까지 짐수레나 끌고 싶지는 않아."

"잘 생각했어. 내가 지금 가서 야생마들의 두목을 데려올게. 오늘 밤 늦게 달이 뜨면 저 연병장 끄트머리로 나와. 거기로 오면 야생마 두목이 기다리고 있을 거야. 그 두목만 따라 가면 돼."

그날 밤 선샤인은 마구간지기 병사가 잠이 들기를 기다려서 마구간을 빠져 나와 산비둘기와 약속한 곳으로 갔어. 이미 거기에는 건장하고 다부진 몸매를 가진 야생마 두목이 기다리고 있다가 아무 말 없이 따라 오라는 신호를 보내고는 산을 향해 달리기 시작했어. 선샤인도 뒤를 따라갔지.

그러나 선샤인은 얼마 못 가서 숨이 차고 다리에 힘이 빠져서 제대로 뛸 수가 없었어. 그도 그럴 것이 의장대에서는 달리는 경우가 거의 없고 조련장에서 연습할 때도 이렇게 빨리 달린 적이 없어서 말이야. 선샤인이 뒤처지는 것을 본 야생마 두목은 멈춰서 기다렸다가 함께 천천히 달려갔어.

한참을 가다 보니 가파른 산비탈이 나왔어. 두목은 성큼성큼 달리다시피 올라갔지만 선샤인은 숨이 차고 땀이 비 오듯 하면서 다리가 후들거렸어. 어느덧 서쪽으로 달이 지면서 서서히 사위가 밝아오고 있었지. 선샤인은 죽을힘을 다해 산비탈을 올라갔어. 심장이 터질 것 같았지만 평생 짐수레를 끌지는 않겠다는 결심을 다지고 또 다졌지.

선샤인이 산비탈을 다 올라갔을 때 동쪽에서 태양이 불끈 솟아올라왔어. 가쁜 숨을 몰아쉬며 언덕 꼭대기에 올라선 선샤인의 눈 아래에는 넓은 세상이 아침 햇살 속에 붉게 펼쳐져 있었지. 까마득하게 보이는 넓은 들판에는 냇물을 따라 푸른 나무들이 싱싱하게 자라고 있었고 맑은 아침 공기 속에 헤아릴 수 없이 많은 야생마들이 평화롭게 놀고 있었어.

선샤인은 이제야 그 비둘기가 말했던 '자유'가 무엇인지 알 것 같았지. 이제는 어느 누구에게도 속박 받지 않고 나의 의지대로 나의 삶을 살 수 있다는 생각에 선샤인은 심장이 쾅쾅 뛰는 것을 느꼈어.

이때 저만큼 앞서 내려가 있던 야생마 두목이 선샤인을 올려다보며 빨리 오라는 신호를 보냈어. 선샤인은 한 번 뒤를 돌아본 다음 힘껏 발을 구르며 달려 내려가기 시작했지. 그것은 바로 자유를 향한 질주였어. 갈기를 휘날리며 달리는 션샤인의 등에 햇살이 점점 따뜻해지고 있었지.

산양과 염소들

어느 골짜기에 사는 한 농부가 여러 마리의 염소를 키우고 있었어. 해가 뜨면 농부의 어린 아들은 염소몰이 개와 함께 염소들을 산등성이나 물가로 몰고 가서 풀도 뜯게 하고 물도 마시게 하며 하루 종일 지내다가 해질녘이 되면 다시 염소 우리 안으로 몰고 오곤 했었지.

염소 우리는 나무기둥들을 듬성듬성 박고 그 기둥들을 판자로 얼기설기 막은 다음 지붕과 기둥 사이는 철조망으로 대충 얽어 놓았는데 한쪽에 나무 빗장이 달린 출입문이 달려 있었어.

농부는 어느 정도 자란 염소는 장에 갖다 팔기도 하고 때로는 염소를 잡아 압력솥에 넣고 오랫동안 고아서 사람들에게 보약으로 팔기도 했지.

그러나 염소들은 그저 무덤덤하게 지냈어. 어차피 그렇게 태어났으니 그런 운명은 어쩔 수 없다는 생각이었지, 뭐. 염소들은 조상 대대로 이렇게 살아 왔기 때문에 아무런 불평이 없었어. 아니 불평이 없었다기보다 아예 불평할 줄을 몰랐지.

어느 날 농부의 어린 아들과 함께 풀을 뜯으러 산등성이로 나간 염소들 중 몇 마리가 무리를 벗어나서 산비탈의 관목 숲 가까이 다가갔을 때였어. 풀숲이 부스럭거리더니 낯선 동물 한 마리가 나타난 거야. 염소들은 혹시 늑대가 아닌가 하여 긴장하고 있는데 그것은 턱수염이 하얗게 나고 머리에는 우람하게 생긴 두 뿔이 뒤로 말려 있는 산양이었어.

덩치도 큰 데다 눈매도 날카로운 산양을 본 염소들은 슬금슬금 뒤로 물러나면서 도망치려고 했지. 그때 산양이 염소들에게 말을 걸었어.

"이봐, 자네들. 나하고 얘기나 좀 하지 그래."

염소들 중 한 마리가 기어들어가는 목소리로 말했어.

"무슨 얘기 말인가요? 우리는 빨리 가봐야 하는데요. 잘못하면 개가 쫓아오거든요."

"아까 내가 저 위에서 보니까, 어린 애는 그늘에 누워서 낮잠을 자고 있고 개도 산토끼한테 정신이 팔려 있더라고. 그러니까 안심해도 돼."

안심한 염소들이 긴장을 늦추는 것을 기다려 산양이 말을 시작했어.

"나는 이 산 높은 곳에 살면서 오랫동안 자네들을 지켜봤어. 저 어린 애와 개한테 이끌려 다니면서 여름이나 가을에는 풀을 뜯고 겨울에는 우리 속에서 사람들이 주는 사료나 먹고 지내는 것도 알지. 그러다가 때가 되면 다른 사람들에게 팔리거나 뜨거운 물에 고아져서 사람들의 약이 되고. 이게 어디 사는 것이라고 할 수 있겠나? 그야말로 죽지 못해 사는 것이지. 자네들 생각은 어때?"

염소들 중 그래도 좀 배짱이 센 친구가 대답했지.

"그게 저희들 운명이니까 그대로 살아온 거죠. 우리 아버지들도 그랬고 할아버지들도 그랬으니까요. 그리고 그렇게 사는 것이 편하잖아요. 사람이 부르면 따라가면 되고, 물가에 데리고 가면 물을 마시면 그만이지요. 겨울에도 추운 날 먹이를 구하느라고 애쓸 필요도 없고요. 달리 무슨 생각을 할 게 있나요, 뭐."

"허허, 이 친구들 말하는 것 좀 보게. 만물은 자유롭게 살기 위해서 태어난 거야. 자기의 삶을 능동적으로 충실히 사는 것이 바로 제대로 사는 것이야. 그런데 자네들은 그저 시키는 대로 수동적인 삶을 살고 있지 않은가? 그건 살아 있는 것이 아니야. 자기의 삶을 자기의사에 따라 결정하지 못하는 것은 죽은 것이나 마찬가지야."

"그렇지만 우리는 조상 대대로 이렇게 살아왔는데요? 지금은 저희들이 스스로 결정할 것이 없지 않습니까?"

"지금이라도 자기 스스로 결정하는 삶을 찾아야지."

"어떻게요?"

"우선 그 우리에서 빠져 나와 이 산으로 와. 그리고 나하고 함께 자유롭게 사는 거야."

이 말에 염소들은 소스라치게 놀랐어.

"예에? 저희들보고 산에서 살라고요? 그건 불가능해요. 우선 산에서는 먹을 풀을 찾기도 쉽지 않을 것 같고, 또 늑대 같은 위험한 짐승도 있어서 언제 죽을지 모르니 말입니다."

"허허, 모든 것에는 대가가 따르는 법이야. 가치 있는 것을 얻으려면 그만한 값을 치러야지. 어차피 인간들하고 살아도 죽기는 마찬가지 아닌가?"

"그렇지만 저희들은 자유롭게 산다는 게 그만한 값어치가 있는지 모르겠는데요."

"그럴 만도 하지. 자연상태가 아니라 인간들 손에서 태어나고 자랐으니 인간들이 가르친 대로 살 수밖에. 그러나 다시 생각해 봐. 매일 아침 농부가 소리를 지르면 무조건 일어나서 우리 밖으로 나와야 하고, 염소몰이 개가 이빨을 드러내고 감시하고 있어서 어디 마음대로 가보지도 못하는데 그게 어디 산다고 할 수 있나? 산 속에서는 내가 일어나고 싶을 때 일어날 수 있고 목이 마르면 아무 때든지 개울이나 옹달샘으로 가서 물을 마시면 돼. 우리가 먹을 풀이나 연한 나뭇잎이야 얼마든지 있지. 더우면 나무 그늘에서 쉬고 추우면 동굴 속에서 지내면 되는 거야."

"그래도 늑대나 살쾡이 같은 맹수들이 있어서 위험하지 않습니까?"

"내가 이 위에서 오랫동안 내려다보니까, 가끔 사람들이 잔치를 하든가 돈이 필요하면 자네들 중에서 살이 찐 염소들을 잡거나 팔더군. 그건 위험한 것이 아닌가? 물론 숲속의 생활이 위험하기는 하지만 자네들이 힘을 합치면 늑대에게 대항할 수도 있어. 그건 어디까지나 자네들의 자유 의지대로 하는 것이야. 그런데 여기 생활은 어떤가? 자네들의 자유 의지가 어디 있나? 다시 말하지만 생명은 자유로운 것이야."

"그렇기는 하겠습니다만, 그래도 지금까지 이렇게 편하게 살아왔는데 여기를 떠난다는 것이 아무래도 내키지 않는데요?"

"그럼 내 다른 정보를 하나 줄까? 몇 달 전에 인간들 몇이 이 산 위에 올라와서 저 아래를 내려다보며 하는 얘기를 들었는데, 곧 저 아래 농가가 있는 땅에 큰 도로를 만들 거라고 하더군. 그리고 그 농부도 토지수용 보상금을 받아서 도시로 나가서 살 거래. 그렇게 되면 자네들 운명은 어떻게 될까? 이것은 자네들이 피하고 싶어도 피할 수 없는 상황이야. 이런 변화에 적응하려면 자네들도 변화해야 되는 것이야."

마침내 산양의 말에 용기를 얻은 염소들이 말했어.

"어르신 말씀을 들으니 우리의 처지가 바로 보이는군요. 그럼 저희들이 오늘 밤에 다른 염소들에게 얘기해서 같이 산으로 갈 동지들을 찾아보도록 하겠습니다."

그때 다른 염소 한 마리가 말했어.

"낮에는 개 때문에 산으로 갈 수가 없으니 밤에 가는 수밖에 없겠는데, 저희들은 우리를 빠져 나올 수가 없는데요?"

"허허, 그 벽은 아무 것도 아니야. 자네들은, 저 벽은 우리가 못 깨뜨린다 하고 지금까지 믿어왔기 때문에 못 깨는 것이야. 단지 마음의 문제란 말일세. 그 벽의 나무판자는 아주 얇은 것이기 때문에 자네들이 뿔로 받으면 얼마든지 깰 수 있어. 이따가 한 번 부딪쳐 보면 알 거야. 그럼 밤에 내가 울타리 근처로 갈 테니 마음을 단단히 먹게."

그날 밤 염소들이 우리에 다 모이기를 기다려 산양을 만난 염소들 중 한 마리가 낮에 산양과 나눈 이야기를 다른 염소들에게 전했어.

"이제 우리에게도 자유롭게 살 기회가 왔어. 그러니 오늘 밤 다 함께 탈출해서 산으로 가자고. 어때?"

그러자 어느 염소가 소리를 버럭 질렀어.

"야야, 그 산양을 어떻게 믿어? 우리를 늑대 밥으로 만들려는 사기꾼인지도 모르잖아? 그리고 여기 있으면 편하고 좋은데 왜 사서 고생이냐? 풀도 넉넉하고 물도 얼마든지 있는데 말이야. 그리고 그 도로니 뭐니 하는 것도 언제 이렇게 될지 모르는데 왜 벌써부터 야단을 떨어? 나는 산에 가서 늑대한테 물려 죽느니 여기서 편하게 살다가 그냥 인간들 손에 죽는 게 낫겠다. 난 안 가. 가고 싶은 놈들이나 가라고."

다른 염소들도 웅성거리더니 대부분 뒤로 물러서고 말았지.

낮에 산양을 만난 염소들은 다시 한 번 다른 염소들을 설득하려 했지만 허사였어. 하는 수 없이 그들은 때맞춰 나타난 산양과 함께 판자벽을 깨뜨린 다음 우리를 빠져 나와 산으로 올라갔어.

울타리 안에서는 이들을 보고 어리석다고 욕을 하는 염소들도 있었고 말없이 부러운 눈으로 바라보면서 자기들의 용기 없음을 한탄하는 염소들도 있었지.

산으로 올라간 염소들은 산양의 지도에 따라 차츰 산속 생활에 적응해 갔어. 먹을 수 있는 풀이나 나뭇잎을 가려내는 법이며, 냇물이나 옹달샘의 위치, 바위를 타는 법 등을 익힌 염소들은 군더더기 살이 빠지고 근육이 생겨서 튼튼한 몸매를 갖게 되었지.

겨울이 지나고 봄이 오자 염소들은 이제 산에서의 자유로운 생활에 흠뻑 빠져 들었어. 가끔 늑대나 살쾡이를 만나기도 했지만 다 함께 힘을 합쳐 예리한 뿔로 대항하여 큰 희생도 내지 않았어.

한편 산 아래 농가에는 어느 날 갑자기 커다란 화물차가 와서 염소들을 몽땅 실어 가버리더니 얼마 후에는 공사차량들이 들이닥쳐서 농가를 가로질러 도로를 만들어 버렸어. 그 후 그 실려 간 염소들의 얘기는 전혀 들려오지 않았대.

골짜기의 사람들

어느 깊은 골짜기에 마을을 이루어 사는 사람들이 있었어.
그 골짜기는 워낙 높은 산으로 삼면이 막혀 있고 냇물이 흘러가는 끝에는 높은 낭떠러지가 있어서 그 골짜기 밖으로 나갈 길이 없었어. 그저 해가 뜨면 일어나서 산비탈 밭에서 일하고 해가 지면 집으로 돌아와 잠이 들곤 했지. 가장 가까운 이웃 마을이라고 해도 산등성이를 몇 개나 넘어 하룻길을 가야 할 정도였으니까.
이 마을에 돌이와 석이라는 두 친구가 있었어. 어려서부터 함께 산에 나무도 하러 가고 같이 농사도 짓는 그야말로 단짝이었지. 점점 커가면서 두 사람은 산골짜기의 단조로운 삶에 진력이 나기 시작했어. 오늘이 어제와 똑같고, 올해나 작년이나 아무 변화가 없는 이런 생활을 벗어나서 어딘가 더 넓고 활력이 넘치는 삶을 찾아가고 싶었지.
그러던 어느 날 산에서 나뭇짐을 지고 내려오던 두 사람 앞에 한 낯선 사람이 나타났어. 그 사람은 두 사람을 보자 말을 걸어왔지.
"여어, 안녕들 하십니까? 이 마을에 사시는 분들이시지요?"
"예, 그렇습니다만……?"
"아, 저는 저기 저 등성이 너머 이웃 마을에 사는 박 첨지라고 하는 사람입니다. 보아하니 두 분도 이 골짜기 생활을 답답하게 느끼시는 것 같은데 사실은 저도 마찬가지였습니다. 그런데 몇 년 전 저희 마을에 사는 젊은 훈장 어른께서 오랫동안 애쓴 끝에 이 골짜기를 벗어나서 더 넓은 세상으로 나가셨지요."
돌이와 석이는 깜짝 놀랐어.

"아니, 여태까지 조상 대대로 이 골짜기를 벗어난 사람이 있다는 얘기는 들은 적이 없는데요? 그리고 산세가 워낙 험해서 그런 길이 있지도 않고 말입니다."

"맞습니다. 몇 년 전까지는 그랬지요. 그러나 우리 훈장 어른께서 그 길을 찾으신 것은 확실합니다. 그리고 그분께서 넓은 세상으로 나가셨다가 다시 우리 마을로 돌아와서는 다른 사람들에게도 그 길을 따라 큰 세상으로 나가라고 권하셨지요."

"그럼 모두들 그분을 따라 나섰겠네요?"

"웬 걸요. 대부분의 마을 어른들은 그런 길이 어디 있느냐고 그분을 나무라면서 아예 믿지를 않았습니다. 그리고 몇몇 사람들이 따라 나서기는 했는데 없던 길을 만들어가며 가는 일이 그다지 쉽지는 않았던지 대부분이 중도에 포기하고 돌아왔지요. 그렇지만 그분의 말씀에 확신을 가지고 끝까지 그분을 따라간 사람은 성공했지요. 그렇게 성공한 사람이 꽤 있습니다. 저도 그 중의 한 사람이지요. 그래서 저는 그곳으로 가는 길을 마을 사람들에게 알리고 다닙니다. 그런데 가만히 생각하니 우리 마을 사람에게만이 아니라 이 마을 분들에게도 알려드리는 것이 좋겠다 싶어서 이렇게 찾아왔습니다."

돌이와 석이는 드디어 이 답답한 산골을 벗어나게 되었다고 기뻐했지. 그리고는 당장 박 첨지를 따라 이웃 마을로 달려갔어.

그날 그 마을에서 하룻밤을 지내게 된 두 사람은 방안에 앉아 의논을 했어.

"여보게 석이. 아까 그 박 첨지란 사람 말을 그대로 믿어도 될까? 약간 허황된 것 같기도 해서 말이야."

"나도 약간 미심쩍은 생각이 없는 것은 아니지만 그렇다고 우리가 손해 볼 일이야 뭐 있겠어? 그 사람이 우리에게 돈이나 땅을 내놓으라고 한 것도 아니고 그저 그 훈장이란 분이 가르쳐 주는 대로 따라만 가면 된다잖아?"

"그래도 날이 밝는 대로 마을 사람들에게 한 번 물어보세. 아무래도 그 박 첨지 말만 들어서는 불안해."

그 다음 날 두 사람을 길거리로 나갔어. 돌이는 아무나 지나가는 사람을 붙잡고 물었지.

"저, 이 마을 분들 중에는 이 골짜기를 빠져 나가 대처를 구경하고 오신 분이 계신다는데 혹 아시는지요?"

그러사 그 사람이 대답했어

"아, 선생은 참 운이 좋소이다. 바로 내가 그 길을 찾아 나섰던 사람이라오."

"그러십니까? 그래 넓은 세상 구경은 잘 하셨습니까?"

"넓은 세상은 무슨 넓은 세상입니까? 그 훈장이 알려준 길을 가다 보니 이건 길이 아닌 거예요. 덤불도 걷어내야 하고 바위도 넘고 어떤 때는 절벽 위를 아슬아슬하게 걸어야 하고. 도저히 더 갈 수가 없어서 되돌아 왔어요. 선생도 괜한 고생하지 말고 그냥 댁으로 돌아가시는 게 좋을 겁니다."

다소 실망했지만 돌이는 또 다른 사람을 만나서 물어 보았는데 그 사람은 이렇게 말했어.

"뭐, 내가 직접 그 길을 찾아본 것은 아닙니다. 나는 처음부터 그런 길을 믿지 않았거든요. 그런 길이 있었다면 왜 여태까지 아무도 몰랐겠어요? 그리고 내가 아는 많은 사람들이 그 길을 갔다가 며칠 만에 다들 돌아왔어요. 모두들 헛수고만 한 거지요. 이걸 보면 그런 길은 없는 게 틀림없어요."

그 사이 석이는 여기저기 물어서 그 훈장의 가르침을 따라 넓은 세상을 보고 온 사람을 찾아갔어. 석이를 반갑게 맞이한 그 사람은 이렇게 말했지.

"예, 그 길은 확실히 있습니다. 그러나 본래는 없던 길이라 힘은 다소 듭니다. 우거진 풀숲도 헤쳐 나가야 하고 바위틈을 빠져나가기도 해야 합니다. 그리고 방향도 정확하게 잡을 줄 알아야 합니다. 그러자면 낫이나 망치 같은 몇 가지 도구도 갖추어야겠지요. 하늘의 별을 보고 남북을 분간하는 법도 배우셔야 하고요. 이 정도만 준비하면 됩니다. 길은 박 첨지와 제가 안내해드릴 테니까 염려하실 것은 없습니다."

"그런데 왜 다들 그 길을 가지 않을까요? 되돌아온 사람들도 많다고 하던데요?"

"그건 그 사람들이 성급하게 준비 없이 서둘렀기 때문입니다. 얼마 전까지 없던 길을 새로 가야 하는데 무작정 나서기만 한다고 되는 것은 아니지요."

그날 밤 다시 모였을 때 돌이는 석이에게 말했어.

"여보게, 나는 그냥 집에 돌아가겠네. 여러 사람을 만나봤는데 다들 그런 길은 없다는 거야. 사서 고생할 필요는 없지 않겠나?"

석이는 깜짝 놀라서 말했어.

"무슨 소리야? 그 길은 분명히 있어. 난 그 길을 다녀온 사람에게 들었는데 그 길은 정말 있어. 그런 소리 하지 말고 나와 함께 가세."

"아냐. 그 박 첨지란 사람도 뭔가 잘못 알고 있거나 아니면 우리 같은 어수룩한 사람들을 이용하려는 것 같아. 나는 내일 마을로 돌아가겠네. 정 가고 싶다면 자네나 혼자 가게나."

하는 수 없이 돌이를 떠나보낸 석이는 며칠 동안 박 첨지로부터 별 보는 법을 배운 다음 도구 몇 가지와 먹을 것을 챙겨서 함께 길을 나섰지. 우선 마을 앞을 가로막고 있는 큰 산을 올라간 다음 낫으로는 잡목 가지를 쳐내고 망치로는 바위를 깨어 길을 만들기도 하고, 절벽 위에서는 까마득한 골짜기를 내려다보며 바위를 안고 돌기도 했어.

낮에는 해를 보고 밤에는 별을 보아 정확한 방향을 잡으며 길을 간 지 한 달쯤 지난 어느 날, 두 사람은 숨이 턱에 닿아서 산비탈을 올라갔어. 그리고 드디어 그 비탈을 다 올라가 능선에 선 석이의 눈앞에는 여태까지 본 적도 없고 상상도 하지 못했던 광경이 펼쳐져 있었지.

태양이 밝게 비치는 넓은 들판에는 수없이 많은 꽃들이 다투듯 피어 있는가 하면, 그 너머 잘 가꾸어진 밭에는 여러 가지 곡식들이 자라고 있었어. 튼튼하고 아담하게 지은 집들도 여기저기 많았지. 멀리 보이는 푸른 바다에는 아름다운 돛단배들 위로 갈매기들이 끼룩거리며 날아다니고 있었고 말이야.

이런 광경을 넋을 잃고 바라보고 있는 석이에게 박 첨지가 말했어.

"자, 이제 당신은 여기 있는 모든 것을 가질 수 있습니다. 훈장님께서 그렇게 준비해 놓으신 것이니 안심하고 가지셔도 됩니다. 이곳의 땅은 한없이 넓습니다. 그러니 우리는 이제부터 더 많은 사람들을 이곳으로 인도해야 합니다. 그 답답한 골짜기를 벗어나 이렇게 아름다운 땅에서 함께 살도록 해야 하지 않겠습니까?"

앵무새, 창공을 날다

오늘은 내가 한 마리의 앵무새가 되어서 얘기를 해볼까 해. 가끔 이렇게 나를 다른 동물로 변화시켜서 그 동물의 시각으로 사물을 보는 것도 재미있다고. 그럼 시작해 볼까?

나는 한 마리의 앵무새야. 깃털도 오색찬란하고 부리나 발톱도 날카로우며 날개 근육도 아주 튼튼한, 스스로 생각해도 괜찮은 앵무새인 것 같아. 꽤 오래 전에 더운 남쪽 나라 어느 정글에서 태어났는데, 한 살쯤 되었을 때 친구들과 함께 날아다니다가 그만 사람들이 쳐놓은 새잡이 그물에 걸려서 인간 세상으로 오게 되었지.

정글에서 자라던 촌놈이 대도시에 와보니 이것저것 모두가 신기하고 휘황찬란하게 보여서 처음에는 얼떨떨했지만 조금씩 새 환경에 적응이 되더라고. 항상 좁은 새장 안에서만 지내려니 답답하고 짜증도 났지만 그래도 좀 지나니까 그것도 견딜 만하더군. 무엇보다도 때가 되면 사람들이 꼬박꼬박 먹이를 챙겨주니 내가 먹이를 찾아다닐 필요가 없어서 말이지.

사실 오래 살지는 않았지만 정글의 생활에는 항상 위험이 따랐어. 맹금류들이 하늘을 날면서 우리 같은 약한 새들을 노리는가 하면 어쩌다 떨어진 열매를 주워 먹거나 맛있는 벌레들을 잡아먹으려고 땅에 내려앉았다가 네 발 가진 짐승들에게 잡히는 수도 종종 있었으니까.

이 사람에게서 저 사람으로 몇 번인가 팔려 다니는 동안 친구들과는 뿔뿔이 흩어지게 되었고 나는 큰 도시의 어떤 동물 쇼 극장까지 오게 되었어. 그 다음날부터 조련사들이 훈련을 시키더라고. 처음에는 뭐가 뭔지 몰라 궁금해 하고 있는데 새장 문을 활짝 열어주는 게 아니겠어? 그래서 에라 모르겠다, 하고 후다닥 하늘로 날아올랐지.

아무리 편하다고는 해도 새장 속의 생활은 답답했거든. 다른 친구들도 함께 날아올랐는데 어느 순간에 모두들 온 몸에 찌릿한 전기 충격을 받고 땅에 떨어져서 한참 동안 정신을 잃고 말았어. 나중에 알았는데, 땅에서 한 10미터쯤 위에다 거의 눈에 보이지 않을 정도로 가는 전선 그물을 쳐놓고 전기를 통하게 해놓았던 거야. 몇 번 이런 전기 충격을 당하고 나니까 그 다음부터는 아예 전기를 피할 정도까지만 날아오르게 되더라고.

그렇게 전기 그물에 익숙해지니까 조련사들이 몇 가지 기술을 가르쳐 주었어. 사람들이 손바닥보다 조금 더 큰 접시에다 과자나 고기 조각을 얹어서 어깨 위에 들고 있으면 우리가 날아가서 그 과자나 고기를 낚아채는 기술이었어. 조금 해보니 곧 숙달이 되더군. 과자나 고기 먹는 재미도 쏠쏠했지.

또 다른 훈련은 사람들의 어깨 위에 사뿐히 내려앉는 기술이었어. 우리 앵무새들의 커다란 부리나 날카로운 발톱이 사람들을 다치지 않게 하면서 어깨 위에 한참 동안 앉아 있으면 되는 거야. 그러면 사람들은 우리와 함께 사진을 찍곤 했지. 사실 사람들이 겁을 내서 이리저리 움직이면 가끔 우리 발톱에 상처를 입는 수도 있었지만 말이야.

이렇게 몇 달 동안 훈련을 받은 다음 우리는 매일 관광객들이 모이는 특정한 장소 가까운 곳에 있는 나지막한 숲에서 놀고 있다가 조련사들의 신호에 따라 접시에 담긴 과자나 고기 낚아채기, 관광객 어깨 위에 내려앉기 같은 묘기를 보이기 시작했어.

그런데 우리 가운데 누구도 멀리 날아갈 생각을 하지 않았어. 그 전기 충격 때문에. 이것은 훨씬 뒤에 알게 된 사실인데, 훈련이 끝난 다음에는 사람들이 그 전기 그물을 다 치워버린다더군. 그런데도 우리는 여전히 조금 높이 날아오르면 그 전기 그물이 있을 거라고 믿었던 거야. 결국 우리는 있지도 않는 그물에 갇혀 있었던 거지.

이런 생활도 몇 년인가 하다 보니 점점 지겨워지기 시작했어. 맨날 똑같은 짓만 반복하니 그럴 수밖에. 물론 앞에서도 말했듯이 먹이 걱정도 없고 맹수들한테 잡혀 먹힐 염려도 없으니 좋기는 했지만 그래도 지겨운 것은 어쩔 수가 없었어. 그렇다고 뭐 딱 부러지게 달리 무슨 도리가 있는 것도 아니었지. 그러니 더 답답할 수밖에.

그런데 우리가 있던 곳이 바닷가 근처라서 갈매기들이 가끔 날아왔어. 바닷가에서 자유롭게 날아다니며 보고 듣는 것이 많은 갈매기들은 이것저것 여러 가지 정보를 전해 주었지.

그 중 하나는 이런 것이었어. 사람들이 타고 가는 배를 따라 저 멀리 수평선을 넘어가 보면 우리가 태어난 고향처럼 숲이 우거지고 먹이가 많은 곳이 있는데, 그런 곳에 가기만 하면 이렇게 지겨운 생활을 하지 않아도 먹고 사는 걱정 없이 자유롭게 살 수 있다고 하는 거야.

몇몇 친구들은 갈매기들의 말을 듣고 용기를 내어 바다로 날아갔고, 그 중에 몇몇은 수평선을 넘어 멀리멀리 가기도 했어. 갈매기들이 전해 주는 그 후의 소식은, 자유롭게 잘 사는 친구도 있고 그런가 하면 어디로 갔는지 행방을 알 수 없는 친구도 있었다고 하더군.

그러나 나는 쇼 극장 생활을 지겨워하면서도 선뜻 바다로 나갈 용기를 낼 수가 없었어. 불확실한 숲속의 생활보다는 답답하기는 해도 안정적인 이곳을 벗어나고 싶지 않았기 때문이야. 그러면서도 한편으로는 수평선 너머에서 자유롭게 산다는 친구들을 얼마나 부러워했는지 몰

라. 결국 나는 자유의 대가로 배고픔을 견딜 용기가 없었던 거지.

그러구러 세월은 자꾸만 흘러서 어느덧 나도 같이 있는 앵무새들 중에서 늙은 축에 들게 되었어. 그리고 그때까지 보아 하니 어느 정도 나이가 들어 행동이 굼뜨게 된 앵무새들은 어느 날 갑자기 어디론가 팔려가 버리더라고.

그러나 나는 비록 나이는 제법 먹은 축이었지만 건강도 좋았고 갖가지 쇼의 솜씨도 젊은 녀석들 못지않았기 때문에 전혀 걱정을 하지 않았어. 설마 나를 팔아버리겠느냐 하는 자부심이 있었던 거지.

그런데 그것은 나 혼자만의 생각이었어. 어느 날 밤에 자다가 보니 내가 그물 속에 갇혀 있더라고. 사실 우리 앵무새의 부리나 발톱은 굉장히 강하고 날카롭기 때문에 사람들이 우리를 잡을 때는 꼭 그물을 사용하지.

그 다음 날 나는 어느 시장에 있는 앵무새 판매 가게로 팔려갔어. 한 마리씩 따로따로 자그마한 새장에 넣어서 가게에 걸어놨다가 찾는 사람이 있으면 파는 곳이었지. 쇼 극장에서는 그래도 좀 날아다니기라도 했는데 여기는 하루 종일 좁은 새장 안에 갇혀 있으려니까 정말 죽을 맛이더군. 그래도 달리 어찌 해볼 도리가 없어서 운명이려니 하고 지냈지 뭐.

팔려간 그 다음 날부터 가게 주인이 나에게 사람들 말을 가르치더군. 처음에는 "야!" "너!" "나야!" 같은 간단한 단어들을 내가 제대로 발음할 때까지 반복을 시키더니 조금 숙달이 되니까 "어서 오십시오." "사랑합니다." "반갑습니다." 같은 인사말도 배우게 했지. 의미는 잘 모르고 그냥 흉내만 내는 것인데, 자주 반복하다 보니 말뜻도 약간 이해가 가더라고.

사람들 말이 제법 익숙해졌을 때 나는 또 어느 꽤 큰 식당 주인에게 팔렸어. 아침부터 저녁까지 손님들로 붐비는 식당이었는데 나는 그 식당 입구에 매달아 놓은 새장 안에서 손님이 들어오면 "안녕하세요?" 하고 인사를 하고 나가는 손님들에게는 "감사합니다."라고 인사를 했지. 사람들이야 내 인사말에 좋아라고 웃고 떠들었지만 하루 종일 똑 같은 소리를 반복하는 나는 정말 지루한 하루하루였어.

그 식당에서 나를 특히 좋아한 사람은 열 살쯤 되는 집 주인의 손자였지. 틈만 나면 내가 있는 새장 밑에 와서 자꾸 말을 시키기도 하고 할아버지한테 새장을 내려달라고 떼를 쓰기도 했어. 주인은 가끔 새장을 내려서 나를 가까이에서 보도록 해주기는 했지만 새장 문을 열어주지는 않았어. 귀여운 손자가 혹시 나에게 물릴까 봐 염려했기 때문이었지.
식당에서의 생활에 어느 정도 익숙해진 어느 날, 주인 가족들과 종업원들이 함께 어느 섬으로 며칠간 놀러 가게 되었어. 당분간 식당 문을 닫아야 하니 하는 수 없이 나도 함께 데려 가더군. 말할 것도 없이 제일 기뻐한 건 그 손자 녀석이었지. 차에서나 배에서나 항상 내가 들어 있는 새장 옆에 붙어 앉아서는 나한테 말을 시키느라 정신이 없었어.
차로 부두까지 간 일행은 거기서 아주 커다란 여객선으로 갈아탔는데, 배가 부두를 벗어나서 넓은 바다로 나왔을 때 나는 고향을 떠난 이후 처음으로 수평선을 보았어. 그리고 바다 위를 둥둥 떠다니거나 창공을 날아다니는 갈매기들도 보았지.
수평선과 갈매기 떼! 그것은 감동이었고 환희였으며 동시에 쓰라림이었어. 이렇게 넓은 세상이 있는데, 이렇게 자유로운 삶이 있는데, 나는 좁은 새장 안에서 뜻도 잘 모르는 사람 말을 지껄이면서 주인이 넣어주는 먹이로 살아왔다니……

그때부터 나는 사람 말을 하지 않았어. 그 손자 아이가 아무리 말을 시키려고 해도 나는 들은 척도 하지 않았지. 나는 이제 내 말을 하고 싶었고 내 삶을 살고 싶었어. 그러나 여전히 나는 좁은 새장에 갇혀 있었지. 푸른 하늘과 푸른 바다가 만나는 수평선이 내 가슴을 뛰게 만들었지만 나는 사람이 옮겨주지 않으면 아무 데도 갈 수 없는 신세였던 거야.

나는 점점 우울해지기 시작했어. 먹이도 귀찮고 아이의 재롱도 싫었어. 그러자 아이가 할아버지한테 가서 내가 말도 안 하고 먹지도 않는다고 일렀지. 그러나 종업원들과 함께 흥겹게 술을 마시던 주인은 심드렁하게 그냥 놔두라고 말했어.

다시 새장 곁으로 온 아이는 걱정스러운 얼굴로 나를 뇨리소리 실퍼 보았어. 내가 꼼짝도 하지 않자 아무래도 내가 병이 난 것으로 알았는지 아이는 살그머니 새장 문을 열고 손을 들이밀어 나를 만지려고 했지.

그때까지도 나는 새장 문이 열린 것을 보지 못했어. 그러다가 아이의 손이 내 몸에 닿았을 때 나는 알았어. 이제야 내가 자유를 찾을 때가 왔다는 것을. 아이의 팔만 없으면 나는 밖으로 나갈 수 있는 거야. 나는 거의 본능적으로 아이의 손을 살짝 쪼았지. 앞에서도 말했지만 우리 앵무새 부리의 힘은 무척 세다고. 아주 딱딱한 열매도 쉽게 깨뜨릴 정도니까.

아이가 깜짝 놀라 소리를 지르며 팔을 빼자 새장이 바닥에 나뒹굴었어. 나도 함께 굴렀지만 두 번 다시는 오지 않을 이런 기회를 놓칠 수가 없었지. 나는 몸의 중심을 잡은 다음 비좁은 새장 문을 빠져 나와 높은 하늘로 날아올랐어. 심장은 터질 듯이 뛰었고 숨은 턱에 닿는데 모처럼 하는 비상이어서 날개 근육이 뻣뻣해지더군.

나는 점점 더 높이 날아올랐어. 저 아래 배 위에서는 아이가 나를 가리키면서 울고 있었고 그 주위에는 일행들이 우르르 몰려와 나를 쳐다

보고 있었지. 잔잔한 바다는 한낮의 햇살을 받아 환하게 빛나고 있었고 수평선 위에는 점점이 섬들이 보였어.

나는 모처럼 사람의 말이 아닌 나의 말로 목소리를 높여 외쳤어.

"나는 이제 자유다! 누구도 내 삶에 간섭할 수 없다! 나는 자유다!!!"

그리고는 수평선 너머에 있는 섬을 향해 힘껏 날아갔어. 그때 나에게는 새 하늘과 새 땅이 열리고 있었지.

나는 이제 자유롭게 살고 있어.

누구의 간섭도 받지 않고 살아가고 있지.

하지만 그 자유는 나를 힘들게 하기도 해. 아무도 나에게 먹이를 주지 않고 아무도 나에게 쉴 곳을 마련해 주지 않거든. 모든 것은 내가 직접 찾아야 하고 스스로 알아서 해결해야 하니까.

그러나 나는 지금 그 어느 때보다도 행복해.

자유롭기 때문에.

제3부
산다는 것

할머니와 넝쿨장미

영이네 집은 시내에서 조금 벗어나서 다소 한가해 보이는 동네의 자그마한 야산 밑에 있는 단독주택이야. 집은 남향으로 아담하게 잘 지었고 마당도 넓어서 전망이 무척 좋았지만 무엇보다도 이 집의 자랑거리는 담장이지.

황토에 자갈을 섞어서 사람들 어깨 높이 정도로 쌓은 다음 그 위에 기왓장을 덮은 그 담장을 본 사람들은 모두 예술작품이라고 칭찬을 아끼지 않있어.

그 담장 위에는 봄부터 빨간 넝쿨장미가 한껏 아름다움을 뽐내며 피어 있었어. 그 장미들 때문에 집안이 더 환해졌다며 영이 할머니는 어린애처럼 좋아했지. 한여름에도 장미는 쉬지 않고 피어서 담장을 장식하고 있었어. 물론 꽃잎이 떨어지면서 시드는 꽃들도 있었지만 워낙 새로 피는 꽃이 많아서 담장은 언제나 붉은 빛으로 덮여 있었지. 영이 할머니는 그 붉은 넝쿨장미를 보면 언제나 새로운 활력이 가슴 속에 솟아오르는 것 같았어.

한 번은 태풍이 불어와 수많은 꽃들이 거의 다 떨어져서 영이 할머니의 마음을 몹시 아프게 했지. 그러나 며칠 후에는 다시 새로운 꽃봉오리들이 활짝 피어나서 더 맑고 깨끗한 붉은 빛을 온 사방에 뿌려 영이 할머니가 얼마나 기뻐했는지 몰라.

그런데 요즈음 들어서 영이 할머니는 마음이 점점 우울해지는 거야. 몇 년 전에 영이 할아버지께서 돌아가셨을 때도 슬프기는 했지만 우울하지는 않았어. 그때 갓 초등학교에 들어간 영이를 직장에 다니는 영이 엄마 대신 돌보느라고 이것저것 가릴 정신이 없기도 했고, 또 몇몇 친구나 동창들 모임이 있어서 적적하지 않게 시간을 보낼 수가 있었거든.

그러나 지난 몇 년 사이에 한 친구는 아들을 따라 외국으로 이민을 가 버렸고, 동창 모임도 회장이 바뀌더니 한 달에 한 번 하던 모임이 서너 달에 한 번으로 줄어들면서 점점 흐지부지되어 갔어. 게다가 영이도 학년이 올라가면서 친구들과 같이 공부하고 노는 시간이 많아져서 할머니랑 지내는 때가 별로 없게 되었고.

그래서 영이 할머니는 우울한 마음을 덜어보고자 새삼 몸단장에 신경을 쓰기 시작했어. 흰 머리도 좀 젊어 보이는 색으로 염색을 하고 헤어스타일도 바꿔 보았지. 얼굴에도 과감하게 진한 화장을 하고 옷도 자기보다 훨씬 젊은 사람들이 입는 것을 사서 입었어. 그러고 나서 거울을 본 할머니는 만족한 미소를 띠었지. 한 십년은 젊어 보이는 중년의 여인이 화사한 얼굴로 거울 안에서 웃고 있어서 말이야.

그렇지만 그런 기분도 얼마 가지 않았어.

화장을 할 때마다 점점 깊어가는 얼굴의 주름살이 눈에 뜨이고, 손끝에 닿는 탄력을 잃어가는 피부 때문에 영 마음이 편치 않았던 거야. 게다가 염색을 한 머리 밑에서 새로 자라나는 머리카락들이 하얗게 올라오는 것도 질색할 노릇이었지.

영이 할머니가 젊을 때의 팔팔했던 기운도 줄어들고 더 이상 자기를 필요로 하는 사람도 없는 데다 속내를 털어놓고 얘기를 나눌 상대도 마땅하게 없어 조금씩 더 우울해지는 사이에 여름이 지나고 가을이 왔어.

아침저녁으로 제법 서늘한 바람이 불기 시작하자 영이네 집 뒷산도 서서히 갈색이 짙어 갔고, 담장 위의 넝쿨장미도 시들어 갔지.

어느 날 아침 다른 가족들이 다들 직장이나 학교로 간 후 영이 할머니는 설거지와 집안 청소를 끝낸 다음 커피를 한 잔 마시고 싶어 물이 든 휘파람 주전자를 가스 불에 올려놓았어. 그리고는 햇볕이 따사롭게 비쳐 들어오는 창가의 탁자에 앉아 창밖을 내다보고 있었지.

마당의 잔디는 누렇게 변해서 초라하게 시들어 가고 있었고 마당 군데군데에 심어 놓은 나무들도 가을바람에 시들은 잎들을 우수수 떨어뜨리고 있었어. 스산한 기운이 영이 할머니의 가슴 속을 흔들며 지나갔지.

그때 담장 위의 넝쿨장미가 영이 할머니의 눈에 들어왔어. 이파리도 많이 떨어지고 넝쿨 줄기도 갈색으로 바뀌고 있었지만 무엇보다도 그 많던 꽃잎들이 몇 송이를 빼놓고는 다 시들어 떨어진 것이 영이 할머니의 마음을 아프게 했지. 영이 할머니는 한숨을 쉬면서 자기도 모르게 중얼거렸어.

"아아, 장미야. 어쩌면 네 모습이 그렇게 나랑 똑 같니? 한때는 어느 꽃보다도 더 예쁘게 피어 있더니 이제는 다 떨어졌구나. 나도 젊었을 때는 누구도 부럽지 않았는데……."

이때 넝쿨장미 한 송이가 고개를 들고 영이 할머니에게 말했어.

"할머니, 어째서 그렇게 한숨을 쉬세요?"

영이 할머니는 서글픈 어조로 대답했어.

"네 모습이 꼭 나를 보는 것 같아서 그런다. 봄이나 여름에는 그렇게도 활짝 예쁘게 폈는데 이제는 다 떨어지고 없으니 말이야. 내가 그랬거든. 처녀 때는 나도 꽤 예뻤고, 결혼해서도 오랫동안 사모님 소리를 들었는데, 이제는 얼굴도 몸매도 다 망가지고 바깥양반이 죽고 나니 만나자는 사람도 없고, 하나밖에 없는 손녀도 얼굴 보기가 쉽지 않고……."

넝쿨장미가 다시 말했지.

"할머니, 그건 당연한 것 아닌가요? 살아있는 것은 다 한때는 예쁘고 사랑스럽지만 세월이 흐르면 시들게 마련이잖아요. '사모님'이라는 말도 그래요. 할아버지께서 계셨기 때문에 사람들이 할머니를 사모님이라고 불렀다면 그건 할머니의 참 모습이 아니었잖아요? 그런 빈 이름에 매달리실 필요는 없지요. 그리고 영이가 할머니를 떠나 친구들 하고 어울리는 것은 조금만 다르게 보면 아주 다행한 일이지요. 영이가 언제까지나 할머니 곁에만 있으면 어떡하시겠어요? 학교에 가도 친구가 없고 다 커서도 남자친구나 애인이 없다면 그거야말로 큰일 아니겠어요?"

"글쎄, 네 말이 맞기는 하지만 그래도 내 마음이 허전한 걸 어쩌겠니? 특히 이렇게 늘어나는 주름살을 보면 이제 내 인생도 다 됐구나 싶어서 말이야."

"할머니, 소녀 때나 처녀시절에는 거기에 맞는 아름다움이 있는 것이고요, 중년이나 노년에는 또 나름대로의 아름다움이 있는 거예요. 할머니께서 아무리 화려한 옷을 입고 화장을 잘해도 다시 소녀나 처녀가 될 수는 없지 않겠어요? 그보다는 할머니께서 스스로 늙으셨음을 인정하시고 그에 맞는 아름다움을 가꾸시면 그것이 훨씬 더 가치 있고 더욱 우아한 아름다움이 될 거예요."

영이 할머니의 마음이 조금씩 편안해졌어.

그렇지만 말하고 싶은 것이 한 가지 더 있었지.

"내 몸을 가꾸는 것은 네 말이 맞는 것 같구나. 그렇지만 내 평생을 되돌아보니 별로 이루어 놓은 것이 없어. 남편 뒷바라지나 하고 자식들 몇 키우다 보니 좋은 세월 다 지나갔거든. 손녀 키우는 보람도 이제는 다 끝난 것 같고 말이야. 남아 있는 거라곤 이렇게 초라한 내 모습 밖에 없으니······."

넝쿨장미가 조용히 말했어.

"할머니 눈에는 지금의 시든 제 모습이 초라해 보일지 모르지만 저는 지금의 제 모습이 아주 자랑스럽게 보인답니다. 봄에는 맘껏 꽃을 피워 벌과 나비들을 오게 해서 다른 꽃의 꽃가루를 받아 씨받이를 했고, 여름 한철 내내 비가 오고 바람이 불어도 그 씨앗을 키웠지요. 이제 저는 떨어져도 제가 키운 씨앗은 남아서 내년 봄이 되면 또 다른 꽃을 피울 텐데 제가 뭘 아쉬워하고 뭘 섭섭해 하겠어요? 이게 다 자연의 법칙이고 우주의 섭리지요. 제가 보기에는 할머니도 저하고 똑 같으신데요? 할머니도 정말 보람 있고 가치 있는 삶을 살아오신 거예요."

"그렇지만 그건 나 자신을 위한 것은 아니었잖니? 내 친구들 몇몇은 사회적으로 이름을 떨치고 있거든. 그 친구들의 명성에 비하면 나는 그저 평범하고 이름 없는 인생을 살았다는 생각이 자꾸 들어서 그래."

"맞아요. 사회적인 명성만을 본다면 할머니의 인생은 평범하고 시시해 보이기도 하겠지요. 그러나 어떤 삶이 성공이냐 아니냐를 가리는 것은 바깥세계의 명성이나 명예에 달린 것이 아니라 바로 자신의 마음속에서 진정으로 행복을 느끼고 만족했느냐 아니냐에 달린 것이라고 생각해요. 저는 한 송이 넝쿨장미로 태어나서 꽃을 피우고 씨앗을 맺고 시들어서 떨어지는 것으로 만족하고 행복해요. 할머니도 지금까지 아내로서, 어머니로서, 또 영이의 할머니로서 행복하셨지요? 그렇다면 이제는 내 주위에 아무도 없다고 쓸쓸해하실 것이 아니라, 이제야말로 누구에게도 얽매이지 않는 자신을 찾으셔서 더욱 행복해지실 수 있잖아요? 모든 것은 보기 나름이고 생각하기 나름이랍니다."

넝쿨장미의 이야기를 들은 영이 할머니는 마음이 차분히 가라앉으면서 온 몸에 평안한 기운이 도는 것을 느꼈어. 그리고는 조용히 두 눈을 감고 미소 띤 얼굴로 지나간 생애를 되새겨 보았지. 다정했던 할아버지와의 평생은 아련한 추억이었고, 첫 아이를 낳았을 때의 기억도 생생했어. 그 아이가 자라서 결혼을 하여 손녀인 영이가 태어났을 때의 감동은 아직도 가슴을 찡하게 했고 말이야.

　이때 어디선가 휘파람새 한 마리가 휘이~휘이~ 울었어. 영이 할머니가 깜짝 놀라 눈을 떠보니 가스 불 위에 올려 놓았던 휘파람 주전자에 물이 끓으면서 소리를 내고 있었지.
　얼른 가스 불을 끈 다음 천천히 커피 한 잔을 타서 창가의 탁자로 돌아온 영이 할머니의 눈에 비친 마당의 풍경은 조금 전과는 전혀 달랐어.
　누렇게 변해 가는 마당의 잔디는 그 밑에 새로운 생명을 잉태하고 있었고, 낙엽이 진 나무들은 자랑스러운 자태를 푸른 하늘로 힘차게 뻗어 가고 있었으며, 담장에서 시들어 가는 넝쿨장미들도 따스한 햇볕을 받으며 당당한 자태를 뽐내고 있는 게 아니겠어?
　영이 할머니는 거기에서 바로 새 하늘과 새 땅을 보았던 거야.

조약돌

큰 강 하구에서 그리 멀지 않은 바닷가에 수많은 조약돌들이 모여 있었어. 바닷물이 밀려왔다가 하얀 물거품을 만들며 밀려나가면 조약돌들은 자기들끼리 몸을 맞대며 달그락거렸지. 한낮의 햇살이 따스하게 비치면 조약돌들의 까만 얼굴은 반짝반짝 빛이 났어.

그 조약돌들 중에서도 가장 커다란 돌 두 개가 어깨를 맞대고 모래톱에 박혀서 졸고 있었어. 그 모습은 마치 평생을 함께 살아온 노부부가 편안하게 서로를 의지하고 있는 것 같았지.

어느 날 호기심 많은 갈매기 한 마리가 그 모래톱으로 날아와서 물었어.

"조약돌 어르신들, 안녕하세요? 두 분 모습이 하도 정겨워 보여서 이렇게 찾아왔습니다. 두 분께서는 언제부터 여기에 계셨나요? 아, 참! 그보다도 두 분 연세가 어떻게 되나요?"

오후의 햇살 아래 몸을 덥히며 졸던 두 조약돌은 갈매기의 인사에 부스스 눈을 떴어. 그리고 그 중에 조금 더 커 보이는 조약돌이 느릿느릿하게 말했지.

"허허, 갈매기 친구가 성미도 급하군 그래. 좀 숨이나 돌리고 말하지 않고. 뭐? 우리 나이가 얼마냐고? 글쎄, 그건 우리도 잘 모르겠구먼. 하도 오래 돼서 기억도 가물가물하고, 또 기억할 필요도 없잖아? 그냥 이렇게 지내면 되는 거지. 안 그래, 여보?"

그러자 옆에 있던 좀 작은 조약돌이 말을 받았어.

"그럼요. 나이가 뭐 그리 대수겠어요? 그저 살 만큼 살았다고 보면 되지요."
 약간 머쓱해진 갈매기가 다시 물었지.
 "그런데 두 분께서는 처음 만나셨을 때부터 이렇게 둥글둥글하셨나요? 서로 기대어 계신 모습을 뵈니 정말 두 분 사이의 깊은 정과 사랑이 느껴져서요."
 큰 돌이 얼른 말을 받았어.
 "무슨 소리를! 우리 둘이 처음 만났을 때는 둘 다 거칠고 모나고 그랬어. 그리고 그 거친 모서리로 상대방을 찌르고 할퀴곤 했지."
 작은 돌도 거들었지.
 "아유, 처음엔 얼마나 힘들었는지 몰라요. 이 양반이 나를 찌르면 나는 저 이의 몸을 할퀴고 야단을 했지."
 갈매기가 다시 물었어.
 "두 분께서는 어디서 어떻게 처음 만나셨는데요? 그리고 수많은 세월을 어떻게 살아오셨는지 좀 말씀해 주세요."
 그러자 큰 조약돌은 한 번 목소리를 가다듬은 다음 지그시 눈을 감고 이야기를 시작했어. 어느새 그 모래톱에는 많은 갈매기들이 모여들었고, 밀려오는 파도와 장난치며 놀던 자그마한 조약돌들도 귀를 쫑긋 세웠지.

 저 강을 한참 거슬러 올라간 아주 먼 상류에 이 골짝 저 골짝에서 흘러 내려온 시냇물들이 합수되는 큰 물굽이가 있었지. 그리고 그 물굽이 한쪽에 꽤 높은 벼랑이 있었어. 그 벼랑 위에는 오랜 세월 바람에 깎이고 비에 시달려 둘레에 이끼가 파랗게 낀 반석이 있었는데 사람들은 그것을 거북바위라고 불렀지. 어느 방향에서 보면 거북이가 고개를 꼿꼿하게 쳐들고 헤엄치는 모습처럼 보여서 그랬다고 해.

그런데 그 거북바위가 있는 절벽 밑에는 용바위라고 불리는 제법 큰 암석 하나가 있었어. 몸통은 물속에 박혀 있지만, 입을 벌린 듯 보이는 모습하며 발톱을 세우고 하늘을 향해 곤추선 모습이 어찌 보면 작은 용을 닮기도 했었지.

그런데 언제부터인가 이 거북바위와 용바위는 서로 사랑하게 되었어. 사실 오랜 세월 한 자리에 붙박이로 있다 보니 외롭기도 하고 다른 말동무도 없어서 둘이 좀 더 가까이 지내면서 서로 얘기도 하면 덜 외로울 것 같아서 말이야.

그러나 서로 떨어져 있으니 마음만 아팠지. 바위가 새들처럼 날개가 달린 것도 아니고, 짐승들처럼 다리가 있는 것도 아니니 어쩌겠나? 그래서 두 바위는 하늘님께 함께 살게 해달라고 빌기 시작했어. 처음에는 오랫동안 전혀 아무 응답이 없었지.

두 바위가 기도를 드리기 시작한 때로부터 아주 오랜 시간이 더 흐른 어느 해 여름에 엄청나게 많은 비가 쏟아지기 시작했어. 몇 날 며칠이 지나도록 비가 그치기는커녕 점점 더 거세게 내리자 두 바위가 있는 물굽이에는 어마어마한 황토 물이 쏟아지듯이 흘러 내려갔고, 벼랑의 흙이 마구 패여 나갔지.

그날 밤, 다소 잦아드는 듯했던 빗줄기가 이번에는 천둥과 번개를 동반하고 다시 장대비로 변하여 쏟아지기 시작했어. 그 벼랑이 점점 더 깎여 나가면서 거북바위의 몸이 조금씩 기울었지. 그때 하늘이 찢어지는 듯한 굉음과 함께 거북바위 바로 곁에 서 있던 커다란 소나무에 벼락이 내리꽂히면서 그 밑의 땅이 갈라졌어. 그러자 그렇잖아도 위태위태하던 거북바위는 몸의 중심을 잃고 절벽 아래로 굴러 떨어졌지.

떨어진 거북바위가 정신을 가다듬고 주위를 둘러보니 마침 바로 옆에 용바위가 있는 거라. 비록 황토 물속이긴 해도 둘은 기뻤지. 이제 나란히 가까이서 지내게 되었으니 말이야. 어찌나 기쁘던지 처음에는 둘 다 그저 좋기만 했어. 가까이서 보니까 용바위 눈에는 거북바위의 듬직한 모습이 더욱 믿음직스러웠고, 거북바위가 본 용바위는 날렵하면서도 조금은 새침해 보이는 게 아주 매력적이었지.

그렇게 세월이 또 얼마나 흘렀을까?
언제부턴지 두 바위의 눈에 상대의 단점이 보이기 시작했어. 거북바위에게는 용바위의 발톱이나 뾰족한 꼬리가 너무 날카로워서 가까이 가기가 점점 거북해졌지. 과거에는 바로 그 날카로운 발톱과 뾰족한 꼬리가 그렇게 매력적이었는데 말이야. 또 용바위가 보기에는 거북바위의 넓은 등이나 뭉툭한 다리가 영 둔하고 멋대가리가 없는 게 아니겠어? 사실은 바로 그 듬직한 등과 단단해 보이는 다리 때문에 거북바위에게 반했으면서도 말이지.

게다가 두 바위가 있는 여울목이 그다지 넓지 못해서 물길 위쪽에서 떠내려오는 나무 가지나 물풀들이 자꾸 용바위에 걸리는 거라. 거북바위가 물길을 막기 전에는 별로 걸리는 것이 없었는데 새삼스럽게 잡동사니들이 거치적거리니 용바위의 심사가 불편할 수밖에.

거북바위는 거북바위대로 허구한 날 물속에 앉아 있으려니 답답했지. 벼랑 위에 앉아 있을 때는 바람도 불고 햇볕도 나고 또 사람들이 가끔 촛불을 밝혀 놓고 절도 하고 해서 재미도 있었는데 물속에 있어 보니 기껏 피라미들이나 볼까 뭐 별 다른 재미가 있어야지.

그러던 어느 해에 또 한 번 큰물이 났어. 이 골짝 저 골짝에서 황토 빛 물살과 함께 바위들이 굴러내려 왔지. 그 바람에 거북바위와 용바위도 함께 떠밀려 내려가다가 서로 부딪히게 되었어. 용바위의 날카로운 모서리가 거북바위의 몸을 찌르고, 거북바위의 뭉툭한 다리가 용바위의 허리를 누르자 두 바위는 서로 화를 내며 싸웠지.

"아야! 그 뾰족한 발톱 좀 치워. 아파서 살 수가 있나! 그 발톱이랑 꼬리는 좀 잘라버릴 수 없어?"

"그러는 당신은 어떻고요? 그 무거운 다리로 나를 막 눌러대면 어쩌라는 거예요? 당신이나 그 다리 좀 어떻게 해봐요!"

"뭐요? 내 다리를 없애라고? 아니, 거북바위에게서 다리를 없애버리면 그게 무슨 거북바위요? 난 그렇게 못하오."

"그럼 용바위한테서 발톱이랑 꼬리를 잘라버리면 그게 무슨 용바위예요? 그냥 볼품없는 하찮은 바위지. 나도 그렇게는 못해요!"

사실 거북바위니 용바위니 하는 것은 그 바위 주변에 있던 사람들이 붙인 이름일 뿐 그 바위가 곧 거북이고 용인 것은 아니잖아? 그런데도 두 바위는 그 이름에 애착을 갖고 그 이름에 걸맞은 모습이 아니면 자기의 존재 가치가 없는 것으로 생각했었던 거야.

그렇게 두 바위는 큰물만 나면 함께 휩쓸려 내려가면서 서로 찌르고 할퀴면서 나는 안 되니 네가 변하라고 아옹다옹 싸웠지.

그러구러 두 바위가 큰물에 쓸려 저 강 중류쯤에 왔을 때였어. 어느 가을 날 강물도 많이 줄어서 강변 자갈밭에서 해바라기를 하며 용바위를 바라보던 거북바위가 문득 생각했어.

'허허, 저 용바위도 이제 봤더니 많이 변했네. 날카롭던 발톱이나 모서리도 아주 부드러워지고, 키도 훨씬 작아졌구먼. 나도 그래. 거북바위라는 이름이 뭐 그리 대단하다고 그 야단을 쳤을까……거북바위면 어떻고 그냥 바위 덩어리면 어때? 나나 저 용바위나 서로가 좋아서 가까이 있게 된 거잖아? 용바위면 사랑스럽고 그냥 바위면 미운가? 아니지! 나는 용바위라는 이름을 사랑한 것이 아니고 그 바위 자체를 사랑했어. 그건 저 용바위도 마찬가지일 거야. 그러니 이제부터는 더 이상 용바위에게 고통을 주지 않도록 스스로 나를 부드럽게 바꿔야겠어.'

그때 용바위도 엇비슷한 생각을 하고 있었지.

'아이구, 저 양반도 많이 순해졌네. 제법 무게가 나가던 네 발도 많이 짧아지고, 그렇게 우람하던 몸통도 나하고 부딪치면서 깨지고 갈라져서 많이 닳았구먼. 그 벼랑 위에 그대로 있었더라면 아직도 정정할 텐데……. 괜히 날 만나가지고 물속에서 살다 보니 저렇게 됐구먼. 저 양반이 저렇게 변했는데 난들 어찌 이대로 있을 수 있나. 이젠 나도 좀 더 둥글둥글하게 변해야겠어.'

그때부터 두 바위는 큰물에 쓸려 내려갈 때마다 서로를 다치거나 아프게 하지 않으려고 자기 몸의 뾰족한 부분이나 모난 곳을 열심히 깎아냈지. 그러기 위해서 때로는 폭포에서 아래로 뛰어내리기도 하고, 때로는 강가의 커다란 바위에 몸을 부딪치기도 했어. 그리고 어떤 때는 오랜 세월 동안 모래 속에 파묻혀 지내면서 몸을 둥글고 매끄럽게 만들어 갔지.

또 다시 아주 오랜 세월이 흐른 후에 우리 두 바위가 있는 곳을 둘러보니 어느 새 바로 이 바닷가까지 왔더라고. 와보니 저렇게 수많은 조약돌들이 밀려오는 파도에 몸을 맡기고 이리저리 뒹구는 것이 얼마나 평화롭게 보이던지…… 우람하면서 뾰족하고 날카롭던 몸통도 그 사이 깎이고 닳아서 조금 철든 어린아이도 들 수 있을 만큼 작아졌고 말이야.

우리는 조약돌들과 어울려 지내면서 그 때까지도 조금은 남아 있던 모서리마저 다 둥글둥글하게 깎아냈어.

이제 우리는 그저 저 파도와 불어오는 바람에 몸을 맡기고 살아. 언젠가는 우리도 다 부서져서 이 바닷가의 한 줌 모래가 되지 않겠어? 그때까지 이렇게 둘이 서로 기대어 사는 거야. 그러니 나이가 무어 그리 중요하겠어? 그냥 살면 되는 거지.

 조약돌, 아니 거북바위의 긴 이야기가 끝났을 때 어느덧 한낮의 햇살도 잦아들어 잔잔한 바다는 저녁놀로 붉게 물들고 있었고 어깨를 맞댄 두 조약돌의 얼굴도 발갛게 물들어 갔어. 그리고 둥지로 돌아가는 갈매기들의 울음소리가 밀려오는 파도소리와 어울려 멀리 수평선 쪽으로 퍼져가고 있었지.

원앙가족 이야기

아이고, 고마워요, 기사 양반. 혹시 그냥 떠나면 어떡하나 하고 헐레벌떡 뛰어왔더니 숨이 차구먼. 아, 저기 자리가 있네. 젊은이, 나 거기 좀 앉아도 되겠지요? 이제 좀 숨이 가라앉는군 그래.

가만 있자, 어째 승객들이 전부 대학생들 같은데, 어떻게 된 건가? 뭐라고? 이 버스가 학생들 졸업여행 가는 전세버스라고? 그럼 이게 시외버스가 아니라는 말인가? 이거, 이제 나도 노망이 들었나 보네. 전세버스하고 시외버스도 구별 못하니……. 그런데 행선지가 어딘가? 아, 어쨌든 같은 방향일세. 그냥 이 늙은이 하나 더 타고 가도 되겠지? 어쩐지 어젯밤 꿈자리가 좋더니만, 허허.

그런데 왜 나 같은 사람을 태워주셨나? 나야 뭐 고맙지만 말이야. 아, 그래, 나보다 뒤에 타던 학생이 있었는데 그 친구가 화장실이라도 갔던 모양이지? 어쨌든 고마워요 모두들.

보자 하니 저 뒤에서는 무슨 토론이 한창인데 주제가 뭔가? 뭐, 홀로 되신 부모님의 재혼 문제라? 그거 재미있군 그래. 여기 있는 여러분의 생각은 어떤지 한 번 들어보고 싶구먼. 나는 이 나이에도 아직 마누라와 살고 있으니 다시 장가갈 행운은 없겠지만 말이야, 흐흐흐….

먼저, 홀로 되신 아버지가 재혼하시겠다면 찬성하는 사람? 아, 대략 열에 일곱 정도는 되는군. 그럼 어머니의 재혼에 대해서는 어떨까? 아니, 찬성하는 사람이 이 많은 학생들 중에서 겨우 두 명뿐이야? 나 같은 노인한테도 이건 정말 놀라운데. 젊은이들이 이렇게 보수적인 생각을 하고 있는 줄 몰랐는걸.
 어머니의 재혼에 반대하는 이유를 들어볼까?
 저기 저 여학생, 한 번 말해 봐요. 흠, 그러니까 어머니가 아버지가 아닌 다른 남자와 한 집에서 산다는 게 우선 생각하기도 싫고, 또 자식에 대한 어머니의 지극한 사랑이 더럽혀지는 것 같다 이런 말이구먼. 그래요, 일리 있는 말이야.
 또 다른 사람? 그래, 이번에는 그 남학생이 말해 봐요. 어머니라고 하면 깨끗하고 순수한 모성애라는 단어가 떠오르는데, 재혼이라는 말과는 이미지가 맞지 않는다고? 그것도 그럴 수 있지.
 뭐, 내 생각? 아니 이런 늙은이의 생각이 뭐 쓸모가 있을까? 그래도 한 번 들어보고 싶다고? 나야 뭐 속된 말로 가방끈이 짧아서 논리적으로 말은 잘 못하니 내가 좋아하는 우화를 하나 들려주면 어떻겠어? 내가 우리 동네에서는 이야기 할아버지로 통하거든. 그럼 유치하다고 생각하지 말고 한 번 들어봐요.

 어느 깊은 산골짜기에 원앙새 가족이 살고 있었어요.
 여러분도 알겠지만 원앙새가 원래 부부 금슬이 좋잖아? 그러다 보니 새끼들도 많아서 열댓 마리나 되었지. 그 많은 새끼들을 먹여 살리자니 부모 원앙 내외는 눈코 뜰 새 없이 바쁘게 돌아다녔어. 덕분에 새끼들은 무럭무럭 잘도 자랐지.
 그러던 어느 날 물가에서 먹이를 찾던 수컷 원앙이 그만 족제비한테 덜컥 잡아먹히고 말았지 뭐야. 먹이에 너무 신경을 쓰다 보니 그 포식자를 못 보았던 모양이야. 그 다음부터 암컷 원앙은 온갖 고생을 다하면서 자식들을 키웠지. 한 녀석이라도 배를 곯지 않게 하려고 발바닥이 닳도록 먹이를 찾아 다녔고, 혹시라도 들고양이나 족제비가 새끼들을 해칠까 봐 밤잠도 제대로 자지 못했어.

　한 마디로 말해서 모든 것을 자식들에게 바친 거지. 그 덕분에 새끼들은 별 탈 없이 자랐고 그 다음 해 봄이 되자 다들 짝을 짓고 독립해 나갔어.

　어미 원앙은 그제야 한시름을 놓고 좀 여유 있게 지내게 되었어. 그 사이 자주 만나지 못했던 친구들도 만나고 멀리 살고 있는 친척들도 찾아보았지. 모처럼 만난 친구들과의 수다도 재미있고 친척들의 살아가는 소식도 반가웠어.

　그런데 세월이 조금 더 지나 가을이 되자 어미 원앙의 가슴 한 구석이 점점 텅 빈 것 같은 거야. 맛있는 먹이를 먹어도 서 념념해서 맛을 모르겠고, 계곡 물에 자맥질을 해도 영 시원한 기분이 안 드는 거라. 게다가 미풍에 살랑대는 나뭇잎 소리에도 가슴이 울렁거리고, 이름 모를 꽃 향기에 잠을 설치기도 하고 말이야. 달 밝은 밤이면 먼저 간 남편이 원망스럽기도 하고 혼자 남은 자신이 처량해 보이기도 했지. 그러다 보니 어미 원앙은 점점 야위어 갔어.

　독립해 나간 자식들이 손자들을 데리고 가끔 들리러 와서는 수척해진 어미의 모습을 보고 무슨 일이냐고 물어도 제대로 대답을 할 수가 없었어. 사실 어미 원앙 스스로도 왜 그런지 잘 몰랐으니까. 그래서 자식들에게는 그냥 여기저기 아픈데 좀 지나면 나을 거라고만 했지. 자식들이야 어미 말을 듣고 몸조리나 잘 하시라고 말하는 수밖에 다른 도리가 있었겠어?

　그 해 겨울이 점점 깊어갈 즈음 북쪽에서 기러기들이 날아오기 시작했어. 그들 중에는 이들 원앙가족과 오랫동안 가깝게 지내던 나이 든 기러기 대장이 있었는데 그가 어느 날 어미 원앙을 찾아왔지.

"어머나, 기러기 대장님. 오래간만이네요. 어서 오세요. 먼 북쪽에서 오시느라고 피곤하실 텐데 찾아와 주셔서 감사합니다."

"예, 여독도 다소 풀렸고 해서 한 번 뵙고 싶어서 왔습니다. 아주머니께서도 그간 별고 없으시지요? 그런데 어째 좀 얼굴이 수척해진 것 같은데요?"

"글쎄요. 왠지 몸이 나른하고 기운이 없어서요. 그렇다고 뭐 유달리 아픈 곳이 있는 것도 아닌데요."

기러기 대장은 보일 듯 말 듯 고개를 끄덕이며 생각에 잠기더니 조용히 말했어.

"원앙 아주머니, 오랫동안 자식들 뒷바라지 하느라고 고생하시다가 이제 겨우 숨을 돌리시다 보니 뭔가 허전하시지요? 괜히 모든 게 섭섭하기도 하고 자기 신세가 서럽기도 하고 그렇지 않습니까? 저도 나이 들면서 이것저것 겪어봐서 잘 압니다."

어미 원앙은 자기 속마음을 들킨 것 같아서 얼굴이 달아올랐어. 그래서 고개를 숙이고 아무 말도 못하고 있는데 기러기 대장이 다시 말했지.

"원앙 아주머니, 사실 오늘은 이 산 너머 저쪽 계곡에 사는 수컷 원앙을 소개해 드릴까 해서 찾아왔습니다. 그 원앙도 짝을 잃고 홀로 된 지가 좀 되었는데 저하고는 형제처럼 지내는 사이지요."

어미 원앙은 화들짝 놀랐어. 자기는 전혀 생각해본 적이 없는 재혼 얘기를 이 기러기 대장이 꺼내니 말이야.

"기러기 대장님, 저는 아직 다시 결혼할 마음이 없는데요? 생각해 본 적도 없고요."

"물론 이 문제는 아주머니께서 결정하실 문제입니다만, 제가 말씀 드리고 싶은 것은 이미 세상을 떠난 남편 때문에 평생을 홀로 지내실 필요는 없다는 겁니다. 그리고 세상 모든 생물은 특별한 경우가 아니면 암수가 짝을 지어 사는 것이 자연의 섭리 아니겠습니까?"

어미 원앙은 그제야 자기가 그 사이 무엇 때문에 고민을 했는지 알게 되었어. 그렇기는 하지만 선뜻 마음이 내키지는 않았지.

"말씀은 알겠습니다만, 다시 결혼한다는 게 자식들 보기도 좀 그렇고 또 이웃들의 눈도 있어서……."

이 말에 기러기 대장이 껄껄 웃으며 대꾸했어.

"자식들도 설마하니 아직도 젊은 어머니를 평생 혼자 살도록 하지는 않겠지요. 내일이라도 자식들을 한 자리에 모아주시면 제가 한 번 얘기를 하겠습니다. 아무래도 아주머니께서 직접 말씀하시기는 좀 어려울 것 같으니 말입니다. 그리고 이웃들이야 그냥 그러려니 하세요. 아주머니 삶은 아주머니께서 사시는 것이지 그 이웃들이 사는 건 아니니까요."

그 다음 날 원앙 가족이 다 모이자 기러기 대장이 말을 시작했어.

"사실 내가 이 자리에서 이런 얘기를 할 입장은 아니지만, 돌아가신 너희들 아버지와는 오랜 친구였고 이 자리에 계신 모친도 나한테는 친누이나 다름없는 처지라 아무래도 내가 나서야 할 것 같아서 이렇게 모이게 했다."

원앙 자식들은 뜬금없이 무슨 말인가 궁금하다는 표정으로 기러기 대장을 쳐다보고 있었지.

"다른 얘기가 아니라, 너희들 모친께서 홀로 되신 지도 오래 되었고 또 아직도 젊으시니 재혼을 시켜드리는 것이 마땅할 듯싶어 너희들의 의견을 듣고 싶구나. 오해할까 봐 미리 말해두겠는데 내가 그 재혼 대상자는 아니고, 너희들 모친과 아주 잘 어울릴 만한 수컷 원앙이 저 산 너머 골짜기에 살고 있다. 나하고도 오래 전부터 아는 사이지."

말을 마친 기러기 대장은 빙긋이 웃으며 원앙 가족을 바라보았지.

어미 원앙은 붉어진 얼굴로 고개를 숙이고 있었고, 자식들은 갑작스러운 기러기 대장의 말에 놀라서 서로 얼굴을 마주 보며 아무 말도 하지 못했어. 하기야 한 녀석도 어머니의 재혼이란 문제를 생각해본 적이 없었을 테니 놀랄 수밖에 없었겠지. 한참 동안 잠잠하던 자식들 중에서 맏이가 제일 먼저 말을 꺼냈지.

"기러기 대장님 말씀은 잘 알겠습니다. 그러나 이것은 저희 어머니와 관계된 일이니 우리 가족끼리 먼저 상의를 해야 할 것 같습니다."

"그야 물론이지. 자, 나는 여기 없다고 여기고 너희끼리 한 번 신중하게 논의해 보려무나."

그러자 맏이는 동생들을 바라보며 말했어.

"자, 기러기 대장님의 말씀은 너희들도 잘 들었을 테니 각자 자기의 생각을 말해 보도록 하자."

그러자 다섯째가 과격하게 말했지.

"도대체 우리 엄마가 아버지 아닌 다른 원앙 수컷과 사신다는 게 말이나 돼? 엄마는 오로지 아버지와 우리들만을 사랑하셨어. 그런 엄마가 재혼한다는 건 절대 안 돼. 난 반대야."

둘째가 말을 받았어.

"그렇지만 우리도 한 번 현실적으로 생각해 보자. 우리들 형제야 많지만 사실 우리가 어머니를 제대로 봉양도 못 해 드리잖아. 우리는 우리대로 부양해야 할 가족이 있으니 말이야. 그러니 현실적으로 생각해서 어머니께 새로운 짝을 찾아드리는 것도 괜찮다고 생각해."

그때 한 구석에서 잠자코 있던 막내가 훌쩍거리면서 우는 소리로 말했어.

"난 싫어. 우리 엄마가 날 버리고 다른 원앙과 사는 것은 싫어. 엄마는 우리에게 영원한 고향과 같아. 고향을 잃어버리면 외로워도 가서 기댈

데가 없잖아? 안 돼. 절대로 안 돼!"
　또 다른 자식이 말을 이었지.
　"우리는 금슬이 좋기로 유명한 원앙가족이라고. 특히나 우리 엄마는 이 골짜기에서도 소문난 열녀로 이웃들의 존경을 받아왔어. 그런 엄마가 재혼을 하면 우리 체면은 뭐가 돼? 나도 찬성할 수 없어."
　한참 동안 자식들은 되네, 안 되네 하며 말씨름을 했지. 그러자 그때까지 잠자코 듣기만 하던 기러기 대장이 헛기침을 몇 번 하면서 대화에 끼어들었어.
　"어험, 어험, 너희들 말도 일리는 있다만 너희들은 지금 아주 중요한 점을 놓치고 있구나. 무엇보다도 이 문제의 당사자는 너희들 모친인데도 누구도 모친의 생각을 묻지 않는데 이건 올바른 경우가 아니라고 본다."
　이 말에 자식들은 모두 숙연해졌어. 듣고 보니 정말 맞는 말이거든.
　기러기 대장은 다시 말을 이어 갔어.
　"너희들 말을 들어보면, 어머니의 사랑, 현실적인 형편, 마음의 고향, 가족의 체면 등과 같은 표현을 쓰는데, 이런 것들은 모두 너희들과 연결된 너희 모친의 역할일 뿐이야. 다시 말해서 어머니로서의 너희들 모친이지 너희들 모친 자신은 아니란 얘기지."
　아직도 기러기 대장의 말을 제대로 이해하지 못한 자식들은 뭐라고 말을 하지 못하고 있는데 기러기 대장은 목소리를 높였어.
　"너희 모친도 너희들 어머니이기 이전에 한 마리의 암컷 원앙인 거야. 다시 말해서 어머니로서의 사랑과 책임에 앞서 자기의 삶을 살 권리가 있다고. 그게 자연의 섭리이자 우주의 질서인 거야. 한 마리의 암컷으로서 수컷을 그리워할 수도 있고 또 그 수컷의 사랑을 받을 자격도 있는 것이야. 너희들에 대한 사랑은 너희들을 이만큼 키운 것으로 다했다고 해도 돼. 왜 너희들은 너희들 욕심만 채우려고 하지? 너희들이 말하는 엄마의 사랑은 너희들의 욕심일 뿐이야. 다시 잘 생각해 보도록 해."

그 후의 결과에 대해서는 여러분들의 상상에 맡기겠어.
대학교 졸업반쯤 되었으면 알아들을 만하지? 안 그런가, 여러분?

고장 난 승용차

　공장에서 막 출고된 그 승용차는 눈부시게 아름다웠어. 짙은 군청색의 차체는 왁스로 잘 닦아서 반짝반짝 윤이 났고, 새까만 네 바퀴는 은색 휠에 탄탄하게 장착되어 있었지. 여러 첨단 기술을 동원한 계기판도 아주 고급스러운 디자인을 뽐내고 있었고 말이야.
　새 승용차는 스스로가 몹시 자랑스러웠어. 길거리를 달릴 때나 정차했을 때 주위를 아무리 둘러보아도 자기만한 차가 없는 것 같았거든. 차체의 색깔도 대개가 칙칙하게 보였고, 바퀴도 닳아서 반들거리는 차들이 많았으며, 심지어는 매연을 펑펑 내뿜는 차도 보았으니까 그럴 만도 했지. 게다가 어디에 부딪치고 긁혀서 우그러지고 흠집이 난 차들도 한둘이 아니었고.
　새 승용차는 자기는 절대로 저렇게 험한 몰골은 되지 않겠다고 결심했어. 이렇게 멋있는 몸매에 그런 흉터를 낼 수는 없다고 스스로에게 다짐했지.

　그러던 어느 날, 고속도로를 달리던 새 승용차는 앞차가 비상등을 깜박이는 바람에 급정거를 했어. 잠시 후 앞의 차에서 뒤차로 전해오는 얘기를 들으니 저 앞에서 달리던 승용차가 반대편에서 중앙선을 넘어온 트럭과 정면으로 충돌한 사고가 있었다는 거야.
　새 승용차가 사고 현장을 천천히 지나면서 살펴보니 참으로 끔찍한 사고였어. 트럭도 어느 정도 부서졌지만 승용차는 휴지를 짓이겨 놓은 듯 구겨지고 깨져서 거의 형체를 알아볼 수도 없었어. 새 승용차는 자기 몸이 오그라드는 느낌이 들었어.

 다음 휴게소에서 차 주인이 식사를 하러 갔을 때도 새 승용차는 아직 마음이 진정되지 않아서 안절부절 못하고 있었지. 이때 오른쪽에 주차해 있던 좀 낡은 봉고차가 새 승용차에게 말을 걸어왔어.

 "아하, 아까 그 사고 현장에서 봤던 친구로구먼. 왜, 자네도 그렇게 될까 봐 겁이 나나?"

 새 승용차가 얼른 대답을 하지 못하고 우물쭈물할 때 왼쪽에 있던 녹슨 승용차가 끼어들었어.

 "이것 봐. 자네도 아까 그 차 꼴 나지 않으려면 조심해야 해. 아무리 번쩍번쩍하는 차라도 사고 한 번에 다 끝장나는 수가 많거든."

 새 승용자는 떨리는 가슴을 진정시키며 물었어.

 "감사합니다. 그런데 사고가 안 나게 하려면 어떻게 해야 하나요?"

 봉고차가 크게 웃으며 말했지.

 "하하하, 사고가 안 나게 하려면? 그야 한 군데 가만히 서 있으면 되지, 뭐."

 녹슨 승용차도 한 마디 거들었어.

 "적당한 기회를 봐서 중요한 부속품 하나를 빼서 주인 모르게 슬그머니 버리라고. 그렇게 되면 자네는 못 움직일 테고, 그러면 다른 차와 부딪힐 염려는 없지. 안 그래요, 봉고 형?"

 "그럼, 딱 맞는 말이야. 우리 같은 차는 맨날 굴러다녀 봐야 몸만 점점 망가지지 남는 게 있나, 뭐. 그냥 속 편하게 가만히 서 있는 게 최고야."

 출고된 지 얼마 되지 않아서 세상 물정에 어두운 새 승용차는 그만 선배 자동차들이 반 장난삼아 한 말을 고스란히 믿고 말았지 뭐야.

 얼마 후 아침에 출근하려던 차 주인은 차의 시동이 걸리지 않자 카센터에 가서 수리를 했어. 그러나 그 후로도 사흘이 멀다 하고 차가 서 버리는 바람에 주인은 그만 화가 나서 그 차를 헐값으로 중고자동차 상인에게 넘기고 말았지.

 멀쩡한 겉모습에 반해서 그 승용차를 산 새 주인도 몇 달이 못 가서 다시 팔았고, 몇 번을 이렇게 팔려 다니던 승용차는 출고된 지 몇 년도 되기 전에 폐차장으로 가는 신세가 되고 말았어. 물론 그 사이에 사고는 나지 않았지만 아무리 솜씨 좋은 자동차 수리 기술자도 이 차가 왜 그리 자주 고장이 나는지 알아낼 수가 없었기 때문이었지.

 폐차장에 실려온 승용차는 황량한 분위기에 주눅이 꽉 들었어. 산처럼 쌓인 녹슨 고철더미에다가, 여기저기 처박혀 있는 깨지고 우그러진 트럭과 승용차들. 그리고 굉음을 내며 고철 덩어리를 트럭에 담고 있는 지게차는 저 바깥에서 보던 세상과는 너무나 딴판이었지.

 갑자기 승용차는 자기 몸이 위로 끌려 올라가는 것을 느꼈어. 어느 틈에 목이 긴 기중기가 승용차를 와이어로프에 걸어서 폐차들이 쌓여 있는 곳에 던지듯이 내려놓았지. 거기에는 낡고 녹슨 대형 트럭에서부터 승합차, 지프차, 승용차들이 되는 대로 엉켜 있었어.

 승용차는 갑자기 외롭고 무서운 생각이 들어 울음을 터뜨리고 말았어. 이 세상에 나온 지 몇 년도 되지 않았고 아직도 몸이 이렇게 멀쩡한데 벌써 폐차장에 왔다고 생각하니 울음이 나올 수밖에 없었던 거야. 이때 저 위에서 굵은 목소리가 들려왔어.

 "아니, 누가 이렇게 서럽게 우는 거야? 여기 폐차장에 올 정도면 세상을 살만큼 살았을 텐데 아직도 눈물이 남았나? 도대체 어느 놈이야?"

 그러자 옆에 있던 우그러진 승합차가 말했어.

 "예, 트럭 형님, 저 아래 새로 온 승용차란 놈이 그렇게 울고 있습니다. 겉모습이 아직도 멀쩡한 걸 보니 아마 제대로 굴러다니지 않아서 폐차가 된 것 같습니다."

"어떤 종류의 차든지 차라는 것은 굴러다니는 게 타고난 본분인데 제대로 굴러다니지 않았다니? 야, 너 새로 온 승용차, 어쩌다가 이렇게 빨리 폐차가 된 거냐? 말해 봐."

승용차는 금방이라도 굴러 내려와 자기를 덮칠 것 같은 트럭의 위세에 겁이 잔뜩 났지만 정신을 가다듬고, 고속도로에서 있었던 사고와 휴게소에서 다른 차들과 나누었던 얘기 등을 자세하게 말했어.

"그러니까, 사고를 내지 않으려면 움직이지 말아야 하니까 중요한 부속품을 빼버려서 고장이 나게 했단 말이냐? 허 참, 이런 멍청하고 미련한 놈이 있나."

멍청하고 미련하다는 트럭의 말에 승용차는 약간 화가 나서 대꾸했지.

"물론 좀 다른 차들보다 일찍 폐차가 되기는 했지만 그래도 사고는 나지 않았잖아요. 우그러지고 긁힌 데도 별로 없고요."

낡은 트럭이 굵고 거친 목소리로 다시 말했어.

"이놈아, 잘 들어봐라. 이 세상에 태어나는 모든 사물은 나름대로의 쓰임새가 있는 법이야. 저런 기중기는 무거운 물건을 들어올려서 다른 곳으로 옮기는 게 쓰임새고, 저기 보이는 지게차는 많은 물건들을 한꺼번에 실어 올리는 게 쓰임새인 것이야. 그럼 우리처럼 바퀴가 달린 차량들의 쓰임새는 무엇이겠나? 한 번 대답해 봐."

승용차는 기어들어가는 소리로 대답했어.

"그야 뭐 사람이나 물건을 실어 나르는 거지요."

"알기는 아는구나. 그런데도 일부러 고장이 나게 해서 움직이지 않았단 말이냐?"

"그렇지만 저는 자동차 사고가 싫었다고요. 끔찍하고 무서웠어요. 저도 세상에 태어났으니 나름대로 제 몸을 보호하며 살 권리가 있잖아요?"

"권리가 있다는 말은 맞다. 그러나 자기의 쓰임새를 포기하고 자기 몸만 사린다는 것은 본말이 거꾸로 된 것이야. 이 세상에 태어났으면 태어난 값을 해야지. 그래, 그렇게 자기 몸을 보호한 결과가 뭐야? 결국 다른 차들보다 훨씬 빨리 폐차된 것밖에 더 있나?"

낡은 트럭은 말을 이었어.

"이 세상 모든 것은 서로 얽혀 있고 연결되어 있는 거야. 그 얽힘 속에서 서로가 서로에게 도움을 주기도 하고 도움을 받기도 하면서 사는 것이지, 결코 독불장군은 없어. 그러다 보면 다소간의 마찰이 있을 수도 있고 서로 어긋나기도 해. 그렇지만 그런 마찰이나 어긋남이 두려워서 남들과의 관계를 끊고 자기 혼자만의 세계에 안주하겠다면 그건 진정한 삶이라고 할 수 없는 거야."

승용차가 말귀를 제대로 못 알아듣는 것 같아서 낡은 트럭은 설명을 덧붙였지.

"우리 같은 차량들은 바퀴를 굴리면 움직여야 하는 거야. 물론 움직이다 보면 부속품들이 닳기도 하고, 크고 작은 사고가 날 수도 있지. 우그러지고 깨지고 녹도 슬고 그래. 그러나 이 세상 모든 것은 한 순간도 쉬지 않고 변하고 있어. 변하지 않는 것은 아무 것도 없어. 어차피 변하는 것이라면 제 쓰임새를 다하면서 변하는 것이 올바른 삶이 아니겠느냐 이 말이야. 제 쓰임새를 내팽개치고 그냥 세월에 몸을 맡겨 놓은 채로 아무 것도 변화하지 않겠다는 것은 어리석은 생각인 것이야. 다시 말해서 너처럼 고장 난 차가 가장 안전한 차일지는 몰라도 움직이지 않는 차는 결코 차라고 할 수 없지. 그건 고철 덩어리일 뿐이야."

그러자 승용차가 물었어.

"그렇지만 여기 계신 선배님들을 보니 모두 한 평생 고생하신 흔적이 너무나 뚜렷한데 그래도 후회하지 않으시나요?"

둘 사이의 대화를 듣고 있던 우그러진 승합차가 대답했어.

"어느 누군들 자기의 일생에 후회가 없겠냐마는 대개는 할 일을 할 만큼 했으니 그것으로 만족한다고 생각하면서 여기로 왔지. 어차피 어느 차든 언젠가는 폐차되게 마련이니까."

며칠 후 사람들이 와서 승용차를 분해하더니 쓸 만한 부속품들만 가져갔어. 남은 부품들은 점점 녹슬어 갔고 더 이상 그 자리에 승용차는 없더라는 얘기야.

인연

내가 마지막으로 깊은 산골짜기에 있는 그 교도소로부터 만기 출소하던 날도 오늘처럼 눈이 내리고 있었지. 그렇다고 뭐 가슴이 울렁거리는 것도 아니었고 또 딱히 기분이 나쁜 것도 아니었어. 그저 아무 생각이 없이 무덤덤했다고나 할까.

"이 사람아, 이제 나가면 잘 살아봐. 다시 이런 데 들어올 생각 말고. 알았어?"

그래도 나를 제법 인간 대접해주던 소장이 한 마디 하더군. 아직 남아있어야 하는 사람들이나 거기서 일하는 간수들이 출소하는 사람들에게 흔히 하는 틀에 박힌 얘기이기도 하고, 또 나야 한두 번 들어본 소리도 아니어서 그냥 속으로 피식 웃고 말았지.

'이번에는 삼년 육 개월 만의 출소로군.'

나는 속으로 햇수를 계산해 보고 혼자 중얼거렸지.

'짧지도 않지만 그렇다고 아주 긴 세월도 아니었구먼. 가만 있자, 제일 오래 수감된 게 얼마 동안이었더라?'

내리막 산길이 꽤 가파른 데다 여기저기 눈이 녹았다가 다시 얼어붙은 빙판이 있어서 종아리에 힘을 주며 조심조심 내려갔지.

그때 내 나이가 곧 오십 고개를 넘어가는데, 감옥에서 지낸 세월이 반을 훨씬 넘으니 내 인생도 어지간하다고 해야겠지? 언제부터냐고? 그러니까 내가 그 고아원을 뛰쳐나온 게 열다섯 살 때였는데, 어느 쌀가게를 털다가 붙잡혀서 소년원이란 데로 들어간 것이 바로 그 다음 해였지.

초범이라 오래 있지는 않았어.

그렇지만 한 번 그 쪽 세계로 들어가니까 발이 잘 안 빠지더군. 그리고 하는 짓도 점점 심해지고 말이야. 절도에서 강도가 되더니 급기야는 살인까지 하게 됐지.

뭐, 꼭 죽일 필요가 있었던 것은 아닌데, 따뜻한 집에서 더운 밥 먹고 사는 놈들을 보면 괜스레 눈에서 불꽃이 튀었어. 이 세상 모든 게 밉고 싫었지. 아무도 나한테 따뜻한 말 한 마디 해주는 사람이 없었거든.

그 고아원에 언제 들어갔는지는 나도 자세히는 몰라. 아마 다섯 살 때쯤이었던 것 같은데, 엄마 같은 여자가 나를 그 고아원 근처에 데려다 놓고 돌아서 가던 광경이 어렴풋하게 기억 나. 고아원 생활은 그런 대로 괜찮았던 것 같은데, 나는 끊임없이 말썽을 피웠지. 원장이나 선생들이 학을 뗄 지경이었으니까. 그렇게라도 하지 않으면 숨이 막힐 것 같았어.

매도 많이 맞았고 나보다 나이 많은 애들하고 쌈박질도 많이 했지. 졌다하면 이길 때까지 또 싸웠어. 그러다 보니 나중에는 아무도 날 건드리지 않더군.

나를 버린 엄마가 특히 미웠지. 엄마에 대한 기억은 앞에 말한 그 정도밖에 없었지만 나를 버렸다는 사실만으로 그냥 증오했어. 그 미움이 항상 내 마음 한가운데에 자리 잡고 있었지. 그리고 그 미움이 내 행동의 원천이었던 것 같아. 엄마에 대한 그 미움 때문에 나는 이 세상 모두를 미워했지. 그래서 싸웠어. 엄마도 날 버렸는데 이 세상을 내가 사랑할 이유가 없었다고 생각했던가 봐. 그러니 나한테 무서울 게 뭐가 있었겠어.

학교에 들어가서는 더 심하게 싸웠어. 내가 고아원에서 왔다니까 친구하겠다는 놈이 아무도 없는 거야. 그래서 입학 첫날부터 싸움질을 시작했는데, 결국 중학교 2학년을 다 마치지 못하고 퇴학을 당하면서 고아원을 뛰쳐나왔지. 그후에 어떻게 지냈냐고 묻지는 말라고. 이 사회가 나 같은 놈을 제대로 받아 주기나 하나 뭐.

그날 교도소가 있던 산에서 내려와 가까운 읍내로 내려오면서 내 과거를 가만히 돌이켜보니 솔직히 말해서 한심하더군. 물론 세상이 나를 야박하게 대하긴 했지만 그렇다고 내 행태가 옳다고 할 수는 없더라 이 말이지. 이런 걸 두고 철들자 망령난다고 하던가?
아는 사람이 있나, 찾아갈 데가 있나, 정말 막막하더군.
그래서 우선 몸도 녹일 겸 가까운 술집에 들어가 대낮부터 소주를 마셨지. 술은 점점 오르고 정신은 말짱한데, 마음이 자꾸만 산란해지는 기야. 그때 언뜻, 이러다가 또 일 내겠다는 생각이 들어서 술 한 병을 사서는 얼른 술집을 나왔어.
그러나 나온다고 달리 갈 곳이 있었겠나. 그냥 아무 데나 발길 가는 데로 갔지. 한참 가다 보니 눈 쌓인 산길을 올라가고 있더라고. 워낙 산이 많은 곳이고 읍내라고 해야 손바닥만 했으니 그럴 수밖에. 에라, 한 번 계속 가 보자 싶어서 발 시린 줄도 모르고 올라갔지.
온몸에 땀이 나고 마셨던 술이 깨면서 주위를 둘러보니 내가 어느 산봉우리에 올라와 있더군. 눈은 그치고 오후의 밝은 햇빛이 눈에 반사되어 사방이 은빛인데 내 마음이 아주 편안해지는 거야. 뭐라고 할까, 마치 따뜻한 탕 안에서 몸이 붕 떠 있는 느낌이었지.
내가 앉아 있던 자리는 대단히 큰 반석이었는데, 그 끄트머리는 바로 수십 미터나 됨직한 낭떠러지였어. 그 낭떠러지를 보자 떠오른 생각이 뭐냐 하면, '아, 여기가 바로 내가 죽을 자리로구나.' 하는 거였어. 그렇지만 조금도 두렵거나 아쉬운 생각은 없었어.
어차피 부모한테도 버림받고 힘하게 살아온 내 인생인데 여기서 죽는다고 누가 애석해 할 리도 만무할 테고 말이야.

　가지고 온 소주 한 병을 마저 다 마시고 나서 빈 병을 절벽 아래로 힘껏 멀리 던졌지. 눈 때문에 떨어져 깨지는 소리도 없더군. 허, 내 인생의 끝장이 꼭 저러려니 싶어 피식하고 헛웃음이 나오데.

　에라, 해지기 전에 빨리 끝내자 싶어서 천천히 일어섰어. 약간 비틀거리면서 낭떠러지 쪽으로 몇 발자국을 떼는데 뒤에서 다급한 목소리가 들리는 거야.

　"여보슈, 여보슈! 나 좀 보시구려."

　절벽에 떨어져 죽으려던 나였지만 머리끝이 쭈뼛할 정도로 놀랐어. 그 시간에 춥고 눈 덮인 산에 사람이 있으리라고는 생각지도 못했으니까.

　그런데 뒤를 돌아보고는 또 한 번 기겁할 정도로 놀랬어. 화상 때문에 흉측하게 얼굴이 문드러진 웬 할머니가 한 서너 발자국 뒤에 서 있어서 말이야.

　결국 나는 그날 그 키가 작달막한 할머니를 따라 그분의 암자로 갔어. 하나뿐인 방의 윗목에 자그마한 불상을 모신 그 암자에서 그분은 그날 밤 나에게 거기서 사시게 된 가슴 아픈 얘기를 해주셨지.

　"내 나이 이제 일흔을 바라보고 있으니 여기서 산 지 벌써 삼십 년이 다 됐구려. 열아홉 살 때 시집을 가서 아들 하나를 낳았는데 서방이라는 사람이 술만 먹었다 하면 손찌검을 하는 바람에 애를 데리고 집을 나와 버렸다오. 그러나 여자 혼자 애를 키우자니 여간 힘이 들어야지. 그래도 한 오년을 지냈는데 그만 애가 병이 들어 죽고 말았지 뭐요. 처음에는 나도 죽어버리려고 했는데 모진 목숨이라고 그것도 마음대로 안 됩디다.

　그러다가 또 한 남자를 만났는데 비록 한 쪽 다리를 심하게 절어 행동은 거북해도 사람이 워낙 성실하고 착해서 혼인을 했다오. 곧 큰딸을 낳고 연년생으로 아들까지 생겼지. 남편도 손재주가 좋아 무엇이든 잘 만들어 팔았기 때문에 나중에는 집도 하나 장만하고 잘 살았어요.

그런데 큰애가 여섯 살 되던 겨울에 집에 불이 났는데, 나는 불이 난 것을 보고 얼른 밖으로 달려 나왔지만 남편은 거동이 불편해서 나오질 못했지요. 그제야 애들이 생각나서 불길이 솟는 집안으로 뛰어 들어갔다가 이렇게 화상을 입었지요. 남편하고 애들은 구하지도 못하고…….

이웃들 덕분에 화상 치료는 했으나 살고 싶은 마음이 없어서 아까 댁이 서 있던 그 바위에서 치마를 뒤집어쓰고 뛰어내렸지 뭐요. 그러나 죽는 것도 내 마음대로 되지 않습디다. 지나가던 어떤 스님이 내가 뛰어내리는 것을 보고 절벽 밑으로 내려와 다 숙어가는 나를 업고 이 암자까지 와서 살려냈지요.

그 스님이 나를 이 암자에 두고 떠나시면서 이렇게 말씀하셨지요.

"내가 인연이 있어 보살님을 구해 드렸듯이 보살님도 어떤 인연이 있어 누군가를 구해야 할 것이니 자주 그 바위에 나가 보도록 하시오. 거기서 한 목숨을 구하면 보살님의 업장도 풀릴 게요."

오늘 내가 댁이 뛰어내리지 못하게 막은 것이 그 스님께서 말씀하신 그 어떤 인연인지는 모르겠으나 당장 갈 곳도 없는 모양이니 당분간 여기서 지내시구려."

그분 말씀처럼 당장 갈 곳이 없었던 나는 거기서 지내게 되었어. 나는 그분을 아주머니라고 불렀고 그분은 나를 자네라고 부르며 친근하게 대해 주셨지.

그분하고 함께 있으면 내 마음이 그렇게 편할 수가 없었어. 먼 길을 떠났다가 고향에 돌아온 기분이라고나 할까? 그리고 그 암자 생활도 점점 좋아지더라고. 산속에서 사는 맛에 빠진 거지.

이듬해 초여름이었어. 산을 헤매 다니며 그분한테 배운 산나물이며 약초를 뜯어 가지고 암자로 돌아왔는데 날씨가 꽤 더워 샘가에서 웃통을 벗고 혼자 등물을 하고 있었지. 그때 그분께서 가까이 오셔서는 내 등을 내려다보시더니 물으시더군.

"이제 보니 자네 등 오른쪽 어깨 밑에 큰 반점이 있구먼. 알고 있었나?"

"예, 그것 때문에 고아원에 있을 때 아이들한테 점박이라고 놀림을 많이 받았습니다."

그분은 고아원이란 말에 놀라시는 듯싶더니 그게 어디 있는 거냐고 다그치듯 물으셨어.

내가 어디에 있는 고아원이라고 말씀을 드리자 그냥 말없이 방으로 들어가시더니 목탁을 세게 두드리시면 큰 목소리로 하염없이 염불을 하시더군.

그 뒤로도 그분께서는 별로 말씀도 안 하시고 염불에만 열중하셨어. 그 염불 소리가 전보다 좀 더 애절한 느낌이 들긴 했지만 나도 일부러 묻지는 않았지.

그런데 여름이 지나고 가을에 접어들면서 그분 건강이 점점 나빠졌어. 간간이 기침을 하시기에 감기인가 하여 읍내에 내려가 약을 지어다 드렸는데도 나을 기미가 안 보이더니 날이 갈수록 더해가는 거라. 결국 겨울이 되자 그만 자리에 눕게 되셨지. 입맛이 없었는지 드시는 것도 아주 적고 숨을 쉬는 것도 무척 힘들어 하셨어.

어느 날 밖에는 눈이 펑펑 내리는데 누워 계시던 그분께서 말씀을 하시더군.

"여보게, 아무래도 이제 나도 이 세상을 떠날 때가 된 것 같네."

"아주머니, 그런 말씀 하지 마십시오. 이 겨울이 지나 봄이 오면 다시 건강해지실 겁니다."

"아니야. 사람도 때가 되면 그걸 알 수 있다네. 그런데 내 죽기 전에 자네한테 하고 싶은 말이 있어서……."

말끝을 흐리며 나를 올려다보시는 아주머니의 표정이 금방이라도 울음이 터져 나올 것 같았어.

"내가 언젠가 자네한테 말했지. 첫 번째 결혼에서 아들 하나를 두었다고……."

"예, 그런데 그 애가 다섯 살 때 죽었다고 하셨지요."

"그런데 사실은…… 그 애가…… 죽은 게 아니고…… 내가 버렸다네. 이 몹쓸 어미가 자식을 버렸다네."

그때 뭔가 '쿵'하고 내 심장 한가운데를 뚫고 지나가는 것 같은 느낌이 있었어.

"나 혼자 몸으로는 도저히 그 애를 기를 수가 없어서 다섯 살이 채 안 된 그 애를 어느 고아원 근처에 버렸지. 그리고… 그리고 그 애의 오른쪽 어깨 밑에는 커다란 반점이 있었다네."

그 말을 들은 나의 심장은 금방이라도 터질 것처럼 울리다가 다시 금세 멈출 것 같기도 했어.

도무지 뭐라고 말을 해야 할지 갈피를 잡을 수가 없더라고. 그렇다고 새삼 엄마에 대한 분노는 일지 않았어.

"지난 초여름에 자네 어깨 반점을 보고 알았지. 그렇지만 죄 많은 몸이라 차마 어미라고 나설 수가 없었네."

내 눈에 눈물이 고이더니 주르륵 흘러내리더군.

"이제 내 명도 다 된 것 같아 그래도 이 말은 하고 죽어야겠다는 생각이 들어서……."

아주머니, 아니 어머니의 눈에도 눈물이 고이더니 흘러내렸지. 그때까지 나는 아무 말도 못하고 있었어.
　무슨 말을 해야 할지 도무지 머릿속이 하얗게 되어 아무 생각도 나지 않았거든.
　그때 어머니께서 다시 말씀하셨어.
　"정말 염치없는 말이지만, 내 소원…… 하나만…… 들어주겠는가?"
　나는 말없이 고개만 끄덕였어. 그러자 어머니께서는 내 두 손을 당신 가슴께로 끌어당기시더니 정말 어렵게 말씀하셨지.
　"날…… 날…… '어머니'라고 한 번만 불러주게. 자식 버린 죄를 용서해달라는 말은 안 하겠네. 그저 어머니라고 한 번만 불러주게."
　그때 내 입에서는 평생 전혀 불러본 기억이 없는 말이 절규처럼 터져 니왔다네.
　"엄마! 엄마! 으흐흐흐흑……. 엄마!"
　그러면서 나는 어머니의 가슴에 무너지듯 엎드렸지. 한 번도 불러본 기억이 없던 말, 내 평생 가장 원망스러웠던 말, 그러면서도 너무나 부러웠던 그 말, 엄마.
　정말로 소리 내어 불러보고 싶었던 그 말, 엄마…….
　어머니도 나를 두 팔로 껴안으시면서 우셨지. 그러나 그 울음소리는 힘이 없었어. 그저 흐느끼는 소리였어.
　잠시 후 그 소리마저 잦아들더니 나를 껴안고 있던 팔이 스르르 풀리더군. 얼른 몸을 들고 어머니를 내려다보니, 아, 거기에는 비록 화상으로 일그러지기는 했어도 더 없이 평안하고 행복한 얼굴이 있었어. 이 세상 모든 고뇌와 번민을 떨치고 열반에 든 모습이었지.

　인연이란 이런 거야.
　이렇게 자네와 내가 마주앉아 얘기를 나누는 것도 다 어디에선가 맺어진 인연의 끈 때문이지. 그 끈은 우리가 끊을 수도 없고 또 빠져나갈 수도 없어.

그렇다고 너무 답답하게 생각하지 마시게. 자네가 구한다는 그 해탈이니 도니 하는 것이 저 멀리 바깥 어디에 있는 게 아니라 그냥 먹고 숨 쉬고 사는 이 인연 속에 있는 것이니.

어허, 눈이 점점 더 오네 그려.

길이 막히기 전에 내려가시는 게 좋겠네.

서두르시게나.

분재(盆栽)

뒤돌아보니 내가 엄마 솔방울에서 날개 달린 씨앗으로 빠져나와 이리저리 날려 다니다가 어느 시골 야산에서 싹이 튼 게 벌써 백 년이 다 돼가네. 내가 어찌어찌 힘들게 싹이 터서 고개를 내밀어보니까, 때는 봄이라 멀고 가까운 산들이 온통 산수유다 진달래다 그냥 꽃밭이더군. 아지랑이 피어오르는 하늘에는 종달이가 노래하고 먼 숲에서는 뻐꾸기가 짝을 찾고 있었지. 언제 봄비가 내렸는지 저 아래 골짜기에서는 물 흐르는 소리도 들려왔고.

그런데 내 주위를 둘러보니까 내가 있는 곳이 바로 바위들이 모여 있는 너덜 비탈 한가운데인 거라. 아니, 하필 갈 데가 없어서 이런 바위틈에 떨어졌나 싶은 게 그냥 짜증이 나더라고. 바위 사이의 틈새라도 좀 넉넉해야 뿌리라도 바르게 내릴 텐데, 이건 뭐 좁아터진 데다 흙이라고는 몇 줌도 안 되었으니 말이야.

그렇지만 한 번 땅에 떨어진 나무 씨앗인 내가 뭘 어쩌겠어? 떨어진 그 자리에서 살든지 죽든지 하는 수밖에. 그래서 마음을 독하게 먹고 우선 아래를 향해 뿌리를 뻗어 내리고 바늘구멍만한 틈새만 있어도 이 쪽 저 쪽 가릴 것 없이 실뿌리를 뻗었어. 그래서 그럭저럭 말라죽지는 않고 살아남았지.

꽃 피고 새 우는 봄이 지나자 뜨거운 여름이 왔는데, 날이 가물 때는 목이 말라서 거의 죽다가 살았어. 몇 줄기 나지도 않은 줄기 몇 가지가 시들어 버리기도 했고 말이야. 가을은 춥지도 덥지도 않아서 지내기가 참 좋았는데, 문제는 겨울이었어. 된바람이 불어오고 날씨가 추워지면서 온 세상이 얼어붙는데 첫겨울은 정말 무섭더군.
 여름과 가을을 지나면서 그나마 조금씩 키도 크고 줄기도 살이 올랐었는데, 겨울에는 추운 날씨 때문에 더 이상 크지도 않고 살도 움츠려들기만 했지. 그러다 보니 여름과 겨울에 생긴 살이 뚜렷하게 차이가 나더라고. 사람들은 그걸 나이테라고 부르면서 그걸로 우리의 나이를 헤아리더구먼.
 아무튼 그런 혹독한 겨울을 열 번도 넘게 지내고 나니까 나도 그럭저럭 두 자 정도 되게 키가 자랐어. 하지만 몸통이 이리저리 휜 데다 굵기도 볼품이 없고 얼어 죽고 말라죽은 가지도 많아서 전체적인 모양새가 신통치 않았지.
 그런데 나하고 같은 엄마 솔방울에서 나왔지만, 좋은 흙에서 싹이 튼 소나무들은 나보다 키도 두세 배는 더 크고 가지들도 시원시원하게 뻗었더라고. 약도 오르고 화도 나기에 어느 날 혼자서 투덜거리고 있었지.
 "제기랄, 똑같은 소나문데 저 자식들은 팔자 좋게 저런 좋은 땅에서 쑥쑥 크는데 난 이 꼴이 뭐야? 십년도 넘게 이 바위틈에 끼어서 제대로 크지도 못하고…."
 그런데 너덜 바위들 중 하나가 굵은 목소리로 나를 꾸짖는 거야.
 "너는 겨우 십년을 가지고 구시렁거리는 거냐? 나는 이 너덜 지대에서만 수백 년이 넘게 견뎌 왔다."
 나는 더 약이 올라서 그 바위에게 대들었지.
 "바위 아저씨야 돌이니까 어차피 자랄 수도 없잖아요! 그렇지만 나는 나무라고요. 이왕 소나무로 태어났으면 시원하게 쭉쭉 커서 낙락장송 소리라도 들어야 이게 뭡니까? 바위 아저씨들 틈에 끼어서 볼품없이 이러고 있으니 말예요."
 "그거야 네가 씨앗으로 바람에 날려 다니다가 앉은 곳이 여긴데 어떡하나? 이제 와서 투덜거린다고 그 자리가 옥토로 바뀌는 것도 아닐 텐데…. 짜증이야 나겠지만 네 힘으로 바꿀 수 없으면 그냥 받아들이고 체념하는 것도 살아가는 방법이야. 사람들은 이런 걸 보고 팔자소관이라고 그러지. 그냥저냥 살다보면 또 다른 길이 생길지도 모르니까 말이다."

그 바위의 말이 맞기는 했지만 잘 자란 나무들하고 비교되는 나 자신이 너무 초라해서 그 뒤로도 여러 번 혼자서 투덜거렸다고.

그러구러 또 다시 열 번쯤 겨울이 지나가고 새로 봄이 왔을 때였어. 흔히 보이던, 땔나무를 하러 오는 나무꾼이 아니고 뭔가 도시풍이 나는 사람들 몇이 산을 올라오더라고. 나무꾼들은 도끼나 톱을 지게에 지고 다니는데 이 사람들은 망치나 짤막한 쇠지레, 전지가위 같은 연장들을 배낭에 넣고 다니더구먼.

그런데 그 사람들은 키 크고 볼품 좋은 나무는 거들떠보지도 않고 나처럼 바위틈에서 자란 나무들만 살펴보는 거라. 한 사람의 배낭 속에는 벌써 나 같은 자그만 나무들이 몇 그루 들어있더라고. 내 앞에 선 그 두 사람이 얼굴을 마주보더니 나이 들어 보이는 사람이 그러더군.

"이거 괜찮아 보이잖아? 키도 적당하고 몸통이 휘고 뒤틀린 게 모양새도 좋고 말이야."

그때도 내 키는 석 자를 넘지 않았어. 환경이 열악하니 제대로 자라지 못한 거지. 다른 사람이 고개를 끄덕이며 대답했어.

"예, 좀 다듬으면 좋은 작품이 되겠는데요."

"그럼 이걸 캐 가기로 하자고."

두 사람은 배낭 속에서 연장을 꺼내더니 나를 캐려고 지렛대로 돌을 움직이고 망치로 돌을 깨기도 했어. 나는 도대체 이 사람들이 나를 가지고 뭘 하려나 싶어 궁금하기도 했지만, 이제 나도 이 돌 틈에서 벗어나나 보다 싶어서 흥분이 되더군. 어디로 가는 걸까 싶어 불안하기도 했고. 돌을 밀고 깨고 하더니 내 몸통을 잡고 억지로 뽑아 올리는데, 그게 어디 그리 쉬워? 이십 년 이상 바위틈에 뿌리를 내렸으니 좀 단단하게 붙었겠냐고. 쉽게 뽑혀 올라오지 않으니까 두 사람이 함께 나를 끌어당기는데 정말 고통스럽더군.

잔뿌리가 여기저기 끊어지고 생가지도 한두 개 부러진 다음에야 가까스로 나를 끌어냈어. 그러더니 내 뿌리를 흔들어서 흙들을 다 털어내는 거야. 우리 같은 나무를 옮겨 심으려면 뿌리를 둘러싸고 있는 흙을 함께 가져가야 새로 심은 땅에 쉽게 적응을 하는데 말이야. 그래서 혹시 이 사람들이 나를 말려 죽이려는가 하는 생각이 들더라고. 하지만 말려 죽일 거라면 뭘 하러 힘들게 나를 캐냈는지 알 수가 없더군.

그 사람들은 나를 배낭에 넣고 부리나케 산을 내려가더니 기차를 타고 큰 도시로 갔어. 그리고는 커다란 온실 같은 데에 나를 꺼내 놓더라고. 둘러보니 나처럼 키가 작달막하고 이리저리 뒤틀린 모양으로 자란 나무들이 많았어. 나 같은 소나무 말고도 이름을 알 수 없는 다른 종류의 나무들이 많이 있는데, 모두들 모양은 여러 가지지만 깊이가 좀 얕은 쟁반 같은 데에 심어져 있더군. 어떤 나무들은 이상하게 생긴 돌 위에 뿌리를 내리고 있기도 하였고.

나를 이리저리 살피던 그 사람들은 전지가위를 가지고 먼저 나의 가장 긴 뿌리를 두세 치 정도만 남겨놓고 잘라버리는 게 아니겠어! 지난 이십 여 년 동안 내 목숨을 살려준 뿌리가 그렇게 잘려나가는 걸 보고 이제 나는 곧 죽겠구나 하는 생각이 들었지. 나무에 뿌리가 없으면 죽는 거지, 안 그래?

그것도 모자랐는지 그 사람들은 옆으로 퍼진 잔뿌리들과 실뿌리들도 조금만 남겨놓고 다 잘라내더라고. 그러더니 이번에는 나의 가지들을 요리조리 살피면서 죽은 가지와 옆으로 삐져나온 가지들을 잘라냈어. 엉켰던 가지들을 정리하고 나니까 시원한 느낌은 들더구먼.

다음에는 선반에서 쉽게 구부러지는 철사를 한 다발 내리더니 내 몸통 밑에서부터 가지들까지 약간 느슨하게 감더라고. 무슨 틀 속에 갇힌 것 같아서 무척 답답했지만 어쩔 수 없었지, 뭐. 철사를 다 감고 나서 사람들은 내 가지들을 이리저리 휘어보며 마음에 드는 모양을 만들더군. 그 다음에는 한 사람이 커다란 타원 모양의 도자기 쟁반을 가져왔어. 그 쟁반 한가운데에는 물이 빠지는 제법 큰 구멍이 하나 있고 좌우에는 작은 구멍이 두 개씩 위 아래로 뚫려 있었는데, 두 사람은 나를 들어서 쟁반 위에 올려놓고 자리를 잡은 다음 철사를 작은 구멍에 끼우더니 양쪽으로 난 내 잔뿌리를 묶어서 쟁반에 고정시키는 거야. 나도 안정감이 생겨서 편안한 마음이 들더구먼.

다음으로는 쟁반에 부엽토와 모래를 깔아서 내 뿌리가 완전히 덮이게 만들었어. 뿌리와 뿌리 사이에 공간이 생기지 않도록 젓가락 같은 것으로 흙과 모래를 여기저기 찔러서 다져주기도 하더군. 그러고선 내 뿌리에 물을 흠뻑 준 다음 어른 손바닥만 한 이끼를 여러 장 덮어주더니 그 사람들은 온실을 나갔어.

마침 내 앞의 온실 벽에 커다란 거울이 하나 있어서 내가 내 모습을 볼 수가 있었는데 나도 깜짝 놀랐다니까. 너덜 바위 사이에서 비바람에 시달리던 볼품없는 모습이 아니라, 가지를 적당히 벌리고 커다란 쟁반에 꼿꼿하게 선 당당한 모습이 보이지 않았겠어! 물론 산속의 때를 다 벗지는 못했지만 말이야. 나는 산속에서 야생으로 자라던 소나무에서 사람들의 손을 통해 분재라는 이름으로 다시 태어난 거였어.

도자기 쟁반 위에서 시작된 나의 새로운 생활은 너덜 바위틈에서 지내던 시절에 비하면 천국이나 마찬가지였어. 무엇보다도 온실 속이 따뜻해서 겨울에도 추운 줄을 모르겠더라고. 큰 뿌리가 많이 잘려 나갔고 잔뿌리와 실뿌리도 많이 줄었지만, 사람들이 때맞추어 내 뿌리에 물을 주고 또 영양제도 주고 해서 나는 과거 어느 때보다도 건강해졌어. 굳이 새 뿌리를 뻗을 필요도 없고 말이야. 다만 온몸이 철사로 감겨 있어서 갑갑하기는 했지.

그런데 그 온실 안에는 나 같은 나무만 있는 게 아니라 나무로 만든 받침이나 도자기 쟁반에 올려놓은 돌도 상당히 많았어. 작은 것은 어른 손톱 한 마디 정도 되는 것에서부터 큰 것은 어른 키만큼 되는 것도 있더라고. 사람들은 그런 돌을 수석이라고 부르더구먼.

자세히 살펴보니 수석은 내가 자라던 너덜 지대의 바위돌과는 달랐어. 마치 산에 있을 때의 내 모습과 온실 속 쟁반 위의 분재인 내가 달라 보이는 것처럼 말이야. 둘 사이에 차이가 있다면, 분재는 사람이 인위적으로 다소 가공을 한 것이지만 수석은 강이나 바다에서 수집한 자연 그대로의 돌이라는 점이야.

나는 내 옆에 있는 수석 한 점과 친해졌어.

크기가 맷돌만한 수석이었는데 얼핏 보기에는 평평한 보통 돌 같아 보였지만, 요모조모 살펴보니 산 같은 무늬도 보이고 마을이 있는가 하면 구름이 떠다니는 것 같기도 했어. 나이가 어떻게 되느냐고 물었더니 천 년인지 만 년인지 자기도 모른대. 물속에만 있다가 나와서 세월이 가는지 오는지도 모르고 살아왔다니 말 다했지, 뭐.

그런데 온실 생활을 몇 년인가 하다 보니 또 갑갑증이 생기대. 산에서는 다른 나무들과 나를 비교하느라고 불만은 있었지만 그래도 어쨌든 살아남아야겠다는 생각에 다른 것에 관심을 둘 겨를이 없었는데, 온실 속에서는 생존 걱정이 없다보니 자꾸 주위에 신경이 쓰이더라고.

온실에 같이 있던 분재나 수석이 어디로 팔려가는 게 부러워지는 거야. 저 친구는 새 세상으로 나가는데 난 왜 답답하게 이 자리에 있는가 싶어서 말이지. 그러다보니 나도 모르게 자꾸 불평을 하게 되더라고. 어느 날도 옆에 있던 그 수석에게 또 투덜거렸지.

"수석 아저씨, 아까 팔려나간 그 팽나무 분재 말예요. 그 녀석은 여기 들어온 지 얼마 되지도 않았는데 벌써 팔렸잖아요. 제가 그 녀석보다 못한 게 뭐에요?"

"허허, 또 구시렁거리나? 너나 그 나무나 다 같은 분재지만, 사가는 사람이 그 쪽을 더 좋아하는데 어쩌겠냐? 그만 좀 투덜거리고 그냥 조용히 지내도록 하렴."

"제가 여기 들어온 지 벌써 몇 년이 지났잖아요. 바깥세상 구경도 좀 하고 싶은데 계속 한 자리에 붙어 앉아 있으려니까 답답해서 그러는 거 아닙니까."

"겨우 몇 년 지난 걸 가지고 그 야단이야? 전에도 말했다만, 난 여기 온 지 십 년도 넘었다. 나를 사려는 사람도 간혹 있었지만 주인이 워낙 값을 높게 불러서 아직도 안 팔리고 이렇게 있잖니."

"제 생각에 주인이 수석 아저씨를 팔고 싶은 마음이 없는 것 같은데요. 아저씨가 아주 마음에 드나 봐요."

"그건 너도 마찬가지 같구나. 너처럼 잘 생긴 분재는 그리 쉽게 볼 수 있는 게 아니거든. 그러니 너도 자부심을 갖고 그만 투덜거리도록 해."

잘 생겼다는 말에 조금 위안을 받기는 했지만 그래도 답답한 마음은 쉽게 가시지 않더구먼. 그래도 어쩌겠냐고, 나야 스스로는 움직일 수 없는 한갓 소나무 분재일 뿐이었으니….

그로부터 얼마 세월이 지나지 않은 어느 날, 온실 바깥이 시끌벅적하더니 주인이 나이가 상당히 들어 보이는 노인 한 사람을 안내해서 안으로 들어오더라고. 그 노인은 온실 입구에서부터 수석과 분재를 하나하나 찬찬히 살펴보는데, 몇 걸음 떨어져서 보기도 하고 안경을 벗고 가까이서 들여다보기도 하더군. 온실 안에 있는 수석과 분재들을 모두 본 그 노인은 돌아 나오다가 나와 내 옆에 있는 수석 앞에 걸음을 멈추더니 주인에게 말했어.

"이 소나무 분재와 저 수석이 제일 마음에 드니 사기로 하겠소."

그날 주인은 수석 아저씨와 나를 조심스럽게 포장하여 그 노인 집으로 직접 배달을 했지. 그 집은 밖에서 볼 때도 어마어마하게 컸지만, 대문을 열고 들어가니 높은 담장으로 둘러싸인 마당의 정원도 엄청 넓더구먼. 나중에 알고 보니 그 노인은 무슨 그룹사의 회장님이시라는데 수석과 분재 수집이 취미였다네.

수석 아저씨와 나는 넓은 정원 한편에 볕이 잘 들고 거실 창문에서 잘 보이는 곳에 자리를 잡았지. 이미 전부터 있던 수석과 분재도 상당히 많았어. 나보다 나이가 많아 보이는 분재도 있었지만, 어려 보이는 나무도 꽤 있더라고. 수석들이야 나이를 가늠할 수 없었지만 말이야.

그 집에서는 삼십 년을 살았는데 찬바람이나 된서리를 맞으면서 산속 너덜바위 틈에서 자랄 때나 온실에 갇혀서 심심하게 지내는 것보다는 훨씬 재미있더라고.

수석과 분재만 관리하는 사람이 따로 있어서 매일같이 우리를 보살펴주는 데다, 넓은 정원에서는 이런저런 파티가 상당히 자주 열렸거든. 좋은 옷을 입은 사람들이 먹고 마시고 음악에 맞춰 춤도 추는 게 얼마나 신기하고 재미있던지 말이야. 사람들이 가고 나면 캄캄한 하늘에 떠있는 달과 별을 올려다보면서 옛날 생각도 가끔 했지.

그 정원에 온 지 십 년쯤 지나서 회장이라는 분이 돌아가시고, 그 아들 되는 분이 회장이 되셨지만, 정원에 있는 우리 분재나 수석은 그냥 그대로 지냈어. 정원에서의 파티는 오히려 그 전보다 더 자주 열렸고, 옛날과 달리 손님들 중에는 얼굴색도 다르고 말도 다른 외국인들이 점점 많아지더군.

새 회장님도 분재와 수석에 조예가 깊어서 외국인들에게 자상하게 소개하기도 했어. 그런 사람들이 호기심어린 눈으로 나를 바라보면서 감탄을 연발할 때는 속으로 은근히 신바람이 나더라고.

그러구러 또 이십 년 가까운 세월이 흘러서 그 아들 되는 분도 세상을 뜨고, 그분의 아들이 기업을 물려받게 되었어. 그런데 이 손자가 되는 회장님은 고향 인근에 조상 대대로 내려오는 임야를 몇 년에 걸쳐 개발하여 할아버지의 아호를 딴 자연공원을 조성하였다고.

가급적 산의 자연 상태를 훼손하지 않으면서 크고 작은 연못도 만들고, 필요한 곳에는 나무를 새로 심기도 하였고, 사람들이 쉽게 자연을 즐길 수 있도록 길을 내기도 했어. 그리 비싸지 않은 입장료만 내면 아무나 공원에 들어올 수 있게 한 거야.

그리고 우리 같은 분재에게 제일 신나는 일이 뭐였는지 알아? 바로 여기 지금 내가 있는 분재와 수석 야외전시장을 만든 것이라고. 이 손자 회장님의 신조가, 보통 사람들도 수석이나 분재 같은 값비싼 것을 쉽게 감상할 수 있어야 한다는 거야. 어때, 멋있지 않아?

마지막으로 깜짝 놀랄 만한 이야기를 하나 더 할까?
이 공원이 생기고 몇 년이 지났을 때 바로 우리 분재와 수석 전시장 뒤쪽의 오래 된 나무가 죽었다고. 원인은 무슨 나무벌레 때문이라더군. 그래서 죽은 나무를 치우고 그 자리에 육칠십 년쯤 되는 소나무를 여러 그루 사서 심었는데 키가 크고 곧게 자란 아주 멋있는 소나무였어. 그런데 어느 날 밤에 그 중 한 그루가 나에게 말을 거는 거야.

"이 봐요, 거기 그 아래 소나무 분재 양반. 내 말 들려요?"

그래서 나도 고개를 돌려 올려다봤지. 그랬더니 그 소나무가 이러는 거야.

"혹시 옛날에 저 북쪽 깊은 산 너덜바위에서 자라던 소나무 아니오?"

난 정말 깜짝 놀랐어. 내가 자라던 너덜바위를 기억하는 나무가 있다니 말이야. 그게 언제 적 얘긴데…. 그래서 내가 물었지.

"내가 어느 너덜바위 틈에서 자란 건 맞지만 그걸 어떻게 아는 거요? 벌써 수십 년 전에 거길 떠났는데…?"

"야아, 맞구나 맞아! 우릴 모르겠어? 같은 엄마 솔방울에서 나온 형제들이잖아. 너는 바위틈에 떨어졌지만 우리는 평탄한 흙에서 자랐지. 옛날에 우리를 보면서 약 오른다고 투덜거리던 거 생각 안 나?"

세상에, 이런 우연도 다 있다니…. 같은 엄마 솔방울에서 나온 형제들을 백 년 가까운 세월이 흐른 뒤에 이렇게 만나다니 말이야.

우리 형제들이 만나서 함께 지내게 된 이후로 벌써 또 몇 십 년의 세월이 흘렀어. 이제 나는 더 이상 나의 처지에 대해서 투덜거리지 않아.

저 뒤의 우리 형제들은 아주 싱싱하고 우람하게 커서 정말로 낙락장송이라고 불릴 만하지? 그렇지만 나도 분재로서 어디에 내놔도 손색이 없다고. 키야 저 형제들에게 비할 게 못 되지만 나는 나대로의 아름다움을 지니고 있으니까 그걸로 만족해. 하늘이 내려준 능력이나 분수가 누구에게나 다 같을 수는 없으니까 말이야.

내일 아침이면 하늘의 해는 저 낙락장송들이나 나 같은 키 작은 분재나 똑같이 햇빛을 비춰줄 거라고. 안 그래?

산양과 당나귀

저 멀고 먼 중앙아시아의 어느 높은 고원지대에는 산양들이 많이 살고 있었어. 그 중의 한 무리는 커다랗고 튼튼한 뿔이 뒤로 말려 올라간 수컷 산양이 여러 암컷들과 새끼들을 거느리고 있었지.

그런데 이 무리 가운데 엄마 젖을 뗀 지 1년쯤 되어 이제는 제법 뿔이 많이 자란 젊은 수컷 한 마리는 자기들이 사는 환경이 불만스러웠어. 산이 높은 것은 그렇다 쳐도, 거기서 더 나아가 깎아지른 질벅을 바위에서 바위로 뛰어다니며 사는 것이 영 불안하고 마음에 들지 않았기 때문이었지. 자칫 잘못해서 발이 미끄러지기라도 하면 까마득한 낭떠러지 아래로 떨어질 테니 젊은 수컷이 불안해하는 것은 당연하다고 할 수도 있었지.

다행히 산양들의 발바닥은 바위에서 잘 미끄러지지 않도록 해주는 특수한 근육이 발달해 있어서 떨어지는 경우가 많지는 않다더군. 이 젊은 수컷이 바위산에 사는 것을 불만스러워 한 것은 언젠가 저 멀리 산 아래에 있는 마을을 보고난 후였어. 바위산에 비하면 그 마을은 아주 평화롭고 살기에 좋아보였거든.

그래서 이 젊은 수컷은 어느 날 엄마 산양에게 불평을 털어놓았지.

"엄마, 우리는 왜 이렇게 힘든 곳에서 살아요? 이렇게 먹을 것도 많지 않고 목을 축일 샘도 없는 데다, 겨울에는 눈도 많이 오고 춥기는 또 얼마나 추워요! 좀 더 따뜻하고 마실 물도 많은 저 아래로 내려가 살자고요. 저 아래를 보니까 사람들이 사는 마을도 보이던데요."

엄마는 아들을 그윽하게 바라보며 말했어.

"얘야, 누군들 그걸 모르겠니? 저 아래로 내려가면 풀도 물도 많고, 힘들게 바위 사이를 뛰어다니지 않아도 되지. 그렇지만 저 아래에는 우리를 잡아먹으려고 벼르는 표범이나 늑대가 있어. 거기다가 인간들은 총이라는 무기를 가지고 있어서 아주 먼 곳에서도 우리를 죽일 수 있단다. 그런데 표범이나 늑대나 인간들은 우리가 사는 이런 바위산에 올라오면 우리만큼 재빠르게 움직이지 못하기 때문에 우리가 쉽게 잡히지 않거든. 그래서 우리 산양들은 여기 바위산에서 사는 거야."

그러나 젊은 수컷은 여전히 투덜거렸지.

"하지만 우리 대장 아빠는 저렇게 뿔이 크고 튼튼하니까 그 뿔로 표범이나 늑대를 물리치면 될 거 아녜요. 나도 뿔이 점점 크사고 있다고요. 인간들이 가지고 있는 총이라는 게 얼마나 무서운지 모르겠지만, 우리는 눈이 좋으니까 빨리 보고 숨어 버리면 되잖아요. 안 그래요?"

"대장 아빠의 뿔이 튼튼한 건 사실이지만 늑대 여러 마리가 한꺼번에 덤빈다든가 표범이 수풀 속에 숨어 있다가 갑자기 덤벼들면 당해내기가 쉽지 않아. 그러니 너도 쓸데없는 생각은 하지 말고 바위를 잘 타는 법이나 익히도록 해."

그래도 젊은 수컷은 기회를 봐서 저 아래로 한 번 내려가 보겠다고 결심했어.

한편, 저 아래 산기슭에는 그 젊은 산양이 본 조그만 산골 마을이 있었어.

가파른 산기슭에 있는 마을이라 경작할 땅도 별로 없어서 모두 다해 봐야 한 삼십 가구 정도밖에 안 되었지. 그리고 이 마을에서 제일 부자는 이장님이었어. 뭐, 제일 부자라고 해도 흔히들 생각하는 것처럼 돈이나 땅이 많은 사람이 아니고 그저 당나귀를 한 열 마리쯤 소유하고 있어서 부자라고 불렸지. 다른 집에는 당나귀가 많아야 한두 마리밖에 없었거든.

마을 사람들에게 당나귀는 아주 소중한 재산이었지. 당나귀는 산에서 잡은 동물 가죽이나 채집한 희귀한 약초를 저 산 아래 멀리 있는 읍내에 내다팔러 갈 때나 돌아올 때에 아주 편하게 타고 다닐 수 있는 운송수단이었고, 사람들에게 좋은 식량이 되는 젖이나 고기 같은 것을 제공하기도 하였으니까.

그런데 이장님의 당나귀들 중에서도 제일 막내가 되는 녀석은 언제나 이것저것 불평이 많았어. 주인이 먹는 것도 배부르게 넉넉히 주지 않는 것 같고, 여럿이 함께 지내는 외양간도 불편하기만 하고, 또 몇 십리 멀어진 산 아래 읍내를 오가는 건 정말 힘들고 지겹다고 투덜대곤 했지.

"아, 형님들, 안 그래요? 우리 사는 꼴이 이게 뭐냐구요? 맨날 일만 하지, 먹는 건 풀이나 나뭇잎밖에 없지. 그것도 풍족하게 주기나 하나요? 그리고 저 읍내가 어디 가깝기나 해요? 갈 때는 내리막이니까 그런 대로 견디지만, 돌아올 때는 뚱뚱한 주인어른까지 태우고 가파른 길을 올라와야 하니 땀으로 목욕하는 꼴이잖아요."

듣다 못한 맏형 당나귀가 타일렀어.

"이 녀석아, 그게 사람들하고 사는 우리 당나귀들이 하는 일인데 어쩌란 말이냐? 그렇게 일이 하기 싫으면 집을 나가서 저 산에 가서 살든지."

"그래요, 저 산에 가면 이런 지겨운 일은 안 해도 되겠지요. 그래서 언제 기회 봐서 산으로 갈까 봐요."

그러자 다른 당나귀가 말했지.

"산에 가서는 뭘 먹고 살 건데? 저 산은 돌투성이라서 나무도 풀도 별로 없는데…? 그리고 추위나 눈을 막아줄 외양간도 없잖아."

그래도 막내 당나귀는 고집을 꺾지 않았어.

"어쨌든 저는 여기가 싫어요. 저 산에 가면 무슨 수가 생기겠지요. 전에 읍내 갈 때 올려다보니까 산양들이 살고 있던데 저라고 거기서 못 살 이유가 있겠어요?"

다른 당나귀들은 더 이상 막내의 말에 귀를 기울이지 않았고, 막내는 구석에 가서 혼자 구시렁거리고 있었지.

어느 날 아침 바위산에 살던 젊은 산양은 슬그머니 산 아래로 내려가기 시작했어. 적어도 한 번은 인간들이 사는 마을을 가까이에서 보고 싶었거든. 물론 내려가는 동안 혹시라도 늑대나 표범 같은 맹수늘이 나올까 봐 조심은 했지. 그래서 그랬는지 다행히 그런 맹수들과 맞닥뜨리지 않고 마을 가까이까지 내려왔어.

그런데 산양의 코에 아주 역겨운 냄새가 마을로부터 풍겨오는 거야. 언젠가 산중턱에 산불이 났을 때 산위로 올라오던 연기 냄새 같기는 한데 그보다 더 탁하고 고약하게 느껴지는 냄새였어. 아마도 사람들의 부엌에서 나오는 음식 냄새와 연기가 섞여서 그랬을 거야. 그밖에도 산양으로서는 맡아본 적이 없는 노린내 같은 것도 공기 중에 섞여 있었어. 산양은 미처 몰랐지만 그것은 틀림없이 인간의 몸에서 나는 냄새였어.

그 산양은 이런 고약한 냄새 때문에 어찌 할까 망설이고 있다가 그만 마을 아이들의 눈에 띄고 말았어. 아이들은 돌을 던지고 막대기를 들고 쫓아오며 산양을 잡으려고 하였지. 산양도 덜컥 겁이 나서 산으로 도망을 가는데 어디선가 빵 하는 소리가 들리더니 가까이 돌담장 위에 있던 돌 하나가 부서지는 게 아니겠어? 아마 어떤 어른이 산양을 발견하고 총을 쏘았던가 봐.

이게 엄마가 말하던 인간들의 총이라는 거구나 하는 생각이 든 산양은 죽을힘을 다해 언덕 위에 있는 숲으로 달려갔지. 그러고는 커다란 나무 밑에 앉아서 숨을 고른 다음 숲을 벗어나 더 높이 올라가서 커다란 바위 그늘에서 쉬고 있었어.

그런데 바로 같은 날 아침에 이장 집 막내 당나귀는 마침 느슨하게 묶여 있던 고삐를 풀고 외양간을 빠져나와 마을 근처를 어슬렁거리고 돌아다니다가 마을 뒤쪽에 있는 언덕에 올라가 보니 저 멀리 높은 곳에 햇빛에 반짝이는 바위산이 보이는 거야. 그러자 당나귀의 가슴이 울렁거렸어.

'그래, 저거야! 내가 언젠가는 저 바위산에 가겠다고 생각했었지. 그래, 지금 당장 올라가보자. 형님들한테야 미안하지만 난 그 비좁은 외양간에서 살고 싶지는 않아.'

막내 당나귀는 드디어 마을을 벗어나 바위산을 향해 걸어갔지. 우선은 사람들이 산을 오르내리느라 생긴 작은 길을 따라 계속 올라갔어. 자갈길이기는 하지만 비교적 평탄한 길이라 쉽게 갈 수 있었지. 가끔 냇물을 만나면 물도 마시고 부드러운 풀을 뜯기도 하면서 말이야.

그런데 어느 때부터인가 길이 끊어지고 키가 작은 관목들이 우거진 숲이 나타나지 않겠어? 그래서 나무와 나무 사이를 힘겹게 한 걸음씩 뚫고 얼마를 올라갔을까, 이제는 관목 숲도 없어지고 바위와 자갈들만 잔뜩 있는 황량해 보이는 산기슭에 다다랐지. 온몸이 땀으로 젖고 목도 마른 당나귀는 커다란 바위 그늘에 앉아 쉬면서 혼잣말로 중얼거렸어.

"이거 도대체 그 바위산은 얼마나 더 올라가야 하지? 보기보다는 훨씬 머네."

그때 어디선가 이상한 목소리가 들려오는 거야.

"저 바위산에 올라가려는 너는 누구냐?"

깜짝 놀란 당나귀가 벌떡 일어나서 주위를 둘러보았더니, 좀 떨어진 바위 아래 그늘에서 어떤 젊은 수컷 산양이 이쪽을 바라보고 있는 거라. 바짝 긴장한 당나귀가 되물었지.

"그렇게 말하는 너는 누구냐? 그리고 여기서 뭐 하는 거야?"

"나는 바로 네가 가려는 그 바위산에서 내려온 산양이다. 그런데 너는 뭐라는 동물이냐?"

"나는 저 아래 사람들이 사는 마을에서 온 당나귀라고 한다. 그런데 너는 어디로 가려고 바위산에서 내려왔니?"

당나귀와 산양은 커다란 바위 그늘에 앉아서 서로 자기의 이야기를 들려주었어. 산양은 가파르고 위험한 바위산, 부족한 먹이, 추운 날씨 등이 싫어서 마을 가까이 내려갔다가 총소리에 놀라 달아난 얘기를 당나귀에게 들려주었고, 당나귀는 답답하고 비좁은 외양간, 읍내까지 오르내리는 힘든 노동, 단조로운 일상을 산양에게 말해 주었지.

그리고 둘은 그 자리에 앉아서, 앞으로 어떻게 해야 할까 생각하고 있었는데, 그때 귀가 밝은 산양이 당나귀에게 속삭였어.

"쉿, 조용히 해! 뭔가 무서운 동물이 가까이 오고 있어."

"뭐가 온다고 그래? 나는 아무 소리도 못 들었는데…?"

"너는 아마 인간들하고 살아서 그런가 봐. 우리는 언제 우리를 잡아먹는 동물이 나타날지 몰라서 항상 조심하기 때문에 아주 작은 소리도 들을 수 있어. 가만히 있어. 내가 좀 살펴볼게."

산양은 바위에서 고개를 조금 내밀어서 주위를 살피더니 말했어.

"저 위에 표범이 한 마리 있어."

당나귀는 덜컥 겁이 났지.

"뭐, 표범? 그럼 우린 어떻게 되는 거야?"

"어떻게 되긴? 싸우든지 도망치든지, 아니면 잡아먹히는 길밖에 없지."

"여기는 숨을 만한 곳이 없으니 도망을 칠 수는 없잖아?"

"그럼 싸워야지, 뭐."

"그런데 어떻게 싸워? 언젠가 우리 주인이 다른 사람들과 얘기하는 걸 들으니까 표범은 발톱과 이빨이 무척 날카롭다던데…?"

"난 이 뿔로 한 번 싸워볼 텐데, 너는 싸울 때 잘하는 게 뭐냐?"

"나야 뒷발로 걷어차는 거지. 웬만한 동물은 내 발길질에 다 나가떨어지니까."

"그럼 이렇게 하자. 내가 저 표범을 이쪽으로 유인할 테니까, 네가 이 바위 뒤에 있다가 발길질을 하는 거야. 그 다음엔 내가 이 뿔로 **표범**을 찌를게."

그러고 나서 산양은 얼른 바위 위로 올라가 메에에~ 하고 소리를 질렀어. 저 위에서 먹이를 찾고 있던 표범은 웬 떡이냐는 듯 산양을 향하여 후다닥 달려 내려왔지. 산양이 일부러 바위에서 내려와 바위 뒤로 숨자 표범도 뒤따라 바위 뒤로 돌아왔을 때 숨어 있던 당나귀가 있는 힘을 다해서 뒷발질로 표범의 턱을 세게 찼어. 당나귀의 일격에 턱이 부서진 표범이 땅에 나뒹굴자 도망치는 척했던 산양이 뒤돌아 달려와서 튼튼한 뿔로 표범을 들이받았지. 턱이 부서지고 배를 찔린 표범은 결국 죽고 말았어.

표범이 죽자 산양과 당나귀는 숨을 고르며 한참을 쉬었지. 얼마 후 생각에 잠겨 있던 산양이 먼저 말했어.

"아무래도 나는 저 바위산으로 돌아가야겠다. 역시 우리 산양들이 살 곳은 거기인 것 같아. 거기는 표범 같은 동물들은 쉽게 올 수 없는 곳이거든. 아까 내려오다 보니까 저 쪽 골짜기에 늑대들 울음소리도 들리더라고. 그리고 아까 내가 본 것하고, 거기에 네 얘기를 들어보니까 인간들이 사는 동네는 우리 같은 야생동물들이 살 곳은 아니야. 나는 지금 올라갈 텐데 혹시 네가 나하고 같이 저 바위산에 가겠다면 안내해 줄게."

당나귀는 긴 귀를 쫑긋 세우며 반가워했어.

"그래, 네가 안내해 준다면 나야 고맙지. 네가 우리 마을에 왔던 것처럼 나도 꼭 거길 가보고 싶어."

둘은 높은 바위산을 향하여 다시 산을 오르기 시작했어. 그런데 산양은 껑충껑충 뛰며 쉽게 올라가는데, 당나귀는 엄청 힘들어하는 거야. 길도 없는 산은 자갈투성이인 데다 이 바위에서 저 바위로 건너뛰는 게 당나귀에게는 커다란 고역이었던 거지.

산양의 발바닥은 바위에서 잘 미끄러지지 않도록 특별한 근육이 발달돼 있지만 당나귀의 발굽이야 딱딱하고 평평해서 그게 쉽지 않거든. 그래도 당나귀는 이를 악물고 산양을 따라 올라갔어. 형님들한테 큰소리를 쳤는데 여기서 포기하면 영 쪽팔릴 것 같기도 해서 말이야.

한나절을 더 올라갔을 때 산양이 말했어.

"저기 절벽이 보이지? 내가 사는 곳이 저기야."

당나귀는 놀라서 벌린 입이 다물어지지 않았어. 깎아지른 절벽에서 산양들이 이리저리 뛰어다니는 걸 바라보기만 해도 당나귀는 눈이 어질어질하고 오금이 저렸거든. 도대체 저런 가파른 곳에서 어떻게 떨어지지 않고 다니는지 알 수가 없었지. 그리고 아무리 눈을 닦고 봐도 당나귀가 먹을 만한 풀이나 열매가 보이지 않는 거야.

"야, 난 도저히 저기는 못 가겠다. 저런 절벽에 가면 나의 딱딱한 발굽으로는 한 걸음도 걷지 못할 것 같아. 게다가 내가 먹을 만한 풀이나 열매도 없고 말이야."

"나도 아까부터 네 발굽이 걱정스러웠어. 금방 미끄러져서 크게 다치거나 낭떠러지 아래로 떨어질 것 같아서 말이지. 먹을 풀이나 열매는 그 다음 문제일 것 같구나. 우리야 그다지 많이 먹지도 않아서 크게 어려움은 없고, 혹시 먹을 게 부족하면 낮은 데로 내려가서 얼른 먹을 걸 찾아 먹고 맹수들이 오기 전에 재빠르게 바위산으로 돌아오거든."

당나귀는 그 자리에 앉아서 오랫동안 생각에 잠겨 있다가 산양에게 말했어.

"나도 내가 살던 동네로 돌아가야겠어. 비좁긴 해도 비나 눈을 막아 주는 외양간이 바위산보다는 나을 것 같고, 게다가 마을에는 표범이나 늑대 같은 무서운 동물들이 없으니까. 그리고 먹이 걱정을 할 필요도 없고 말이야. 역시 우리는 먼 조상 적부터 사람들과 함께 살아와서 그게 편해."

"그래, 잘 생각했다. 그럼 서로 여기서 헤어지자. 오늘 네 발길질 덕에 표범도 물리쳐서 고맙다."

"네 뿔도 힘이 대단하던 걸. 자, 우리 여기서 헤어지지만 혹시 때가 오면 다시 만나자."

그리고 둘은 각자 자기가 사는 곳을 향하여 길을 갔어.

산으로 돌아간 젊은 산양에게 오늘 하루 종일 뭘 했느냐고 엄마가 물었어.

"아마 앞으로도 쉽게 맛보지 못할 좋은 경험을 했지요. 새로운 친구를 만나서 함께 표범도 물리치고요. 엄마, 난 이제 아무 불평도 하지 않고 여기서 살게요. 이젠 이 바위산이 아주 좋아졌어요."

엄마 산양은 표범을 물리쳤다는 말이 믿기지 않아서 그냥 고개를 주억거리며 되새김질만 하고 있었지.

발걸음을 재촉하여 어두워지기 전에 외양간에 돌아온 막내 당나귀에게 형들이 물었어.

"너 오늘 하루 종일 안 보이더라. 어디 갔다 왔어?"
"예, 뭐, 여기저기 좀 다녀왔어요. 좋은 친구를 사귀게 되어 맹수하고 싸우기도 했고요. 이제 보니 이 외양간이 참 포근하고 편안하네요. 형님들이 계셔서 든든하기도 하고요. 이제 더 이상 불평은 하지 않을게요. 고맙습니다, 형님들."
형들은 서로 마주보며 오늘 이 녀석이 좀 이상하다는 듯 고개를 갸웃거렸지. 외양간에 딸린 아궁이에서는 당나귀들이 먹을 여물이 끓고 있었고, 어디선가 어느 집 개 짖는 소리가 마을에 울려 퍼지고 있었어.

민들레와 양귀비

때는 마침 변덕스러운 봄바람도 잠잠해지고 뺨에 닿는 햇볕이 따스하게 느껴지는 오월도 벌써 중순에 접어들었습니다. 이른 봄 겨울눈이 녹기도 전에 꽃이 피었다 진 매화나무 가지에는 벌써 어른 새끼손톱만 한 매실들이 옹기종기 달려 있고, 개울가를 따라 터널처럼 서 있는 벚나무에는 벚꽃들이 다투어 피었다 바람에 흩날리고 있습니다.

어느 시골집 장독대 곁에 나지막하게 둘러져 있는 토담이 보이네요. 요새는 농촌에서도 대부분 회색빛 시멘트 벽돌로 담장을 높이 쌓아서 그런지 이 집의 낮은 흙담이 유난히 눈에 띄나봅니다. 가만히 보니 그 흙담 위에는 민들레꽃 대궁 세 줄기가 나란히 서 있군요. 꽃이 피었던 자리들이 흡사 스님의 머리처럼 보이는 것을 보니 꽃은 벌써 지고 꽃씨마저 바람에 날아가 버린 모양입니다.

그리고 민들레꽃 발치 아래 담장 밑 양지쪽에서 늘씬하게 키가 훌쩍 한 식물이 자라 올라와 마치 민들레들과 키 재기라도 하려는 것처럼 보이네요. 곧 꽃이 피려는지 줄기 끝에 꽃봉오리들이 맺혀 있습니다. 민들레는 다 자라도 키가 삼사십 센티미터밖에 안 되는데 흙담 위에 올라앉아 있다 보니 높이가 일 미터가 넘는 그 식물과 엇비슷해진 거지요.

그런데 어쩐 일인지 그 키가 큰 꽃과 민들레들의 사이가 좀 서먹해 보이는군요. 키가 큰 꽃은 민들레들을 외면한 채 담장 너머 먼 곳을 바라보고 있고, 민들레들은 장독대 쪽만 보고 있네요. 마침 꽃을 찾아 날아다니던 흰나비 한 마리가 날개를 쉬려고 장독대에 앉았다가 민들레 가까이에 있는 항아리에게 물었습니다.

"항아리 아주머니, 저 담장 위에 있는 꽃이 민들레라는 건 알겠는데, 그 앞에 있는 키 큰 식물은 이름이 뭐예요?"

"그건 양귀비라는 꽃이란다."

"아, 빨간 꽃도 피고 자색 꽃도 피는 그 양귀비군요. 그런데 둘이 왜 저렇게 뜨악하게 서 있어요? 그다지 사이가 안 좋아 보이는데요."

"그게 왜 그런가 하니 말이다…."

항아리 아주머니의 얘기는 이랬습니다.

민들레는 여러해살이 풀이라서 몇 년 전부터 이 담장 위에서 꽃을 피우고 씨를 날려 보냈답니다. 그런데 올봄에 담 아래에서 양귀비 싹이 한 줄기 돋아나더니 쑥쑥 자라서 금방 민들레들과 얼굴을 맞대게 되었지요.

양귀비는 자기가 키도 크고 또 곧 피어날 예쁜 꽃에 대단한 자부심을 가지고 있었습니다. 특히 빨간 양귀비꽃은 정말 대단히 요염하고 아름답거든요. 그래서 지난 사월에 민들레들이 노란 꽃을 피웠을 때 양귀비가 말했습니다.

"아이고, 무슨 꽃이 색깔이 그렇게 칙칙해요? 모양도 크기도 그저 그렇게 별 볼일 없고…."

민들레들 중 제일 큰 대궁이 말했습니다.

"양귀비야, 사물을 그렇게 눈에 보이는 것만 가지고 이러니저러니 하는 게 아니야. 민들레에게는 민들레의 꽃 색깔이 있는 것이고 양귀비에게는 양귀비의 색깔이 있는 것이지, 어느 쪽이 더 예쁘다 아니다 할 수 없는 거야."

"그래도 저 같은 양귀비꽃을 보면 누구라도 민들레꽃보다 훨씬 더 예쁘다고 할 걸요?"

그러자 다른 민들레 대궁이 말했습니다.

"네가 꽃을 가지고 좋으니 나쁘니 말한다면 이건 어떻게 생각하니? 우리 민들레는 여러해살이 풀이라서 몇 년 전부터 이 자리에서 계속 꽃을 피웠고 앞으로도 그럴 거야. 하지만 양귀비 너는 한해살이 풀이니까 올 한 해만 지나면 씨만 남기고 더 이상 이 세상에 없을 텐데, 그럼 우리 둘 중에서 누가 더 좋고 누가 더 나쁠까?"

"그래도 눈에 띄는 건 꽃이잖아요. 오월에 제가 꽃을 피웠을 때 보자고요.."

양귀비는 샐쭉하게 토라져서 말했습니다.

그러다가 며칠 후 민들레꽃이 지고 하얀 꽃씨들이 바람에 다 날아가 버리자 양귀비가 깔깔거리며 또다시 민들레를 놀렸습니다.

"하하, 씨들이 다 날아가 버리니까 남은 자리가 꼭 박박 깎은 어린아이 머리 같네요. 그나마 꽃씨들이 붙어 있을 때는 그런대로 봐줄 만했는데…. 얼마 안 있으면 제가 꽃을 피울 테니까, 그때 예쁜 제 모습을 한 번 보시라고요."

그러자 민들레 중에서 가장 키가 작은 대궁이 말했습니다.

"우린 이제 올해에 할 일을 다했어. 꽃을 피우고 씨앗을 맺어서 멀리 날려 보냈으니까. 넌 아직 꽃도 안 피웠으니 씨앗을 맺으려면 한참 더 있어야겠구나."

"아니, 씨앗을 맺었으면 내 가까이에 두어야지 왜 멀리 날려 보내요? 나 같은 양귀비들은 안 그래요. 내 씨앗을 가까이 두어야 다시 거기서 싹이 트고 꽃이 피어서 가족이 한 곳에 모여 살 수 있잖아요.."

키가 제일 큰 민들레가 말을 거들었습니다.

"우리가 씨앗을 바람에 실어 멀리 보내기 때문에 어디를 가나 우리 민들레를 볼 수 있는 거야. 너희들처럼 한 곳에 모여 있으면 널리 퍼질 수가 없지."

"꼭 그렇게 멀리 많이 퍼져 있어야 좋은 건 아니잖아요."

양귀비가 지지 않으려고 자꾸 말대꾸를 하자 보다 못한 항아리 아주머니가 한 마디 타일렀다고 합니다.

"양귀비야, 모든 것을 그렇게 비교해서 보지 말고 그냥 있는 그대로 보렴. 민들레꽃은 멀리 그리고 널리 퍼지는 것을 좋아하고, 너 같은 양귀비는 한 곳에 피어 있는 것을 더 좋아할 뿐이야. 어느 것이 더 좋고 어느 것이 더 나쁜 것이 아니야."

그래도 양귀비는 입을 삐죽거리며 말했습니다.

"씨앗을 멀리 날려 보내든 가까이에 두든 그건 그렇다 치자고요. 하지만 어쨌든 제가 꽃을 피우거든 한 번 보세요. 민들레 아주머니들은 인정하기 싫으시겠지만 감탄할 수밖에 없을 걸요."

여기까지 얘기를 한 항아리 아주머니가 흰나비에게 말했습니다.

"민들레들은 나이도 있고 경험도 많아서 서로 이해하면서 지내고 싶어 하는데, 양귀비는 올해 태어나 어린 데다 자기 꽃 예쁜 것만 알지 다른 것을 받아들일 줄 모르더구나."

"저는 이 꽃 저 꽃을 많이 봐서 민들레 아주머니들의 말이 이해가 되는데요. 저 양귀비도 좀 더 크면 이해하겠지요, 뭐."

한 일주일쯤 지나자 양귀비의 꽃봉오리들이 조금씩 벌어지기 시작했습니다. 반면에 민들레들은 점점 잎이 시들고 대궁이가 마르면서 딱딱해져 갔습니다. 양귀비는 시들어가는 민들레를 보고 조금 안쓰럽다는 생각이 들었지만, 그래도 신이 나서 떠들었습니다.

"내일이면 드디어 제 꽃이 필 거예요. 얼마나 예쁜지 보시라고요."

그런데 다음날 아침이 되자 먹구름이 몰려오더니 센 바람과 함께 갑작스럽게 소나기가 쏟아졌습니다. 굵은 빗방울들이 퍼붓듯 쏟아져서 민들레의 시든 잎들이 다 떨어질 때 양귀비의 날카로운 비명소리가 들렸습니다.
"아야! 내 목 부러지겠네!"
민들레들이 얼른 바라보니 양귀비의 꽃대 끄트머리가 비바람에 흔들리면서 거의 부러질 듯 건들거리고 있었습니다. 가장 키가 큰 민들레가 물었습니다.
"양귀비야, 어때, 견딜 만하니? 이건 소나기니까 금방 잠잠해질 거야."
양귀비는 우는 목소리로 대답했습니다.
"좀 폼 나게 피려고 했는데, 갑자기 소나기에 맞아서 꽃대 목이 꺾일 것 같아서 너무 힘들어요."
"아, 그래? 그러면 우리가 받쳐 줄게."
양귀비는 망설였습니다.
"그렇지만 어제 보니까 아주머니들도 잎이 다 시들어서 힘이 없어 보이던데요?"
키가 작은 민들레가 대답했습니다.
"그래, 우리는 이미 시들어가는 중이지. 하지만 꽃이 지고 물기가 마르다 보니 대궁이가 딱딱해져서 오히려 너를 받쳐주기가 더 낫단다."
양귀비는 어쩔 줄 몰라 했습니다.
"그래도 아주머니들이 시들어가는 걸 제가 보았는데…. 그리고 지금까지 제가 아주머니들을 많이 놀렸잖아요. 저도 양심이 있지, 아주머니들을 더 힘들게 해서야 어떻게…."
민들레들이 껄껄 웃으며 말했습니다.
"우리는 천리를 날아가도 삶에 대한 의지를 버리지 않고 아무 데서나 뿌리를 내리고 피어나는 민들레야. 우리의 강단을 우습게보면 안 돼. 우리도 살만큼 살았는데, 네가 우리를 놀린 것 정도야 얼마든지 웃고 넘어갈 것이지 그게 어디 마음에 담아 둘 일이냐? 그리고 사실 양귀비꽃이 우리 민들레꽃보다 더 예쁜 건 맞잖아, 안 그래?"

그 말을 들은 양귀비는 얼굴을 붉히며 살며시 고개를 숙이고 민들레들에게 부탁했습니다.

"죄송해요. 그리고 고맙습니다. 그럼 비가 그치고 해가 떠서 빗물이 마를 때까지만 좀 기댈게요."

양귀비가 살며시 고개를 숙여서 민들레 대궁에 꽃대를 기대자 민들레들은 대궁을 한데 모아서 양귀비 꽃봉오리를 받쳐주었습니다.

한참 시간이 지나자 비가 그치고 구름이 걷히면서 아침 해가 환하게 웃는 얼굴을 드러내어 온 세상을 밝게 비추었습니다. 그때, 장독대에 다시 날아와 앉아 있던 흰 나비와 항아리 아주머니는 보았습니다.

양귀비의 꽃봉오리가 소리 없이 열리면서 빨간 꽃잎들이 화사하게 피어나는 모습을 말이지요. 민들레들도 갓 피어난 양귀비꽃을 흐뭇한 얼굴로 바라보며 스님의 머리 같은 꽃받침을 끄덕이고 있었습니다.

제4부
꿈을 찾아서

빙하의 꿈

어느 높은 산꼭대기에 아주 커다란 빙하가 있었어. 얼마나 그 자리에 있었는지는 빙하 자신도 잊었을 정도로 오래 되었대. 아마 수천 년 아니면 한 만 년쯤 되는지도 모르지.

젊은 시절의 빙하는 그 산꼭대기가 좋았어. 구름 없이 맑은 날에는 산 저 아래 쪽을 굽어보며 마치 이 세상을 정복한 것 같은 기분을 느끼기도 하고, 달이 휘영청 밝은 밤에는 하늘의 총총한 별들을 올려다보며 아득한 우주의 신비를 생각하기도 하였지.

그러나 세월이 흐를수록 빙하는 외로웠어. 무엇보다도 친구가 많지 않았지. 하늘에 빛나는 태양과는 친하게 지냈으나 구름이 끼거나 눈이 오면 서로 얼굴을 볼 수 없는 날이 많았고, 가끔 바람과도 대화를 나누기는 하였으나, 바람은 눈보라와 함께 이 산 저 산, 이 골짝 저 골짝을 바쁘게 쏘다니느라고 빙하에게 오래 머물지는 않았어.

외로운 것도 그렇지만, 빙하는 무엇인가 가슴 한 구석이 텅 빈 느낌이 자꾸 들었지. 도대체 내가 왜 이 자리에 있으며 내가 할 수 있는 일이 무엇인지 궁금해서 말이야.

앞으로도 무한정 그냥 이렇게 한 자리에 앉아 있을 거라면 나는 아무 짝에도 쓸모없는 존재가 아닌가 하는 생각이 들었거든. 그리고 저 멀리 산 아래에는 무슨 일이 있는지 궁금하기도 했고. 그래서 어느 맑은 날 밝게 비치고 있는 태양에게 물었어.

"어이 해야, 자네는 이 세상 어디든 안 가는 데가 없으니 보고 들어서 아는 게 많겠지? 저 멀리 산 아래에는 뭐 어떤 것이 있나?"

태양은 잠시 생각을 한 후에 말했어.

"저 아래 세상은 여기와는 많이 달라. 우선 여기보다는 훨씬 따뜻하고, 거기에 있는 산은 자네가 있는 이곳보다 아주 낮지만 나무와 풀이 우거져 있어서 많은 동물들이 살고 있지. 산에서 흘러내린 개울물이 합쳐져서 강이 되는데 자꾸 낮은 데로 흘러가서 결국은 바다라는 아주 넓은 곳에 닿게 된다네."

이 말을 들은 빙하는 정말로 저 아래 세상에 내려가 보고 싶었어. 나무와 풀, 동물, 개울, 강과 바다라는 말이 모두 신기하게 들렸지.

"그렇다면 나도 거기 가서 살 수 없을까? 거기라면 나도 뭔가 보람 있는 일을 할 수 있을 것 같은데……."

"글쎄, 거기서 살 수야 있겠지. 그렇지만 자네는 워낙 오랜 세월 동안 여기서 붙박이로 지내왔기 때문에 자네 몸을 떼어내서 아래로 내려가는 것이 쉽지 않을 거야."

"아니야. 난 꼭 해야겠어. 언제까지나 황량한 이곳에서 살 수는 없어. 꼭 해내고 말 거야."

그날부터 빙하는 자기 몸을 산으로부터 떼어내려고 안간힘을 쓰기 시작했어. 허리를 비틀고 몸통을 흔들어댔어. 그러나 수천 년 동안이나 굳은 몸이 쉽사리 떨어지려 하지 않았지. 그렇게 오랫동안 애를 쓰던 빙하는 어느 날 밤 허리에 심한 아픔을 느끼고 비명을 질렀어. 그러자 산이 흔들리고 골짜기가 우르릉 우르릉 울렸어.

마침 지나가던 바람이 놀라서 빙하에게 물었어.

"빙하야, 왜 그래? 어디 아파?"

"사실은 말이야, 나도 저 멀리 산 아래로 내려가 살고 싶어서 내 몸을 이 산에서 떼어내려 하는데 이렇게 힘들고 아프네. 어떻게 날 좀 도와줄 수 없겠나?"

"어허, 그러고 보니 이쪽 허리 부근에 금이 갔네. 조금만 더 힘을 쓰면 떨어질 것 같아. 그래, 내가 도와주지."

바람은 주위의 눈보라와 함께 힘을 모아서 빙하의 몸을 산 아래로 밀었지. 빙하 허리의 틈이 조금씩 더 벌어지더니 드디어 빙하의 몸이 산에서 떨어졌어. 빙하는 서서히 미끄러져 내려가다가 점점 속도를 내더니 굴러 내려가기 시작했어.

앞에 있던 바위들이 깨져 나가고 산골짜기가 진동하면서 눈사태가 일어났지. 바람도 빙하가 어디로 가는지 궁금하여 뒤따라 내려왔고.

밤새 굴러 내려와 새벽 동이 틀 무렵 멈춰선 빙하는 주위를 천천히 둘러보았어. 거기는 커다란 분지였는데, 어제까지만 해도 까마득하게 내려다보이던 산들이 이제는 빙하를 둘러싸고 있었지. 그러나 태양의 말과는 달리 나무나 풀도 별로 없고 그나마 있는 것도 생기가 없이 초라했어. 강물은커녕 조그만 냇물도 보이지 않았고 황량한 들판에는 바위와 자갈 사이에 말라비틀어진 나무들만 있었지.

신기한 동물이 뛰어놀고 아름다운 꽃들이 만발한 땅을 기대했던 빙하는 아주 실망했어. 그래서 마침 동쪽 산 너머에서 떠오르는 태양을 보자마자 불평을 늘어놓았지.

"이것 봐, 해야. 이건 자네 말과 너무 다르잖아. 숲이 어디 있고 강물은 어디 갔어? 산은 벌거숭이고 들판은 돌투성이니 어떻게 된 거야?"

이 말을 들은 태양이 빙그레 웃으며 말했어.

"물론 내가 말했던 그런 곳도 이 세상에는 많이 있어. 하지만 자네가 그때 나한테 그랬지? 이 아래로 내려와서 무언가 보람 있는 일을 해보고 싶다고."

"그건 맞아. 하지만 이런 쓸모없는 곳에서 뭐 어떤 보람 있는 일을 할 수 있겠냐고? 나는 따뜻하고 활기가 넘치는 그런 땅에서 살고 싶단 말이야."

"그럼 자네가 이 땅을 따뜻하고 활기찬 곳으로 만들면 되잖아? 그거야말로 보람 있는 일이 아니겠어?"

빙하는 깜짝 놀랐어. 나더러 이 거친 땅을 활기찬 땅으로 만들라니?

"그게 무슨 말이야? 내가 어떻게 이 땅을 그렇게 만들어?"

"옛날에는 여기도 숲이 우거지고 물이 흐르는 옥토였지. 그러나 오래 전에 갑자기 기후가 바뀌면서 이렇게 거친 땅이 되었어. 동물들은 떠나가고 식물들은 말라 죽거나 가까스로 목숨만 유지하고 있지. 이제 이 땅을 다시 옥토로 바꾸는 것은 너만이 할 수 있어. 난 이만 가봐야겠어. 내일 아침에 다시 보자. 그때까지 잘 생각해 봐."

태양은 서쪽 산을 훌쩍 넘어갔고 주위는 캄캄해졌어. 빙하는 태양이 하던 말을 다시 곰곰이 생각해 보았으나 잘 이해가 되지 않았지.

'나는 오랜 세월 동안 저 높은 산꼭대기에 앉아 있던 빙하일 뿐 나에게 무슨 특별한 재주가 있는 것도 아닌데 무슨 수로 이 땅을 옥토로 바꿀 수 있다는 거야? 저 해 친구가 날 놀리는 건가?'

이때 산꼭대기에서 따라 내려온 바람이 빙하에게 말했어.

"이것 봐, 빙하야. 우선 네 자신부터 잘 살펴봐. 너의 본질을 찾아보라고. 그러면 해가 한 말을 알 수 있을 거야."

"나의 본질? 나의 본질이 뭔데? 나는 빙하잖아. 얼음 말이야."

"얼음은 지금 너의 겉모습일 뿐이야. 너의 참모습은 그게 아니야. 얼음이 아니라고."

"내가 얼음이 아니면 뭐란 말이야? 아니, 빙하가 얼음이 아니라니 도대체 말도 안 돼."

"어이 빙하 친구. 내 말을 잘 들어봐. 모든 얼음은 본래 물이었어. 그런데 주위의 온도가 내려가는 바람에 물이 얼음으로 변한 거야. 물론 얼음도 온도가 올라가면 다시 물로 변하지. 그런데 빙하 자네는 수천 년 동안 추운 곳에서만 있었기 때문에 녹아서 물이 될 기회가 없었어. 그러다 보니 계속 몸이 불어나서 이렇게 커진 거야. 그렇다 해도 자네의 본질이 물인 것은 틀림없어."

빙하는 화가 났어. 이렇게 크고 딱딱한 얼음인 빙하를 보고 일정한 모습도 없이 그저 아래로만 흘러가는 물이라니 어이가 없었지. 그러나 가까운 친구인 바람이 하는 말이라 화를 참으면서 들어주다가 불쑥 물었어.

"그래, 나의 본질이 물이라고 하자. 그것하고 이 황량한 땅을 옥토로 바꾸는 것하고는 무슨 상관이 있지?"

"지금 이 땅이 필요로 하는 것이 바로 물이야. 자네 정도의 크기면 우선 이 분지에 있는 모든 식물들을 되살릴 수 있어. 이런 일은 태양도 할 수 없고 바람인 나도 할 수 없어. 오직 자네만이 할 수 있지."

빙하는 그런 일이라면 정말 보람이 있겠다는 생각이 들기 시작했어. 그러나 빙하의 본질이라는 물을 어떻게 만들어야 하는지 궁금해서 다시 바람에게 물었지.

"좋아, 나의 본질이 물이고 이 땅이 물을 필요로 한다는 건 알겠는데, 나의 본질이라는 그 물을 어떻게 만들지?"

바람은 잠시 망설였어. 얼음의 본질이 물이라는 사실도 잘 받아들이지 못하는 빙하에게 자신을 녹여야 물이 된다는 말을 어떻게 납득시켜야 할지 얼른 생각이 떠오르지 않아서 말이야.

"빙하 친구. 내 말을 잘 들어봐. 아까 내가 말했지? 얼음도 온도가 올라가면 녹아서 물이 된다고? 그러니까 내 말은, 자네 몸을 녹여서 물이 되어야 한다는 말이야."

빙하는 소스라치게 놀라서 소리쳤어.

"뭐, 내 몸을 녹여서 물이 되어야 한다고? 그럼 난 아무 것도 없게? 이 빙하가 다 녹아버리면 빙하가 아니잖아? 난 빙하야. 난 빙하로 살고 싶어."

"그렇지만 자네는 무엇이든 보람 있는 일을 해보고 싶다면서? 보람 있는 일을 하려면 내가 가진 어떤 것을 희생하지 않으면 안 돼. 희생도 하지 않으면서 보람을 찾겠다는 것은 결국 말로 생색만 내겠다는 것이야. 자네가 저 높은 산꼭대기에서 생각한 것이 겨우 이건가? 그리고 자네가 빙하로 있으면 이 땅은 더욱 황폐하게 돼. 자네가 이곳의 공기를 차갑게 만들기 때문이지."

이 말에 빙하는 다시 생각에 잠겼어.

'나는 무엇이든 보람 있는 일을 해보고 싶어 고통스럽게 내 몸을 떼어내서 여기까지 왔어. 그렇지만 나는 빙하로서 할 수 있는 일이 없을까 생각했지 나 자신을 녹여서 무슨 일을 하고자 한 것은 아니었어. 그런데 내가 빙하로 남아 있으면 이 땅이 더욱 황폐해진다고? 이 땅을 더 황폐하게 만들어서는 안 되겠지만, 그렇다고 나를 다 녹여 버리면 나는 뭐가 되는 거야?'

이때 바람이 다시 말했지.

"빙하 친구. 자신을 녹여서 물이 되는 것은 자신을 잃어버리는 것이 아니라 오히려 참된 자기 자신을 찾는 것이라고 생각하게나. 자네의 본래 모습은 자유롭게 흘러가는 물이었지 한 곳에 꽁꽁 얼어붙어 있는 얼음이 아니었어."

이 말에 빙하는 정신이 번쩍 들었어.

자유롭게 흘러가는 물이라…… 자유롭게 흘러가는 물이라…….

드디어 빙하는 자기 몸을 녹여서 이 분지의 모든 식물들을 되살리기로 결심했어. 그때 마침 아침이 되면서 다시 떠오른 태양이 빙하에게 물었지.

"어때, 빙하 친구. 잘 생각해 봤나?"

빙하가 대답했어.

"그래, 자네하고 바람 친구 덕분에 많은 것을 깨달았어. 자, 그럼 이제 자네가 나를 녹여 주어야겠네. 한 번 힘을 써주게."

한낮의 태양이 며칠이고 뜨겁게 내리쬐자 서서히 빙하가 녹기 시작했어. 빙하는 점점 작아지고 점점 낮아졌어. 마침내 빙하가 사라진 그 자리에는 맑고 커다란 호수가 생겼어. 그리고 그 빙하가 산으로부터 굴러 내려온 길을 따라 다른 빙하의 녹은 물이 끊임없이 흘러와 언제나 호수를 가득 채웠지.

세월이 흐르자 그 분지의 모든 산과 들은 다시 푸른 숲과 아름다운 꽃으로 뒤덮이고 수많은 동물들이 뛰어놀게 되었어. 빙하가 녹아서 생긴 맑은 호수에 바람이 불어와 물결이 일렁이면 햇빛이 보석처럼 반짝거렸지.

번쩍이는 산

오늘은 날씨도 좀 춥고 하니 더운 지방 얘기 좀 할까?
하기야 이야기에 춥고 덥고 하는 게 무슨 상관이 있으랴마는, 기분이라도 좀 낫지 않을까? 뭐, 그렇지 않을 거 같다고? 아니면 말고, 뭐.

아프리카 넓은 초원에 표범 두 마리가 태어났어. 튼실하고 귀여운 수컷들이었지. 어미의 정성스러운 보호 덕분에 새끼들은 별 탈 없이 무럭무럭 잘 자랐어. 형은 생김새가 듬직하고 책임감이 강했지만 행동이 다소 느린 반면 동생은 호기심이 많고 환경에 재빠르게 적응하면서 모험심이 강했어.
성장해서 어미로부터 독립한 두 형제는 같이 사냥도 하고 다른 표범들이나 치타들과 싸우면서 서서히 자기들의 활동 영역을 넓혀 갔어.
어느 날 두 형제는 나지막한 언덕에서 석양빛을 등지고 앉아 아득한 구름 위에 웅장한 자태를 보이고 있는 높은 산을 바라보고 있었지.
그 산은 어찌나 높은지 꼭대기는 언제나 만년설이 쌓여 있고 1년 중 대부분은 구름에 가려 있었어. 어쩌다 구름이 걷히면 그 산 꼭대기는 눈 때문에 마치 거울처럼 반짝거렸어. 그래서 그 산 주위에 사는 사람들은 그 산을 '번쩍이는 산'이라는 의미로 킬리만자로라고 불렀지.

그날도 마침 구름이 걷혀서 꼭대기의 만년설이 석양빛에 붉게 빛나고 있었어. 그때 동생이 형에게 말했지.
"형, 난 언젠가 저 산 꼭대기까지 올라가고 말 거야. 저 꼭대기가 저렇게 때로는 하얗게, 때로는 지금처럼 빨갛게 빛나는 것을 보면 저기에는 틀림없이 무언가 신령스러운 것이 있는 것 같아. 그게 어떤 것인지 꼭 알아보고 싶어."

형은 잠시 생각하더니 천천히 입을 열었어.

"그래, 나도 한 번 올라가보고 싶어. 나는 저 산이 정말 좋거든. 우리가 사는 초원과는 달리 무언가 우리를 포근하게 품어줄 것 같단 말이야. 밝게 빛나는 봉우리는 언제 봐도 신비하고 경외감이 느껴져. 사실 난 이 초원에서 사는 것이 그리 탐탁하지 않거든. 해가 뜨면 하루 종일 이리저리 다니면서 사냥하고 해가 지면 혹시 다른 동물들이 나를 해치지나 않을까 전전긍긍하면서 사는 것도 싫고 말이야. 그런데 너도 잘 아는 그 아주 나이 많은 코끼리 어른에게 들었는데, 지금까지 저 산 정상까지 올라간 표범은 없었대. 표범만이 아니라 사자나 치타도 마찬가지라더라. 생각해 봐. 사실 우리처럼 이렇게 평지에 사는 동물들이 저 높은 산은 뭘 하러 올라가겠니?"

"형, 지금까지 아무도 올라가지 않았으니까 내가 올라갔다 오면 다들 나를 우러러보고 존경할 거 아냐? 그리고 나도 이런 낮은 땅에서 살다가 아무도 모르게 사냥꾼이나 다른 동물에게 잡혀 죽고 싶지는 않아. 무언가 색다르고 남들의 이목을 끄는 일을 해보고 싶어."

"글쎄. 저 산에 올라가겠다는 꿈이야 좋지만, 남들의 이목을 끌기 위해서 간다는 건 좀 그렇구나. 나는 진짜 저 산이 좋고 저 빛나는 봉우리가 신비해서 그냥 마음이 끌린단 말이야."

"어쨌든 나는 가고 말 거야. 두고 보라고, 형."

"그래, 그럼 우리 둘이서 함께 가도록 하자꾸나. 그렇지만 지금부터 준비를 해도 정말로 산에 갈 때까지는 시간이 꽤 걸릴 걸."

그날부터 형제는 여기저기 나이 많은 동물들에게 그 산에 관해 묻고 다니면서 많은 공부를 하였고, 산을 오르고 바위를 타는 연습을 하며 체력을 길렀어.

그러는 사이 형은 아리따운 암컷 표범을 만나 가정을 꾸렸으나 동생은 오로지 산만 생각하면서 짝을 찾을 생각은 전혀 하지 않았어.

표범 형제가 킬리만자로 산을 오를 것이라는 소문이 퍼지자 주변 동물들의 반응은 몇 가지로 갈라졌었지.

'저렇게 높은 번쩍이는 산을 오른다는 것은 말도 안 돼. 표범이 달리기는 잘할지 몰라도 산을 탄다는 것은 무리지. 아마 조금 가다가 되돌아올 거야.'

'아니, 저놈들이 미쳤나, 저런 위험한 산은 왜 간대? 번쩍이는 것은 번쩍이는 것이지 뭐 별 거라고? 그냥 이렇게 살다가 죽는 게 우리 동물들의 운명인데 별 야단법석을 다 떨고 있네.'

'그래, 역시 젊은 표범들이라 꿈이 야무지군. 그러나 패기는 좋지만 저렇게 높은 산을 패기만 가지고 오를 수 있을라고? 어쨌거나 그 도전하는 정신은 높이 살 만하군 그래.'

드디어 꽤 세월이 흘러 충분히 준비가 되었다고 생각한 두 형제가 킬리만자로 산을 향해 출발하려고 할 때 형에게 새끼가 태어났지 뭐야. 책임감이 강한 형은 차마 아내와 새끼를 두고 떠날 수가 없었어. 그래서 하는 수 없이 동생만 가기로 했지.

"나는 아무래도 형편이 안 되니 너 혼자 다녀와야겠다. 몸조심하고 절대로 무리하지 마라. 정 올라가기 힘들면 그냥 돌아오도록 해. 알았나?"

"형, 염려하지 마. 나는 끝까지 올라갔다가 꼭 돌아올 거니까. 그때까지 형수님이랑 조카들이나 잘 돌보도록 해."

동생이 떠나던 날은 형의 가족을 **빼면** 그저 호기심 많은 동물들 몇이 나와서 잘 다녀오라는 인사를 했을 뿐이었어.

동생 표범은 떠난 지 반년이 지나서야 갈비뼈가 앙상하게 드러날 정도로 여위고 아주 지친 모습으로 돌아왔어. 형이야 당연히 반갑게 맞았고 다른 동물들도 소문을 듣고 몰려들었지. 형이 궁금해 하며 물었지.

"그래, 저 번쩍이는 산꼭대기까지 올라갔었냐? 가보니 어떻던?"

"물론 끝까지 올라갔지. 정말 멀고도 험한 곳이었지만 가볼 만한 데였어. 저 꼭대기에서 내려다보는 세상이란 참으로 장관이었지. 그 느낌은 말로 표현할 수가 없어."

그러자 몰려와 있던 동물들 중에서 사자가 물었지.

"도대체 저 꼭대기에 있는 하얀 건지 붉은 건지 하는 것은 뭐던가?"

"아, 그건 말이지요, 거기서 만난 독수리에게 들었는데, 사람들이 눈이라고 하는 거랍니다. 눈은 아주 차갑고 하얀 것인데 우리 몸처럼 따뜻한 것에 갖다 대면 녹아서 물이 되더군요."

"아니, 그럼 저 하얀 것이 모두 물이라고? 물은 본래 색깔이 없는데, 어떻게 저렇게 하얗게 됐다가 또 어떤 때는 빨갛게도 된단 말이야? 이 친구가 말도 안 되는 소릴 하고 있네. 너 정말 저 꼭대기까지 가긴 간 거야? 가지도 못했으면서 우리한테 적당히 둘러대고 있는 거지?"

동생 표범이 발끈해서 소리쳤지.

"선배님은 저길 못 가봤지만 저는 직접 갔다 왔다고요. 정 그렇게 제 말을 못 믿겠다면 선배님께서 한 번 다녀오시지요."

이 말에 화가 난 사자는 동생 표범에게 달려들어 싸움이 붙었고 결국 동생은 사자에게 물려 죽고 말았어. 다른 동물들은 동생 표범의 말을 믿기도 그렇고 사자의 말을 따르기도 그런 어정쩡한 마음으로 그냥 뿔뿔이 흩어지고 말았지.

형 표범은 동생의 주검을 앞에 놓고 깊이 생각에 잠겼어.
'동생은 틀림없이 저 산 꼭대기까지 갔다 온 거야. 비록 남들이 믿어주지 않아 섭섭했겠지만 그래도 자기가 하고 싶은 것을 하고 갔으니 여한은 없겠지. 그래, 언젠가는 나도 저 산에 올라가서 눈이란 것을 직접 봐야겠어. 나도 옛날부터 저 산을 얼마나 좋아했었는가 말이야. 나도 죽기 전에 내가 진정 좋아하는 일을 해보고 싶어.'
그러나 그런 기회는 쉽게 오지 않았지.
마음을 다져 먹고 길을 떠나려 하면 어떤 때는 아내가 탈이 나고, 그 다음 기회가 왔을 때는 새 자식이 태어나서 하는 수 없이 주저앉기도 하였어.
그러구러 세월이 흘러 그의 나이도 사람으로 치면 환갑쯤 되는 나이가 되었지. 나이를 먹으면서도 그는 언제나 번쩍이는 산을 바라보며 자기의 꿈을 다지곤 했지.
물론 때로는 꿈이고 뭐고 다 잊고 그저 그럭저럭 살다가 죽으면 그만이지 하는 생각도 하다가 다시 마음을 다잡은 적도 여러 번 있었어.
남편의 이런 꿈을 아는 그의 아내가 어느 날 조용히 말했어.
"여보, 당신이 저 번쩍이는 산을 오르고 싶어 한다는 것을 나도 잘 알고 있어요. 그 사이 평생 가족을 돌보느라고 그 꿈을 이루지 못했는데 이제라도 그 꿈에 도전하세요. 새로운 도전이라 힘은 들겠지만 한 번 부딪쳐 보지도 않고 꿈만 그리다가 주저앉는 것보다는 보람이 있지 않겠어요?"
아내의 격려에 힘을 얻은 그는 곧 길을 떠났어. 가까워 보이던 그 번쩍이는 산도 실제로 걸어보니 얼마나 멀던지 꼬박 사흘이 지나서야 겨우 산기슭에 도달했지. 낯선 길이라 다른 동물들의 영역에 잘못 들어갔다가 쫓겨나기도 하고, 어떤 날은 종일 들쥐 한 마리도 잡지 못해 쫄쫄

굵기도 했고.

드디어 산을 오르기 시작한 그는 빽빽하게 숲이 우거진 정글, 차가운 물이 콸콸 흐르는 깊은 계곡, 초원에서는 볼 수 없었던 낯선 동물이나 벌레들 때문에 얼마나 애를 먹었는지 몰라. 숲을 헤치면서 올라가자니 가시에 찔리고 나뭇가지에 긁히기도 하며 또 물에 젖은 바위에서 여러 번 미끄러지기도 했지.

그렇지만 어떤 장애물도 그의 오랜 꿈을 꺾지는 못했어. 평생을 별러 온 꿈이었으니 말이야.

정글이나 바위보다는 사람들이 다니는 길로 가면 훨씬 편했겠지만 야생동물들은 본능적으로 인간의 냄새를 싫어하고 무서워해. 그래서 힘들고 어려워도 숲을 헤치고 바위를 타면서 갔던 거야.

제대로 먹지도 못하면서 산을 오른 지 얼마나 되었을까, 더 이상 숲도 보이지 않고 바위만 온 산을 덮고 있는데 점점 날씨가 추워지기 시작했어. 초원에서는 겪어보지 못한 추위에 몸은 움츠려 들지, 발은 얼어붙듯이 시리고 턱이 덜덜 떨리면서 이빨은 딱딱 부딪치고 게다가 이상하게 숨쉬기마저 아주 힘든 거야. 공기 중에 산소가 점점 희박해지니 그럴 수밖에.

그렇지만 그는 천 근 같은 다리를 끌고 앞에 보이는 능선에 올라섰어. 아, 그때 그의 눈에 확 들어온 것은 까마득히 먼 곳에서만 바라보던 바로 그 눈 덮인 봉우리였어. 물론 아직도 한참 올라가야 했지만 멀리서 보던 때와는 훨씬 다른 감동을 주었지. 때마침 한낮의 햇빛을 받아 눈부신 빛을 발하는 웅장하고 신비한 흰 봉우리! 그것은 그에게는 감동을 넘어 감격과 황홀이었어.

오랫동안 봉우리를 바라보던 그는 다시 산을 오르기 시작했어. 무언가 가슴 저 아래에서 새로운 기운이 솟아오르는 것 같아 발걸음이 전보다 가벼웠지.

그러나 눈 덮인 산비탈을 오르기란 정글을 헤쳐 나가는 것보다 훨씬 더 힘들었어. 발은 감각을 잃어버렸고 칼날 같은 바람이 불어와 눈을 흩날리면 눈도 제대로 뜰 수 없고 숨은 턱턱 막혔지. 한 걸음이 십 리 같고 고개 하나가 태산처럼 높아 보이는 거라.

그렇지만 이런 상황에서 움직이지 않으면 얼어 죽고 말 거라는 걸 본능적으로 느낀 그는 쉬지 않고 계속 올라갔어.

그렇게 밤새 추위와 싸우며 산을 오르던 그는 어느 커다란 바위에 올라산 순간 이제는 더 이상 오를 곳이 없다는 걸 깨달았어. 어렴풋한 빛 속에서 천천히 주위를 둘러보니 모든 산봉우리들이 다 발아래 있는 것이 아니겠어?

이제는 바람도 추위도 느낄 수가 없었어.

그냥 온 세상이 은은한 보랏빛 고요 속에 잠겨있는 것 같았지.

그는 그 자리에 가만히 엎드렸어.

정상까지 올랐다는 벅찬 감흥도 일지 않았고 그냥 그 바위와 자기 몸이 하나가 된 것 같았어. 차디찬 바위가 마치 푹신한 덤불처럼 포근하게 느껴지는 거야. 그는 그 자리에서 꼼짝도 하지 않았어. 아니, 꼼짝도 할 수 없었다고 하는 말이 더 맞겠지.

얼마나 시간이 흘렀을까, 사위가 점점 밝아오면서 아득히 보이는 지평선 위로 붉은 태양이 솟아오르기 시작했어. 그 붉은 해를 한참 바라보던 그의 눈에 두 줄기 눈물이 주르륵 흘러내렸어. 그리고 잠시 후 그는 두 눈을 스르르 감았고 다시는 뜨지 않았어.

산비탈을 타고 오른 한 줄기 세찬 바람이 그를 흔들다시피 하면서 지나갔지만 그는 미동도 하지 않았어.

그 후 오랜 세월이 지난 언젠가 미국의 어떤 작가가 이 산 아래에 사는 원주민들이 이 표범에 대해서 하는 이야기를 듣고 "킬리만자로의 표범"이라는 소설을 썼고, 한참 뒤에는 우리나라의 어느 가수가 같은 제목의 노래를 불러 히트를 치기도 했다지, 아마?

갈매기의 꿈

갈매기들의 세상은 비정해. 조그만 섬의 경사면에 수천 마리의 갈매기들이 돌 틈이나 나무 가지 밑에 둥지를 틀고 알을 까고 부화시켜 새끼를 기르다 보면 항상 이웃과 싸움이 나거든. 어미 새가 먹이를 구하러 바다로 나간 사이에 어쩌다 둥지를 벗어난 새끼들은 이웃 갈매기들에게 쪼이거나 물려서 죽는 경우도 많아.

가까스로 목숨을 부지하여 성장한 다음 혼자 먹이를 구하러 날아다녀도 안전하지는 않아. 하늘에는 황조롱이나 매 같은 맹금류들이 갈매기들을 노리고 있고, 바다에서도 언제 어디서 바다표범이나 물개가 달려들지 모르는 상황이니까.

그 젊은 갈매기는 이런 삶에서 벗어나고 싶었어. 서로 싸우고 죽고 죽이는 이런 곳이 아니라 평화롭고 안전하고 행복한 삶을 살 수 있는 곳이 어딘가 반드시 있으리라고 믿었지. 그리고 언젠가는 이 꿈을 이루고 말리라고 다짐했어.

해가 뜨는 수평선 저 너머의 딴 세상이 혹시 그런 곳인가 궁금하였고, 낮에는 흰 구름이 떠다니고 밤이면 무수한 별들이 반짝이는 하늘도 신비하기만 하였지. 육지에 살고 있는 사람들의 마을도 젊은 갈매기의 호기심을 부추겼어.

그래서 하루는 수평선을 향하여 날아가 봤지. 아침 일찍 출발하여 날고 또 날았으나 가도 가도 그 바다가 그 바다였고, 저녁 무렵에 어느 커다란 섬에 닿았으나 거기도 수많은 갈매기들이 서로 싸우고 있어 그냥 실망하여 돌아오고 말았어. 바다에서는 더 이상 희망을 걸어볼 만한 곳이 없을 것 같았지.

어느 날 젊은 갈매기는 하늘로 날아올랐어. 저 높은 하늘 어딘가에는 평화로운 세상이 있을 것 같았기 때문이야.

점점 높이 날아오르자 보이는 세상이 넓어졌어. 바다도 아래에서 볼 때보다 훨씬 넓었고 전에는 잘 보이지 않던 육지의 산들도 발아래에 있었지. 드디어 바라던 세계를 찾을 수 있겠다는 생각에 젊은 갈매기의 가슴이 뛰었어.

그러나 구름 속을 지나 더 높이 올라가도 그냥 푸른 하늘만 있을 뿐 다른 건 아무 것도 보이지 않는 거야. 그리고 이제는 숨이 차기 시작했어. 날개도 점점 힘이 빠졌고. 게다가 갑자기 먹구름이 몰려오는 바람에 하는 수 없이 다시 내려올 수밖에 없었지. 푸르기만 할 뿐 아무 것도 없는 하늘은 젊은 갈매기에게 아무런 의미가 없게 되었어.

며칠 후 젊은 갈매기는 사람들이 사는 육지로 날아갔지.

조금 가다가 어디선가 갈매기들이 좋아하는 생선 냄새가 풍겨 오기에 그쪽으로 가 보았더니 사람들이 배에서 엄청나게 많은 고기들을 상자에 실어서 내리고 있었어. 마침 배가 고팠던 젊은 갈매기는 아무 생각 없이 고기 상자 가까이로 날아가 고기 한 마리를 물었는데 그 순간 무엇으로 머리를 된통 얻어맞고 눈앞이 캄캄해지면서 물었던 고기를 놓치고 말았어. 그리고는 부랴부랴 날개를 휘저으면서 달아났지.

언젠가 어느 늙은 갈매기가 일러 주었듯이 역시 사람들이 사는 곳은 위험했어. 평화로운 곳이 아니었던 거야.

그 후부터 젊은 갈매기는 고민하기 시작했지.

매일 같이 아귀다툼을 벌이는 이 세계가 아니고, 저 높은 하늘처럼 막막하지도 않고, 인간들이 사는 곳처럼 위험하지도 않으면서, 언제나 아름답고 평화로운 곳은 없을까…….

또래 갈매기들은 이런 젊은 갈매기를 약간 머리가 이상하다고 생각했어. 그냥 바다에 나가 고기나 잡아먹으면 되지 무슨 아름답고 평화로운 세계를 찾느냐고 놀렸지. 나이가 지긋한 갈매기들도 젊은 녀석이 쓸데없는 생각을 한다고 핀잔만 주었고 말이야.

그러던 어느 늦은 여름날이었어. 이제는 더 이상 사람들이 북적거리지 않는 바닷가 백사장에 아침 일찍부터 여러 무리의 젊은 사람들이 몰려온 거야.

그들은 백사장 곳곳에 무리 별로 자리를 잡더니 그곳을 장막으로 가린 다음 백사장의 모래를 가지고 무엇인가 만들기 시작했어. 마침 백사장에서 그리 멀리 떨어져 있지 않은 조그만 바위섬에 앉아서 쉬고 있던 젊은 갈매기는 호기심이 어린 눈으로 그들을 바라보고 있었지.

이윽고 사람들이 일을 다 끝내고 장막을 치운 백사장을 바라본 젊은 갈매기는 깜짝 놀랐어. 거기에는 모래로 만들었다고는 믿어지지 않는 아름다운 세상이 펼쳐져 있었거든.

우람한 코끼리가 사자와 어울려 놀고, 인간의 어린이들이 바다의 돌고래를 타고 장난을 치고 있는가 하면, 커다란 눈을 가진 부엉이가 하늘의 초승달에 걸터앉아 아래를 내려다보는 모습도 보였어. 바다에 떠 있는 돛단배에는 술잔을 든 사람들이 고래와 이야기를 나누고 있었고 말이야.

젊은 갈매기는 이제야 드디어 자기의 꿈이 이루어졌다고 생각했어. 바로 이런 곳이 자기가 찾고 있던 세계라고 믿었지. 싸움도 없고 막막하지도 않으면서 결코 위험하지도 않은 그런 세상이 바로 저기라고 확신한 거야.

젊은 갈매기는 캄캄해질 때까지 그 바위섬에 앉아서 행복한 마음으로 백사장에 펼쳐진 세상을 바라보고 또 바라보았어. 그리고 해가 져서 더 이상 백사장이 보이지 않게 되었을 때 젊은 갈매기는 자기 둥지로 돌아갔지.

그 다음날 아침 일찍 젊은 갈매기는 다시 그 백사장으로 날아갔어.

자기가 그리던 그 이상 세계를 빨리 다시 보고 싶었으니까.

그러나 백사장에 도착한 젊은 갈매기는 너무나 놀라서 그 자리에 주저앉고 말았어. 거기에는 아무 것도 없었어. 그저 모래뿐이었어. 코끼리도 사자도, 배도 돌고래도, 인간도 부엉이도 그 무엇도 없고 흰 모래밭만 있었지.

젊은 갈매기는 도저히 알 수가 없었어. 어째서 바로 어제까지 있던 그 세계가 사라지고 없을까 이해가 가지 않았거든. 그리고 사라졌으면 또 어디로 갔는지도 궁금했고.

절망과 상실감에 휩싸인 젊은 갈매기는 바위섬에 앉아서 백사장을 바라보며 생각에 잠겼어. 백사장에서 놀던 아이들이 짓궂게 돌팔매질을 해도 꼼짝도 하지 않았고, 가끔 돌풍이 불어 몸이 날릴 것 같아도 전혀 느끼지 못했지.

해가 지면서 사방이 어두워졌지만 젊은 갈매기는 그대로 바위섬에 앉아 있었어. 그 아름답던 세계가 왜 어디로 사라졌는지 여전히 궁금하기만 했으니까.

하늘의 별들은 언제나처럼 총총하게 빛나고 사람들이 사는 육지에도 불빛이 환하게 비치고 있었지만 젊은 갈매기의 마음은 캄캄하기만 하였지.

또 얼마나 시간이 흘렀을까……

밤이 깊어지면서 바람이 점점 강해지더니 큰 파도가 젊은 갈매기가 앉아 있는 바위섬으로 밀려왔어. 그리고 바위에 부딪친 바닷물이 튀면서 젊은 갈매기의 얼굴을 철썩 때렸어. 그 순간 젊은 갈매기는 정신이 버쩍 들면서 눈앞이 환해지는 것을 느꼈어.

'아, 그렇구나! 그렇게 아름답게 보이던 세계도 결국은 모래였어. 모래가 모여 형상을 만들었다가 다시 모래로 돌아간 거야. 변한 것은 하나도 없어. 모래는 모래일 뿐이야.'

'그리고 내가 찾던 세계도 언제나 바로 여기에 있는데 내가 괜히 찾아다닌 거야. 그러니 이제는 찾을 것도 없어.'

젊은 갈매기는 천천히 몸을 추스르며 일어났어. 서서히 몸에 온기가 도는 것을 느낀 젊은 갈매기는 몇 번 날개를 퍼덕인 다음 하늘로 날아올리 둥지를 향하여 날아갔어. 별들은 여전히 반짝이고 다시 잔잔해진 바다에는 달빛이 하얗게 비치고 있었어.

젊은 갈매기가 날아가는 하늘에는 북두칠성이 한참 기울어져 있었지.

제5부
변화에 대하여

강물은 어떻게 사막을 건넜을까?

어떤 강이 하나 있었어. 그 강은 저 북쪽 높은 산 어느 맑은 샘에서 시작하여 남쪽 끝에 있는 바다를 향하여 흘러가면서 이 골짝 저 골짝 냇물들과 합하여 점점 더 크고 넓은 강이 되었지.

물이 넉넉해지니 강가의 땅이 비옥해져서 농사짓는 사람들이 모두 좋아했고, 물고기를 잡는 어부들도 흥겹게 배를 저으며 그물을 던졌지. 그런 사람들을 보면서 강물은 흐뭇하고 만족한 노래를 부르며 흘러 내려갔어.

그렇다고 강물이 항상 즐거웠던 것은 아니야. 우기에 홍수가 지면 본의 아니게 사람들의 농토를 짓밟기도 하고, 때로는 댐에 막혀 답답하게 갇혀 있기도 했지. 그래도 강물은 꾸준히 바다를 향해 달렸어.

그러던 어느 날 강물은 전혀 뜻밖에도 큰 사막을 만났어.

아직 바다까지 가려면 멀었는데 사막이 가로막고 있었던 거야. 아마 무슨 갑작스런 지형의 변화가 있었던가 봐.

물기 하나 없고, 지평선 저 너머까지 메마른 모래로만 덮여 있는 사막 앞에서 강물은 고민했어. 상류로 되돌아갈 수는 없고, 그렇다고 앞으로 계속 흘러가자니 저 어마어마한 모래 속으로 몽땅 빨려 들어가서 흔적도 남을 것 같지 않아서 말이야.

그때 강물 위를 시원하게 불어가던 바람이 강물에게 속삭였어.

"강물아, 빨리 너 자신을 증발시켜. 그럼 내가 사막을 건네줄게."

강물은 깜짝 놀라서 바람에게 물었어.

"나를 증발시키면 나는 어떻게 되는 거야? 나는 물인데 증발되면 나라는 존재는 없어지잖아? 그럼 나는 도대체 뭐가 되는 거야?"

바람이 다시 한 번 속삭였지.

"잘 생각해 봐. 이 상황에서는 너를 증발시켜야 너 자신을 살릴 수 있는 거야. 너를 버려야 너를 찾을 수 있다고. 안 그러면 저 사막의 모래 속으로 빨려 들어가고 말게 돼."

자꾸 망설이던 강물은 결국 바람의 말을 따르기로 결심했어. 그리고 사막의 뜨거운 열기에 몸을 맡겨 수증기로 변한 다음 공중으로, 공중으로 올라갔지. 푸르게 흘러오던 강물은 거북이 등처럼 갈라진 강바닥만 남겨두고 흔적도 없이 사라졌어.

바람은 약속대로 수증기로 변한 강물을 실어서 사막을 가로질러 넘어갔지. 사막 끝에는 엄청나게 높은 산맥이 버티고 있었고, 바람을 타고 넘어온 수증기는 그 산맥에 막혀 한 곳에 모이기 시작했어. 처음에는 띠처럼 산등성이를 감도는 흰 구름이 되더니 점점 커지면서 짙은 색깔로 변하며 산봉우리들을 덮었어.

그리고 어느 날, 그 산맥 전체가 먹구름으로 휩싸였고, 천둥과 번개가 치더니 장대비가 쏟아지기 시작했지. 그 산맥에 살고 있는 모든 생물들은 사막 때문에 오랫동안 가뭄에 시달리다가 그 장대비에 생기를 되찾아 성장하고 번식했어.

나무와 풀은 꽃이 피고 열매를 맺었고 새들은 숲속과 하늘을 날며 노래를 불렀으며 계곡물에는 물고기들이 빠르게 헤엄쳐 다녔지.

이 골짝 저 골짝을 따라 아래로 흘러 내려간 빗물들은 다시 모여 점점 큰 강물이 되었어. 그리고는 그 전처럼 강가의 땅을 적시면서 바다로 신나게 흘러갔다는 얘기야.

달팽이의 여행

요즈음 달팽이는 불어오는 바람의 맛이 무언지 모르게 달라지고 있다는 것을 느꼈어. 바람에 묻어오던 촉촉한 습기도 예전보다 농도가 옅어진 것 같고, 바람이 부는 것도 그전처럼 감미롭지 않고 다소 거칠어진 것 같았거든.

그리고 무엇보다도 새벽에 나뭇잎이나 풀잎에 내려앉은 이슬의 맛이 점점 쓰게 변해가는 것을 느낄 수 있었던 거야. 달팽이는 어떤 변화가 오고 있다는 것을 느낄 수 있었으나 딱히 그것이 무엇인지는 알 수가 없었어.

그래서 달팽이는 주위에 있는 친구들에게 알아보기로 했어. 맨 처음 만난 친구는 여기저기 날아다니면서 보고 들은 것이 많아 아는 것이 제법 많다는 참새였어.

"어이, 참새야, 안녕. 그런데 요새 뭐 새로운 소식 없니? 숲속에 무슨 일이 있는 거 아냐?"

"아니, 달팽이야, 왜 그런 말을 하니? 뭐, 특별한 일은 없는데……."

"으응, 왠지 요새 바람이 좀 이상하고 이슬 맛도 예전 같지 않아서 말이야. 바람이 부는 게 자꾸 거칠어지고 이슬 맛이 점점 써서 말이지."

"에이, 그럴 리가 있니. 바람이야 살살 불기도 하고 좀 거칠게 불기도 하고 그러는 거잖아. 또 이슬이란 것도 난 잘 모르지만 그 맛이 그 맛이지 쓰고 달고 하는 게 어디 있겠어?"

"아냐, 참새 너는 우리처럼 이슬을 먹지 않아서 그러는 모양인데, 우리 달팽이 피부는 아주 민감하거든. 분명히 무슨 변화가 있어. 이유는 잘 모르겠지만 틀림없이 커다란 변화가 오고 있다고."

 달팽이는 이번에는 마침 썩은 참나무 등걸에서 기어 나오는 장수하늘소에게 물었어.
 "하늘소 형, 요새 우리 숲에 무슨 이상한 낌새가 없나요? 저는 아무래도 뭔가 달라지고 있다는 느낌이 들어서 말이지요."
 "응, 그래. 나도 약간 그런 느낌이 들긴 해. 바람도 부는 게 다르고 썩은 나무에서 나는 향기도 좀 지나치게 강하다고나 할까? 그렇지만 그게 뭐 어때서 그러나?"
 "전에 없던 변화가 오면 우리도 뭔가 대비를 해야 하지 않을까요?"
 "에이, 자네는 너무 민감해서 탈이야. 살다 보면 이런저런 변화가 있게 마련인데 어떻게 그때마다 대비를 한단 말인가? 그냥 그때그때 적당히 대처하면서 사는 거지."
 "그래도 이번에는 뭔가 다른 것 같아요. 아주 커다란 변화가 오고 있다는 생각이 들거든요. 아무래도 좀 더 알아봐야겠어요."
 그러나 달팽이가 만나본 다른 동물들도 모두 달팽이가 지나치게 신경을 쓰고 있다고 나무라기만 했어. 지금까지 아무 탈 없이 잘 지내 왔는데 바람이 조금 다르게 불고 이슬 맛이 좀 더 써졌다고 무슨 문제가 있겠느냐는 것이었지.
 그래도 달팽이는 불안한 느낌을 떨쳐버릴 수가 없었어.

 그러던 어느 날, 이 숲에서는 전혀 본 적이 없는 새 한 마리가 날아왔어. 하얀 몸에 머리끝은 검고, 부리가 약간 구부러진 데다 두 발에는 물갈퀴가 달린 새였지. 그 새는 날카로운 눈으로 숲속 여기저기를 살피더니 커다란 바위 위에 내려앉아서 큰 소리로 말했어.

"끼룩끼룩, 숲속에 사시는 여러분, 잠시 이리 오셔서 제 말을 들어 주십시오. 모두 모여 주시기 바랍니다. 끼룩끼룩!"

숲속의 동물들은 낯선 새가 나타나자 다소 경계하는 빛을 보이다가 하나둘 바위 주위로 모여들었지. 물론 달팽이도 느릿느릿 따라와서 커다란 나뭇잎에 자리를 잡았어. 잠시 후 그 낯선 새가 말을 시작했지.

"여러분, 저는 여기서 한참 먼 바다라는 곳에 사는 갈매기라고 합니다. 바다는 엄청나게 많은 물이 있는 넓은 곳을 말하는데 그 안에는 수많은 크고 작은 물고기들이 살고 있으며 저 같은 갈매기와 다른 바닷새들도 많이 있습니다."

그러자 여우가 앞으로 나서서 말했어.

"이거 봐, 갈매기 친구. 도대체 우리에게 무슨 말을 하려는 거야! 바다니, 고기니, 바닷새가 우리하고 무슨 상관이란 말이야?"

"아, 예. 제가 이 자리에 온 것은 여러분께 어떤 것을 알려드리고자 해서입니다. 제가 사는 바다에는 돌고래라고 하는 아주 현명한 동물이 살고 계시는데, 이분은 천문과 지리에 통달하셔서 모르시는 게 없는 분입니다. 그런데 최근에 이 분이 천문을 보니 올 여름이 되면 이 골짜기에 지금까지 겪어본 적이 없는 큰 홍수가 날 것이라는 겁니다. 산이 무너지고 숲이 휩쓸려 내려갈 정도의 큰 홍수라고 합니다."

이 말을 들은 동물들은 불안에 떨며 수런거렸어.

그러자 여우가 다시 나섰어.

"이거 봐. 아무리 그 돌고래가 천문 지리에 통달했다고 해도 그 예언이 확실하다는 보장이 있어? 우리는 이 숲에서 조상 대대로 살아왔지만 산이 무너지고 숲이 휩쓸리는 홍수 얘기는 들어본 적이 없어. 그런데 느닷없이 당신이 나타나서 그런 얘기를 한다고 우리가 믿을 것 같아?"

"물론 그런 의구심이 드는 것도 당연합니다. 그러나 우리 돌고래 현

자께서는 과거에도 몇 가지 큰 예언을 하셔서 그대로 적중한 적이 있습니다. 예를 들면, 어느 해에는 엄청나게 큰 해일이 갑작스럽게 밀어닥칠 것이라고 말씀하셔서 우리 동물들은 다 미리 대피해서 죽은 자가 하나도 없었는데 바닷가에 살던 인간들은 그걸 모르고 있다가 많은 사람들이 죽었지요. 사람들은 그런 해일을 쓰나미라고 부르더군요."

이때 나뭇잎에 앉아 있던 달팽이가 불쑥 말했어.

"갈매기님, 저는 그 돌고래님의 말씀이 맞는다고 믿습니다. 사실은 저도 뭔가 이상한 변화를 느끼고 있었거든요. 바람도 예전 같지 않고 이슬 맛도 다르고 말이지요. 그럼 그렇게 큰 홍수에 대비하려면 어떻게 해야 하나요?"

갈매기가 대답했어.

"무엇보다도 이 숲을 빨리 떠나셔야 합니다. 산사태가 나고 나무들이 뽑힐 만큼 많은 비가 오면 여러분은 살아남기가 어렵습니다. 그러니 이 숲을 벗어나 저기 보이는 저 능선을 넘어가면 아주 넓고 우거진 숲이 있습니다. 그리로 가시면 됩니다. 이번의 큰 홍수는 이 골짜기에만 일어난다고 합니다."

여우가 다시 빈정거리며 말했지.

"당신은 아주 쉽게 우리더러 저 능선을 넘어가라고 말하는데 그게 얼마나 험한 곳인 줄 알아? 내가 한 때 사냥하러 그 가까이 가본 적이 있는데 여간 험한 곳이 아니란 말이야. 절벽같이 가파른 바위에 우거진 가시덤불도 많고, 게다가 맹수들도 있어서 위험하기 짝이 없어. 또 산이 무척 높아서 어지간한 새들도 넘기가 쉽지 않아. 그런데 맞을지 틀리지도 모르는 홍수 때문에 그리로 가라고? 말도 안 되는 소리지. 어이, 이 숲에 사는 친구들. 우리가 이 낯선 친구의 말을 들어야 할 이유가 있다고 생각해? 나는 전혀 그럴 생각이 없어. 그러니 이만 모두 가자고."

모였던 동물들은 여우의 말을 듣고 다들 흩어졌어. 그러나 달팽이는 뒤에 남아서 갈매기와 더 얘기를 나누었지.

"갈매기님, 저는 꼭 저 능선을 넘을 거예요. 그런데 아시다시피 저는 행동이 느려서 과연 홍수가 오기 전에 거기에 갈 수 있을지 모르겠네요."

"달팽이님, 이 숲에 흐르고 있는 냇가로 가셔서 적당한 나뭇잎이나 나무 가지를 타고 저 아래쪽으로 흘러가면 저 능선의 끝자락에 닿을 겁니다. 거기서부터 칡넝쿨 같은 것을 타고 올라가시면 될 겁니다. 저도 그 정도밖에 말씀드릴 게 없습니다. 홍수는 앞으로 한 달쯤 후에 온다고 하니까 지금부터 열심히 하십시오. 그럼 저는 이만 가겠습니다. 달팽이님은 꼭 성공하실 겁니다."

달팽이는 즉시 냇가를 향해 발걸음을 옮기기 시작했어. 썩은 나무속을 파고들던 장수하늘소가 느릿느릿 걸어가는 달팽이를 어처구니없다는 듯이 바라보고 있었지. 큰 동물에게는 별 것 아닌 거리였지만 달팽이는 다음 날 새벽녘이 되어서야 가까스로 냇가에 닿을 수 있었어.

이끼 낀 바위 위에 앉아 잠시 숨을 돌린 달팽이는 가랑잎을 타고 냇물을 따라 떠내려가기 시작했지.

처음에는 균형도 잘 잡히지 않고 또 물살도 생각보다 빨라서 불안하기 짝이 없었어. 그러나 새로운 세계를 향하여 가고 있다는 생각에 가슴이 울렁거리기도 했어.

나뭇잎이 뒤집히기도 하고 바위틈에 갇히기도 하면서 달팽이가 그 능선의 끝자락에 닿은 것은 그로부터 열흘이라는 시간이 흐른 뒤였어. 그리고 냇가의 우거진 갈대숲을 지나 그 능선 끄트머리 자락에 닿는 데도 또 다시 꼬박 사흘이 걸렸고.

거기서 능선 위를 바라본 달팽이는 기가 질렸어. 너무나 멀고 까마득해서 과연 닿을 수 있을까 걱정이 앞서기도 했고 자기처럼 느린 동물이 과연 오를 수가 있을지 걱정이 앞섰지. 그러나 전에 살던 숲속의 자꾸 거칠어지던 바람과 점점 더 쓰기만 하던 이슬 맛을 생각하고는 꼭 오르고야 말겠다고 단단히 각오를 했어.

달팽이는 갈매기가 일러준 대로 마침 가까운 곳에서 능선 위로 길게 뻗어 있는 칡넝쿨을 찾은 다음 줄기를 타고 천천히 오르기 시작했지.

그러나 개울가에 있는 나무나 풀과는 달리 줄기나 가지가 매끄럽지 않은 칡넝쿨에는 아주 작기는 하지만 껄끄러운 털이 나 있어서 달팽이는 무척 괴로웠어.

부드럽고 연한 달팽이의 살갗은 여기저기 찢기고 상처가 났지. 너무 아프고 힘들 때는 기어오르는 것을 포기하고 도로 내려가고도 싶었지만 그때마다 달팽이는 스스로를 달랬어.

"나는 틀림없이 어떤 변화가 오고 있다는 것을 확실히 알아. 그리고 그 갈매기가 와서 말했잖아. 두 달 후면 큰 홍수가 올 거라고. 나는 막연하게 기다리고 있다가 홍수에 휩쓸려 죽고 싶지는 않아. 나는 내가 믿는 길을 갈 거야."

달팽이가 온몸이 상처투성이가 된 채로 능선을 거의 다 올라간 것은 한 달이 훨씬 지난 후였어. 이때 하늘이 점점 검게 변하면서 먹구름이 몰려들더니 곧 천둥 번개와 함께 그야말로 장대 같은 빗줄기가 달팽이가 살던 숲속에 쏟아지기 시작했어.

골짜기란 골짜기는 모두 시뻘건 황토 물이 바위를 굴리면서 거세게 흘렀고 물살에 흙이 깎여 나간 곳에서는 수백 년 묵은 커다란 나무들이 뿌리를 드러내며 넘어졌지.

그리고 산 중턱에서는 산사태가 나면서 엄청난 양의 흙과 돌이 숲을 무너뜨리면서 쏟아져 내려왔고 말이야.

　숲 속의 동물들은 갑작스러운 사태에 갈피를 잡지 못하고 우왕좌왕 하다가 바위나 나무에 깔려 죽기도 하고 급류에 휩쓸려 떠내려가기도 했어.

　달팽이는 그 처참한 광경을 가슴 아프게 바라보다가 다시 칡넝쿨을 타고 능선을 오르기 시작했어. 아직도 능선까지는 한참을 더 올라가야 했지만 그러나 달팽이에게는 희망이 있었지. 그리고 어디선가 능선을 넘어오는 바람을 타고 꽃향기가 풍겨오고 있었어.

눈사태

그해 겨울은 유난히도 눈이 많이 왔어. 사흘이 멀다 하고 자주 오기도 했고, 한 번 왔다 하면 하루나 이틀씩 끊임없이 내렸으니까.

그 산속에 사는 동물들의 좌장 격인 늙은 부엉이는 무언가 큰일이 날 것 같은 예감에 영 심기가 편치 않았어. 여태까지 이렇게 많은 눈이 한꺼번에 내린 적도 흔하지 않았지만, 그보다도 지난 몇 년 동안 기후가 많이 변하고 있다는 것을 알고 있었기 때문이야.

봄마다 날아오는 황사가 지난봄에는 훨씬 더 심해서 많은 어린 동물들이 고통을 당했는가 하면, 여름에는 집중호우가 자주 와서 산이 무너지고 골짜기가 패여 많은 동물들이 죽거나 다치기도 했거든. 그래서 그런지 가을에 익는 열매들도 속이 비거나 실하지 않은 것들이 많아 열매를 먹고 사는 짐승들이 배를 곯았어.

늙은 부엉이는 어렸을 때 아버지가 들려주던 이야기를 생각했어.

"그러니까 우리 할아버지께서 이 산에 처음 자리를 잡으신 그해 겨울에 많은 눈이 내렸단다. 겨울 내내 산꼭대기에 쌓인 눈이 어느 날 그만 산 아래로 밀려 내려오면서 엄청난 눈사태가 되어서 많은 동물들이 죽었다고 하시더라. 다행히 할아버지는 눈사태가 난 그 골짜기가 아니라 저쪽 절벽 위에 보금자리를 틀었기 때문에 해를 입지는 않으셨대."

아직 어렸던 부엉이는 아버지에게 물었었지.

"아빠, 눈사태도 눈이잖아요. 눈은 아주 부드러운데 어떻게 동물들이 죽어요?"

"물론 눈은 부드럽지만 많은 눈이 한꺼번에 쏟아져 내리면 그 힘 때문에 다져져서 아주 단단해진단다. 그래서 나무가 부러지고 바위가 깨지는 거지."

부엉이는 옛날 눈사태가 났던 그 골짜기를 여러 번 가보았기 때문에 잘 알고 있었어. 이 산의 한 자락이기는 하지만 그다지 깊지 않은 골짜기였지. 다만 골짜기를 따라 위로 올라갈수록 경사가 가팔라서 한 번 눈이 움직이기 시작하면 단번에 골짜기를 덮을 것 같았어.

그런데 이번 겨울에는 눈이 이 골짝 저 골짝 할 것 없이 엄청나게 쏟아진 거야. 잠시 눈이 그치고 햇빛이 비칠 때 산꼭대기를 올려다본 동물들은 쌓이는 눈의 두께가 점점 두꺼워지는 것을 알 수 있었어. 그러면서도 그들은 그저 저러다가 눈이 그치면 그만이려니 하고 별 관심을 두지 않았지.

그러나 늙은 부엉이는 아무래도 산꼭대기에 한 번 올라가 봐야겠다고 결심했어. 어떤 일이 일어날지 미리 알아가지고 다른 동물들에게 알려주어야 할 책임이 자기에게 있다고 생각해서 말이야. 그래서 어느 날 밤, 눈이 잠시 그친 틈을 타서 부엉이는 산 위로 날아 올라갔지.

공중에서 내려다본 눈 쌓인 산의 풍경은 장관이었어.

구름 사이로 얼굴을 내민 둥근 달이 온 천지를 파랗게 비추고 있는데 산이란 산은 모두 하얀 색으로 덮여 있고 다만 아주 높은 나무들만 뾰족뾰족 머리를 내밀고 있을 뿐이었으니까. 그리고 가끔 산꼭대기에서 불어 내려오는 차가운 바람에 눈보라가 휘날리고 있었고.

늙은 부엉이는 힘들게 날개를 퍼덕이며 산꼭대기로 날아 올라갔어. 차가운 공기는 살을 파고들었고 맞바람이 얼마나 세게 부는지 제대로 숨도 쉬기 힘들 지경이었지만 부엉이는 안간힘을 다해 날개를 움직였지.

드디어 정상에 다다른 부엉이는 온몸이 오싹해지도록 놀랐어. 얼마나 되는지 가늠하기도 어려울 만큼 엄청난 눈이 쌓여 있어서 말이야. 그리고 그 쌓여 있는 눈은 무엇이 살짝 건드리기만 하면 금방이라도 산 아래로 쏟아져 내려갈 듯 위태위태하게 보였지.

부엉이는 얼른 산 아래로 날아 내려왔어. 그리고는 부리나케 늑대네 집으로 찾아가서 부탁했어.

"여보게, 늑대. 빨리 이 산에 사는 모든 짐승들에게 저 아래 큰 동굴로 모이라고 연락해 주게. 한시가 급하네."

부엉이의 갑작스런 말에 놀란 늑대가 물었어.

"아니, 부엉이 영감님. 도대체 무슨 일인데요? 왜 이리 서두르시는 겁니까?"

"이유는 나중에 다들 모이면 설명할 테니까 빨리 부르기나 해 주게. 빨리!"

그러자 늑대는 특유의 소리로 온 골짜기가 다 울리도록 신호를 보냈지.

"우우~우, 산에 사는 모든 동물들은 지금 곧 저 아래 큰 동굴로 모이십시오. 부엉이 어른께서 여러분께 급히 알려주실 말씀이 있답니다. 빨리 모이십시오. 우우~우."

얼마 후 모든 짐승들은 눈을 헤치며 하나둘 큰 동굴로 모여들며 무슨 일인지 궁금해서 서로들 수군거렸어. 곧 늙은 부엉이가 동굴 안으로 들어와 높은 바위에 내려앉아 말을 시작했지.

"여보게들, 눈 속에 여기까지 오느라고 수고들 했네. 그런데 내가 자네들에게 알려주고 싶은 것도 바로 눈에 대한 것일세. 다름이 아니라 얼마 안 가서 이 산에 큰 눈사태가 날 것 같으니 즉시 안전한 곳으로 대피하게. 시간이 없어."

모든 짐승들이 놀라서 웅성거릴 때 반달곰이 부엉이에게 말했어.

"아니, 부엉이 영감님, 아닌 밤중에 홍두깨도 아니고, 갑자기 눈사태라니요? 이번 겨울이 다른 겨울에 비해서 좀 눈이 많이 온 것은 사실이지만 그렇다고 눈사태까지 나겠습니까? 저는 여태까지 우리 산에 눈사태가 났다는 말을 들은 적이 없는데요."

그러자 살쾡이도 반달곰의 말을 거들고 나섰지.

"맞아요. 이 정도 눈에 눈사태라니요. 그리고 설령 눈사태가 난다 해도 바위틈이나 작은 동굴 속에 숨으면 되지 꼭 멀리 대피할 필요가 있겠습니까?"

늙은 부엉이가 답답하다는 듯 다시 말했어.

"여보게들, 나는 오래 전에 아버지로부터 우리 증조부께서 이 산에 처음 오셨을 때 눈사태가 나서 많은 동물들이 죽었다는 얘기를 들었다네. 그리고 조금 아까 내가 산꼭대기에 가보니까 쌓인 눈이 어마어마하더라고. 조금만 더 눈이 내리든가 바람이 세게 불면 금방이라도 무너질 것 같더란 말일세. 그러니 부디 이 늙은이 말을 믿고 빨리 준비해서 안전한 곳으로 대피하도록 하게. 그리고 한꺼번에 무너져 내리는 눈은 그냥 하늘에서 내리는 눈과 달리 엄청난 힘을 가지고 있어서 위험하기 짝이 없는 걸세."

반달곰이 또 투덜거렸어.

"에이, 영감님, 너무 과민하신 거 아닙니까? 저는 지금 따뜻한 동굴 속에서 겨울잠을 자다가 늑대 소리를 듣고 왔는데, 그 따뜻한 굴을 버리고 이 추위에 눈을 헤치고 다른 곳으로 가라고요? 저는 차라리 따뜻하게 살다가 정 죽게 되면 죽겠습니다. 그렇지만 눈사태라고 해도 제까짓 게 눈인데 제가 있는 바위 동굴을 어떻게 하겠어요? 그러니 저는 그만 가서 잠이나 계속 자렵니다. 영감님이나 몸조심하세요."

반달곰이 자리를 빠져나가자 우물쭈물하던 다른 많은 동물들도 슬금슬금 따라 나가 버렸어. 다만 늑대만은 그 자리에 남아서 부엉이에게 말했어.

"영감님, 저는 영감님 말씀을 믿습니다. 왜냐 하니 한 번은 멀리 사냥을 나갔다가 좀 먼 산에 사는 친척 어른을 뵈었는데, 거기는 지난여름에 비가 많이 와서 산이 무너지는 바람에 많이들 죽었다고 하더라고요. 아무래도 무언가 큰 변화가 오는 것만은 틀림없어 보입니다."

"나도 같은 생각일세. 그리고 내가 말한 눈사태는 틀림없이 올 거야. 어마어마하게 쌓인 눈을 내 눈으로 직접 보았다니까."

"그럼 이제 어떻게 해야 하지요?"

"우선 이 골짜기를 빨리 빠져 나가야 하네. 그리고는 저 앞강을 건넌 다음 저기 보이는 저 높은 고개를 넘어서 그 너머에 있는 산으로 들어가세. 다행히 강물이 얼어 있기 때문에 자네도 건너는 데는 큰 어려움이 없을 거야. 물론 새로운 산에 가서 자리를 잡는 것이 쉽지는 않겠지만 그래도 여기 있다가 눈에 깔려 죽는 것보다야 낫지 않겠는가?"

부엉이와 늑대는 밤이 깊었지만 즉시 길을 나섰어. 추위는 점점 더 기승을 부리고 바람도 훨씬 더 거세져서 온 천지가 눈보라 속에 휩싸여 몇 발자국 앞을 분간하기가 어려웠지만 그래도 날짐승인 부엉이가 나무 위에 올라가서 방향을 잡아주어서 늑대도 힘들지만 조금씩 앞으로 나아갔지.

눈 속에 빠져서 허우적거리기도 하고 얼어붙은 가시나무에 찔리기도 하면서 가까스로 강을 건너 고개를 다 올라가자 눈이 멎으면서 주위가 조금 밝아졌어. 그때 저 뒤에서 갑자기 으르렁 하고 땅이 울리는 소리가 들렸어. 부엉이와 늑대가 깜짝 놀라 뒤를 돌아보니 산이 무너지듯 눈사태가 나고 있지 뭐야.

처음에는 산꼭대기의 눈 덩어리가 천천히 무너져 내렸는데 아래로 내려올수록 점점 속도가 빨라지면서 주위의 눈을 함께 몰아서 엄청난 힘으로 아름드리나무를 넘어뜨리고 집채만 한 바위를 깨뜨리고 골짜기를 메웠어.

그 어마어마한 눈사태의 힘에 부엉이와 늑대는 열린 입을 다물 수가 없었어. 아무리 생각해도 그 눈사태 속에서 살아남을 동물은 없어 보였거든.

참담한 심정으로 눈사태를 바라보던 부엉이와 늑대는 고개를 돌려 자기들이 가고자 하는 산을 바라보았어. 아직도 갈 길은 멀어 보였지만 눈은 이제 완전히 멎었고 동쪽 산 위에는 아침 해가 얼굴을 내밀기 시작하고 있었어.

부엉이 영감이 침통하게 말했어.

"여보게, 늑대. 이제 우리 모두 과거는 잊어버리세. 그리고 앞날이 비록 순탄하지는 않겠지만 그래도 우리는 살아남았으니 새로운 터전에서 열심히 살아야 하지 않겠는가? 이 세상은 끊임없이 변하는 것일세. 그리고 그 변화를 미리 알아 변화에 적응하는 자만이 생존할 수 있지. 앞으로도 마찬가지일 거야. 자, 이제 다시 가자고."

부엉이와 늑대는 천천히 고개를 내려가기 시작했어. 눈구름이 벗겨진 하늘에는 아침 해가 따스한 햇살을 대지에 비추고 있었지.

오아시스

어느 넓은 사막에 낙타 한 무리가 떼를 지어 살아가고 있었어. 나이가 얼마나 되었는지 자신도 모를 정도로 늙은 우두머리 낙타가 그 무리를 이끌고 있었고 이제 태어난 지 몇 달밖에 되지 않은 어린 낙타가 제일 어렸지.

사막의 생활은 항상 고달프고 어려웠어. 먹을 풀이나 나뭇잎도 흔하지 않아 낙타들은 언제나 배를 곯고 있었지만, 무엇보다도 귀한 것은 물이었지. 그래서 낙타들은 항상 쉬지 않고 먹을 것이나 마실 물을 찾아 사막을 헤매고 다녔어.

이 낙타 무리를 나무나 풀이 있는 곳이나 샘이 있는 오아시스로 이끄는 것은 나이 많은 우두머리 낙타였지. 그 우두머리는 자기가 평생 겪어온 경험을 바탕으로 어느 때 어느 곳으로 가면 물이 있고 먹을 것이 있는지 잘 알고 있었기 때문에 무리들은 그에게 무조건 복종하며 그를 따랐어.

그런데 근자에 와서는 먹을 것이나 마실 물이 점점 줄어들고 있었어. 우두머리가 인도하는 곳에 가보면 나무들도 점점 죽어가고 있었고 오아시스의 샘물도 눈에 띄게 말라갔지. 처음에는 아무도 불평을 하거나 우두머리에게 왜 이렇게 되었는지 묻지 않았어. 그저 다음에는 더 좋은 곳으로 인도해 주시겠지 하고 믿었기 때문이야.

그러던 어느 날 겨우 목을 축인 젊은 낙타가 우두머리에게 물었어.

"어르신, 이렇게 가다가는 모두들 목이 말라 죽겠습니다. 이 샘에는 왜 물이 이렇게 조금 밖에 없을까요?"

자기도 영문을 모르는 우두머리는 그냥 건성으로 대답했지.

"글쎄다. 아마 날이 너무 더우니까 샘물이 제대로 나오지 않는 모양이지. 여기서 북쪽으로 하룻길을 가면 또 다른 오아시스가 있으니 모두들 그리로 가보자꾸나."

그러나 하룻길 거리에 있는 그 샘도 별로 더 나은 것이 없었어. 물이 나오고는 있었으나 전에 비해서 훨씬 줄어든 것을 누구나 알 수 있었으니까. 우두머리 낙타도 어찌 할 바를 모르고 당황해 하고 있을 때 젊은 낙타가 말했지.

"어르신, 이러다가는 우리 모두가 죽을지도 모르니 제가 한 번 이 사막을 벗어나는 길을 찾아보겠습니다. 삭년에 나른 무리에 속해 있는 제 친구에게 들은 이야기가 있는데요, 여기서 서쪽으로 며칠만 가면 아주 넓은 푸른 숲이 있어서 1년 내내 물 걱정 없이 살 수가 있다고 했습니다."

이 말을 들은 우두머리 낙타는 벌컥 화를 냈어.

"그게 무슨 소리야? 나는 평생을 이 사막에서 보냈는데 그런 말은 들은 적이 없어. 우리가 살 곳은 이 사막이지 숲이 아니야. 그리고 자네 친구라는 작자는 그걸 알면서 왜 거기로 가지 않았다고 하던가?"

"예, 그 친구도 그걸 직접 본 것은 아니고, 인간 세상에 가까이 가본 적이 있는 어떤 사막여우한테 들었다고 하더군요. 사막여우는 여기저기 안 가는 곳이 없으니까요."

"그러니까 자네는 몇 다리를 거쳐서 들은 그런 얘기를 믿고 저 서쪽으로 가보겠다 이 말인가? 말도 안 되는 소리야. 사막여우란 놈은 너무 교활해서 믿을 게 못 돼. 그러니 아무 소리 말고 나하고 같이 다른 샘을 찾아보자고."

그러나 젊은 낙타는 지지 않고 말했어.

"어르신, 그렇지 않습니다. 물론 우리가 조상 대대로 이 사막에서 살아온 것은 사실이지만, 제가 보기에는 무언가 우리 사막의 상황이 바뀌고 있습니다. 왜 우리가 먹을 나무나 풀이 죽어가고 마실 물이 줄어드는지 생각해 보셨습니까? 저도 원인은 아직 모르겠으나 무언가 변화가 오고 있는 것만은 틀림이 없다고 봅니다. 저는 이 변화가 왜 일어나는지, 그리고 어떻게 해야 이 변화 속에서 살아남을 수 있을지 알고 싶습니다. 그래서 먼저 저 서쪽에 있다는 숲을 찾아가려고 하는 겁니다."

우두머리 낙타는 더 크게 화를 냈지.

"자네가 정 그 숲을 찾아가고 싶다면 그렇게 하게. 그러나 이제 우리 무리와는 끝일세. 자네가 죽든 살든 우리와는 상관이 없다 이 말이야. 알아서 하라고."

그러고는 우두머리 낙타는 남은 무리들을 이끌고 다음 우물을 찾아 떠나갔고 뒤에 혼자 남은 젊은 낙타는 마음을 굳혔어.

'우리가 사는 이 터전 자체가 변하고 있는데 그냥 버티기만 한다고 문제가 풀리지는 않아. 문제가 생기면 그 원인을 알아야 해결 방법을 찾을 수 있지. 그러니 먼저 저 서쪽에 있다는 숲을 찾아가 봐야겠어.'

젊은 낙타는 해를 보고 방향을 잡은 다음 서쪽을 향해 길을 떠났어.

한낮의 태양은 점점 뜨거워지고 목은 마를 대로 말라서 온몸의 물기가 다 빠져나간 듯 혓바닥마저 하얗게 말랐지. 다행히 해가 서쪽 지평선에 가라앉을 때쯤 나무 몇 그루를 발견하여 그 잎으로 겨우 주린 배를 채울 수 있었어.

이렇게 꼬박 사흘을 걸어갔을 때 젊은 낙타는 불어오는 뜨거운 바람 속에서 희미하지만 분명히 물 냄새를 맡았어. 그날 늦게 지친 발을 끌

다시피 하여 어느 모래 언덕에 올라선 젊은 낙타는 그 아래에 넓게 펼쳐진 푸른 숲을 보았지.

야자수가 우거진 숲에는 땅속에서 솟아나온 맑은 물이 커다란 샘을 이루고 있었고 나뭇가지 위에는 많은 새들이 여기저기 날아다니며 즐겁게 지저귀고 있었어.

젊은 낙타는 혹시 낙타들에게는 위험하기 짝이 없는 인간들이 주위에 없는지 조심스럽게 살펴보았으나 그런 흔적은 전혀 보이지 않았어. 샘으로 달려간 젊은 낙타는 맑고 시원한 샘물에 코를 박다시피 하며 한껏 물을 마셨지.

그러고는 싱싱한 풀과 나뭇잎도 배부르게 먹었어.

이때 어디선가 커다란 앵무새 한 마리가 날아와서 젊은 낙타 옆에 앉더니 말을 걸었어.

"낙타님은 어디서 오셨나요? 여기서는 처음 뵙는 것 같은데요?"

"아, 예. 안녕하십니까? 저는 저 동쪽으로 사흘거리에 있는 사막 한가운데서 살다가 물을 찾아 여기까지 왔지요. 이상하게도 그 사막에서는 우물도 점점 말라가고 나무들도 모두 시들어가고 있어서요. 왜 그런지 이유는 모르겠습니다."

그러자 앵무새가 말했어.

"저는 그 이유를 알 것 같군요. 얼마 전 남풍이 강하게 불면서 이 오아시스 위의 하늘에 먹구름이 잔뜩 낀 적이 있었지요. 그래서 그 남풍을 타고 저 북쪽 사막 끝까지 한 번 날아가 봤습니다. 가서 보니 인간들이 사막을 엄청나게 넓고 깊게 파서는 거기서부터 자기들이 사는 도시까지 수도관을 설치하더라고요."

"수도관이요? 사막에 무슨 수도관이랍니까?"

"자세히 봤더니 그 사막 밑 땅속에는 어마어마한 양의 물이 아주 옛날부터 고여 있었는데 그 물을 도시까지 끌어다 쓰려고 그랬던 거지요."

"아, 그래서 우리가 사는 사막에 있는 우물들이 점점 말랐었군요."

"그렇다고 봅니다. 아마도 그 우물들은 곧 바닥이 드러날 걸요. 그러니 빨리 다른 가족들도 이곳으로 데려와야 할 겁니다. 다행히 이곳 오아시스의 원천은 저 남쪽에 있는 높은 산줄기와 연결돼 있기 때문에 물이 마르지 않습니다."

물을 마셔서 원기를 회복한 젊은 낙타는 자기 무리들이 있는 동쪽으로 돌아가기 시작했어.

'이 오아시스를 찾은 것은 나 혼자서 잘 살자고 한 것이 아니야. 본래 한 가족이었으니 당연히 모두 이리로 함께 와서 같이 지내야지. 이제는 내가 이리로 오는 길을 아니까 얼마든지 안내해 줄 수 있어.'

며칠 후 자기 무리와 다시 만난 젊은 낙타는 다른 낙타들의 모습을 보고 가슴이 아팠어. 모두들 제대로 먹지 못해 갈비뼈가 앙상하게 보일 정도로 말라 있었고, 입가에는 물을 마시지 못해 하얗게 백태가 끼어 있었으니 말이야. 우두머리 낙타도 지쳤는지 바위 그늘 밑에 앉아서 하릴없이 되새김질만 하고 있었지.

젊은 낙타가 말했어.

"어르신, 이제 기운 좀 차리시고 저를 따라 가시지요. 여기서 사흘만 가면 나무가 우거진 커다란 푸른 숲이 있는데 거기에는 언제나 마르지 않는 샘도 있습니다. 자, 조금만 기운을 내서 함께 가도록 합시다."

그러나 우두머리 낙타는 못마땅한 얼굴을 하며 젊은 낙타에게 야단을 쳤지.

"그런 소리 말아. 우리가 살 곳은 여기야. 조상 대대로 살아온 여기를 두고 어디로 가자는 거야? 그리고 자네는 우리 무리에서 파문을 당한 몸이야. 그런 자네 말을 어떻게 믿고 따라가? 잔소리는 그만하고 빨리 꺼져!"

젊은 낙타는 안타까워서 애원하듯 말했어.

"어르신, 저도 여기가 조상님의 땅이라는 건 잘 압니다. 하지만 저 북쪽에서 인간들이 땅속의 물을 다 뽑아가기 때문에 여기의 샘들은 곧 말라버릴 겁니다. 우리가 어찌해 볼 수 없는 그런 변화 때문에 이 땅에서 먹고살 수가 없다면 다른 곳을 찾아보는 것이 맞지 않겠습니까? 저 어린 것들을 좀 보십시오. 저렇게 기진맥진해서야 단 며칠도 버티기 힘들 것 같습니다. 그 오아시스에만 가면 이런 고생은 다 끝나는데 굳이 이 사막에서 버티고 살 이유가 없지 않습니까? 자, 어르신, 더 늦기 전에 빨리 가시지요."

우두머리가 계속 고집을 부리는 것을 보고 어린 새끼를 데리고 있는 암컷 낙타가 발끈해서 소리쳤어.

"저도 이제 더 이상 이 땅에서 살 수는 없어요. 어르신은 오래 사셔서 경험은 많으시지만 변화에 따른 대책을 세우기에는 너무 늙으신 것 같군요. 저는 아직도 어린 새끼가 있어서 이렇게 죽을 수는 없어요. 저 젊은 친구를 따라가겠습니다."

암컷 낙타가 새끼를 데리고 젊은 낙타 곁으로 가자 다른 낙타들도 우두머리의 눈치를 보다가 슬금슬금 따라왔지. 그러나 우두머리 낙타는 그 자리에서 꼼짝도 하지 않고 소리쳤어.

"갈 테면 다 가라고. 하지만 나는 절대로 안 가. 여기는 우리 땅이야. 나는 떠날 수 없어."

하는 수 없이 젊은 낙타는 우두머리 낙타에게 작별 인사를 하고 나서 나머지 무리를 이끌고 서쪽을 향해 떠났지.

그러나 이번에는 처음처럼 불안하지 않고 오히려 가슴이 벅차올랐어. 자기가 그 오아시스를 보았고 또 그리로 가는 길을 확실하게 알고 있었으니까.

 나머지 무리들은 젊은 낙타를 믿고 희망에 차서 길을 나섰어. 조금만 고생하면 영원히 목마름과 배고픔에서 벗어날 수 있다는 생각에 모두들 온몸에 새 기운이 도는 것을 느낄 수 있었어. 어디선가 한 줄기 시원한 바람이 불어오고 있었지.

올가미

깊은 산속에 산토끼 한 가족이 살고 있었어. 땅굴을 파고 통로를 이리저리 복잡하게 뚫고 출입구도 세 개나 만들어서 천적인 매나 여우가 나타나면 쉽게 피할 수 있었지. 소문을 들으면, 어떤 산토끼들은 집에서 너무 멀리 나갔다가 다른 동물들에게 잡혀서 죽기도 했다지만 이 산토끼 가족은 어른들의 가르침을 잘 따랐기 때문에 별 위험이 없이 잘 지내왔어.

그런데 이 산토끼가족은 밤에 산책 나가는 것을 좋아했어. 그러나 언제 천적이 나타날지 모르기 때문에 항상 다니는 길로만 다녔어. 그래야 여차하면 어디로 도망을 가야 할지 알 수 있었기 때문이지. 뭐, 밤에는 낮보다는 맹수들이 많이 나다니지 않기 때문에 비교적 더 안전하긴 했어.

어느 날, 평소 친하게 지내던 산비둘기가 날아와서 이상한 얘기를 해주었어.

"이봐, 토끼야. 내가 며칠 전에 저 산 아래쪽에 내려가 봤더니 사람들이 와 있지 않겠니? 그래서 가만히 살펴보니까 그냥 잠시 놀러온 게 아니고 아주 살려고 온 것 같아. 나무를 베어서 집도 짓고 땅을 파서 밭도 만들고 말이야."

그런데 토끼들은 산속에서만 살았기 때문에 사람을 본 적이 없었어. 그래서 산비둘기한테 물었지.

"사람이 도대체 뭐야? 어떻게 생겼는데? 집은 뭐고 밭은 또 뭐야?"

"사람은 우리하고는 달라서 마을이라는 곳에 모여 사는데, 너희 토끼들처럼 땅굴 속에 살거나 우리 비둘기들처럼 둥지에 사는 게 아니라 땅 위에다가 집이라는 걸 짓고 살아. 그리고 땅을 파서 돌이나 나무뿌리 같은 것들을 캐내고 나서 밭을 만든 다음 자기들이 먹을 식물을 키우지."

수토끼가 가만히 생각하다가 말했어.

"그럼 우리하고는 상관이 없겠네. 우리는 여기서 살고 사람들은 저 아래에서 사니까 말이야."

"글쎄, 꼭 그렇지도 않아. 내가 사람들 집 가까이 가서 보니까 사람들은 다른 짐승들 고기도 먹더라고. 우리처럼 두 발 달린 닭이라고 하는 새도 먹고 너희 토끼들처럼 네 발 달린 소나 돼지라고 하는 동물도 잡아먹어. 그러니까 너희들이나 우리 모두 조심하자고."

이렇게 말하면서 산비둘기는 날아갔어. 그러자 수토끼가 가족들에게 말했지.

"저 산비둘기 얘기를 들으니 좀 조심하기는 해야겠는데, 우선 내가 내려가서 도대체 사람이란 동물이 어떻게 생겼는지 한 번 보고 와야겠다. 그래야 우리도 무슨 방책을 세울 수 있을 테니까. 다들 조심하고 기다려라. 내 갔다 오마."

수토끼가 사람들이 산다는 곳 가까이 가보니 넓은 공터가 있는데 똑같은 종류의 식물이 한창 자라고 있는 거야. 호기심이 일어난 토끼가 그 식물 뿌리를 캐보니 길고 빨간 것이 아주 먹음직스러웠어. (아마 당근이었던가 봐.) 먹어보니 정말 맛이 있는 거라. 그래서 이게 웬 떡이냐 싶어서 여기저기 파헤치며 마구 먹었지.

한참 정신없이 먹고 있는데 갑자기 생전 처음 보는 동물이 두 발로 뛰어오면서 마구 소리를 지르는 게 아니겠어? 아, 저게 바로 산비둘기가 말하던 사람이라는 동물이구나 생각을 하면서 수토끼는 부리나케 산

위로 도망쳤지. 그런데 가만히 보니 사람이 쫓아오는 게 영 느려서 토끼를 따라오지 못하는 거야. 그래서 수토끼는 여유 있게 돌아와서 가족들에게 말했어.

"내려가 보니 사람이란 동물은 별로 위험하지 않더라. 뛰는 게 우리보다 훨씬 느려서 우리가 사람에게 잡힐 염려는 없으니 마음 놓고 살아도 된다. 그리고 그곳에 가보니 맛있는 식물들이 많더구나. 오늘 밤에 우리 모두 내려가서 캐먹도록 하자."

그날부터 토끼가족은 매일 밤 사람들의 밭에 가서 당근이랑 무를 캐먹고 산으로 올라왔어.

사람들은 밭에 키우던 작물들이 자꾸 피해를 입자 밭 주위에 말뚝을 박고 그물을 치기도 하고 방울을 달아 놓기도 하면서 대책을 강구했어. 그러나 토끼는 땅 파는 재주가 아주 비상해서 그물 밑으로 굴을 뚫고 들어가서 마구 헤집고 다녔지. 방울소리도 처음에는 좀 놀랐지만 얼마 지나니 별 게 아니란 것을 알게 됐어.

토끼가족은 점점 대담해져서 이제는 낮에도 내려가서 밭을 마구 헤집고 다녔어. 물론 사람들이 쫓아 나오면 잽싸게 산으로 도망을 쳤지.

어느 날 또 다시 밭으로 내려가는 토끼 가족 앞에 산비둘기가 나타나서 말했어.

"이봐, 또 사람들 밭에 가는 거야? 그런데 좀 조심해야겠어. 내가 아까 사람들 집 가까이 갔다가 봤는데, 사람들이 뭘 만들고 있던데, 아무래도 자네들 같은 걸어 다니는 동물을 잡으려는 무슨 물건 같더라고."

그 말을 들은 암토끼가 말했지.

"여보, 아무래도 위험하지 않을까요? 산비둘기의 말을 들어보면 사람들이 무슨 꿍꿍이가 있는 모양인데, 우리 이제 그 밭엔 가지 말기로 하죠. 그냥 옛날처럼 산속에서 지냅시다."

수토끼는 이렇게 대꾸했어.

"내가 전에 말했잖아. 사람들은 우선 발걸음이 느려서 우리를 못 따라온다니까. 그리고 사람이 만든다는 게 뭔지는 모르지만 뭐 별 거 있겠어? 어쨌든 우리가 가까이 있어야 사람들이 우리를 잡든지 말든지 할 거 아냐? 사람들이 보이면 우리는 도망만 가면 된다고. 그리고 이렇게 먹을 걸 편하게 찾을 수 있는데 왜 산에서 고생을 해? 그냥 나만 따라와요."

"그래도 산비둘기 얘기를 들어보면 사람들은 아주 영리하고 또 잔인하다는데 우리가 너무 가까이 간 것 같아요. 그러다가 무슨 일이라도 생기면 어떡해요? 그 전에는 그런 밭이 없었어도 잘 지냈잖아요? 그러니까 그냥 산에서 지내는 게 좋겠어요."

"어허, 참, 나는 이제 더 이상 산속에서 고생하고 싶지 않아. 조금 신경이 쓰이기는 하지만 그래도 산을 오르내리면서 먹을 걸 찾는 것보다야 백번 낫지 뭘 그래. 산비둘기 말은 너무 신경 쓰지 말아요."

어느 날 밤에 또다시 토끼가족이 산을 내려가는데, 수토끼의 목에 무언가 가는 줄이 걸리는 거라. 가끔 풀줄기나 부드러운 나무 가지가 걸리는 경우가 있기 때문에 수토끼는 별로 개의치 않고 그냥 앞으로 걸어갔어.

그런데 이 줄이 점점 목을 조여 오는 거야. 뭔지는 모르지만 위험하다는 생각이 든 토끼는 가족들에게 빨리 굴로 도망가라고 말했어. 그리고는 자기도 길을 벗어나려고 하는데 아무리 해도 몸이 앞으로 나가질 않지. 그러면서 목은 점점 더 조여와 숨이 막히면서 눈알이 튀어나올 것 같더니 마침내 수토끼는 늘 다니던 길 위에서 질식해 죽고 말았어.

그 다음 날 아침 일찍이 두 사람이 올라오더니 죽은 토끼를 보고 말했어.

"참, 산토끼들은 단순하구만. 늘 다니던 길로만 다니다가 이렇게 변을 당하니 말이야. 어쨌든 이제는 우리 밭을 망가뜨리지는 못하게 됐네그려."

"누가 아니래. 우리가 만든 저 올가미도 아주 간단하잖아. 가느다란 막대기에 철사 줄로 올가미를 만들었을 뿐인데 거기에 걸려 죽다니? 하기야 가느다란 막대기지만 풀이나 다른 나무에 걸리면 토끼 힘으로는 어쩔 수 없겠지. 자, 잡은 토끼나 가지고 내려가세."

사람들이 둘러메고 가는 죽은 수토끼를 토끼가족이 멀리서 울면서 바라보고 있었어.

제6부
새로운 삶

자개장

기영이네가 이사를 가게 되었습니다.

지금까지 도시 변두리의 단독주택에서 살았는데, 아빠가 직장을 옮기면서 출퇴근하는 시간이 너무 걸려 시내의 아파트로 가게 된 것입니다. 아침 일찍부터 이삿짐센터 사람들이 상자를 가지고 와서 짐을 싸느라고 집안이 어수선합니다.

이삿짐센터 사람들 중에 노트를 들고 다니며 이것저것 기록을 하던 사람이 아버지에게 물었습니다.

"가시는 아파트의 방 구조를 알고 계시나요? 그걸 알려주셔야 저희들이 거기에 맞춰 짐을 정리해드릴 수 있는데요."

아버지가 대답했습니다.

"그럴 거 같아서 아예 그쪽 관리사무실에 가서 도면을 얻어왔습니다."

아버지가 건네준 도면을 살피던 그 사람이 말했습니다.

"아니, 들어가실 아파트가 이 집보다 한참 작은데요. 여기 짐들이 다 들어갈 것 같지 않습니다만······."

"우리도 압니다. 그래서 어지간한 물건들은 버리고 갈까 합니다."

"예, 알겠습니다. 그럼 버리실 물건은 미리 말씀해주십시오."

그래서 아버지와 어머니는 이 방 저 방을 다니며 버릴 물건을 골랐습니다.

이때 안방에 있는 두 칸짜리 자개장이 서로 나지막이 소곤거렸습니다.

"아무래도 이번에는 우리를 버리고 갈 것 같지? 오래 전부터 그런 얘기가 있었지만 기영이 할아버지와 할머니가 살아계실 때는 두 분께서 하도 애지중지하시니까 어쩌지 못했는데……."

"할아버지, 할머니한테는 우리가 아주 소중한 물건이었지. 우리가 이 집에 들어올 때만 해도 자개장은 귀하고 비싸서 웬만한 집에는 없었다고. 그때 할아버지 사업이 잘 되어서 우리를 사셨잖아."

"아이고, 할머니가 우리를 자랑하느라고 한동안은 집안에 이웃 사람들이나 친구들이 벅적댔었지."

"그때만 해도 전복껍질인 자개가 아주 귀했으니까. 자개는 보는 방향에 따라 빛살이 아롱아롱 변해서 보면 볼수록 신비한 맛이 있거든. 그런데 요새는 전복을 양식하기 때문에 우선 자개가 귀하지 않고, 장롱도 디자인이 현대적으로 바뀌면서 사람들이 우리 같은 자개장을 찾지 않게 된 거지."

"사실 옻칠한 장롱에 여러 모양으로 자개를 박아 넣은 나전칠기는 손이 많이 가는데 요즘 사람값이 어지간해야 말이지."

"하기야 시대가 그렇게 변한 걸 우린들 어떻게 하겠어. 버려도 할 수 없지, 뭐."

그때 자개장의 몸에서 여러 목소리들이 들려왔습니다. 가만히 살펴보니 바로 자개로 만들어서 붙인 십장생들이었습니다. 십장생이란 옛날부터 우리 조상님들이 오래 산다고 믿어온 열 가지, 그러니까 해, 달, 산, 물, 소나무, 대나무, 거북이, 학, 사슴, 불로초를 가리킵니다.

(사람에 따라서 이 열 가지가 다소 바뀌기도 해서, 산 대신 바위, 달 대신 구름이 들어가기도 하지요.)

해가 말했습니다.

"난 이 집 가족들에게 항상 밝은 빛을 비추어서 명랑하고 화목하게 살게 했는데 이제 그것도 끝났나 보네."

"난 누군가 마음이 쓸쓸할 때 위로해 주었었는데……."

달이 중얼거렸습니다. 그러자 산이 묵직한 소리로 말했습니다.

"이 집에 어려운 일이 있을 때면 내가 정말 산처럼 든든하게 지켜주었다고."

"기영이가 걸음마를 하고 말을 배울 때는 내가 옆에서 졸졸졸 흐르면서 지켜봤지."

냇물이 거들자, 소나무와 대나무가 나섰습니다.

"우리는 기영이에게 언제나 변함없는 꿋꿋한 마음과 정신을 불어넣었어. 뭐, 꼭 은혜를 알아달라는 말은 아니고."

말이 없던 학도 한 마디 했습니다.

"사슴과 나는 기영이 아빠, 엄마가 맑고 우아하게 살아가도록 도와주었지."

불로초가 거들었습니다.

"나는 할아버지와 할머니께서 큰 병 없이 건강하게 사시도록 보살펴 드렸는데……."

십장생들은 모두 더 이상 말이 없이 우울한 얼굴을 하고 있었습니다.

기영이 아빠와 엄마가 안방으로 들어왔습니다.

"정말 버려야 할 게 많기도 하네. 여보, 이제 이 자개장도 버려야겠지? 크기만 해서 자리만 차지하는 데다, 이젠 너무 낡아서 여기저기 터지고 깨진 데도 많고 말이야."

"그래도 아버지, 어머니한테는 아주 뜻있는 물건이었는데 버리기가 좀 그러네."

"그렇지만 새로 갈 집에는 이걸 들여놓을 공간이 없잖아?"
"그렇기는 하지. 그래도 부모님 손때가 묻은 거라서 말이야……."
"그럼 어떻게 하자는 거야? 빨리 결정해야지."
"우선 다른 거부터 먼저 본 다음에 결정하자, 응?"

모두들 한창 바쁘게 짐을 꾸리고 쓰레기를 치우느라고 어수선한데 누가 집으로 들어오는 것을 보고 기영이가 '야, 삼촌이다.' 하고 소리쳤습니다. 기영이 아빠가 말했습니다.
"야, 네가 웬 일이냐? 요즘도 무슨 작업을 한다는 말을 들은 것 같은데?"
"내 작업이야 뭐 항상 하는 거지. 그런데, 오늘 이사한다며?"
"그래, 아무래도 시내로 들어가야 해서 말이다."
그때 기영이 엄마가 안방에서 나오면서 말했습니다.
"아이, 삼촌 오셨어요? 그런데 여보, 저 장롱 어떻게 할지 빨리 결정해요. 주민센터에 폐기비용 주고 처리해 달라고 하든지, 아니면 혹시 누가 달라는 사람이 있으면 주든지."
"아니, 형, 아버지 어머니가 쓰시던 그 자개장 말하는 거야?"
"그래, 새로 가는 아파트엔 들어갈 자리가 없는데, 그래도 아버지 어머니 손때가 묻은 거라 함부로 버리자니 그렇고 말이다."
"그럼 그거 날 주지 그래."
"뭐, 네가? 네가 사는 데도 저걸 놓을 만한 공간이 없을 텐데?"
"아니, 우리 집에 놓자는 게 아니라, 내 작업실에 가져가서 어떻게 해 보려고. 뭐가 언뜻 생각나는 게 있어서."
"아이, 그럼 잘 됐네요. 삼촌이 가져가신다면 아버님, 어머님도 기뻐하실 거예요."

"왜, 무슨 예술적인 영감이라도 떠올랐냐?"

"지금은 잘 모르겠고, 나중에 알려줄게."

그날 자개장은 트럭에 실려 기영이 삼촌의 작업실로 옮겨졌습니다. 사실 기영이 삼촌은 보통 사람들의 눈에는 평범해 보이는 물건들에게 색을 입히거나 빛을 쏘아서 전혀 다른 모습으로 작품을 만드는 예술가입니다. 삼촌의 손이 닿으면 정말 생각하지도 못했던 작품이 되는 것을 기영이도 몇 번 본 적이 있었습니다.

그러나 그 자개장에 대해서는 삼촌으로부터 오랫동안 아무 연락이 없었습니다. 기영이네도 이사한 후에는 그것을 잊고 있었습니다. 아빠는 새 직장이라 정신이 없었고, 엄마는 집안일에다가 이웃들과 사귀느라 바쁘고, 기영이는 학교다 학원이다 바빴으니까요.

반년쯤 지난 어느 가을날, 삼촌이 기영이네 집에 왔습니다. 손에 전시회 초청장을 들고서 말입니다.

"형, 그리고 형수님, 이번에 저하고 몇몇 작가들이 합동전시회를 열기로 했는데, 한 번 와 보시라고 초청장을 가지고 왔습니다. 시립미술관에서 다음 주부터 두 달 동안 전시되니까 아무 때나 오시면 됩니다. 꼭 한 번 오세요. 그럴 만한 이유가 있습니다."

"삼촌 전시회니 당연히 가겠지만, 그럴 만한 이유라니요? 그게 뭔데요?"

"하하, 형수님, 와 보시면 압니다."

"야, 네가 말하는 걸 보니 뭔가 대단한 게 있나 보다, 응?"

"대단하긴 대단하지, 형. 하하하……."

몇 주 후 어느 토요일에 기영이네 가족은 삼촌의 전시회를 보러갔습니다. 시립미술관 마당의 잔디밭이 조금씩 갈색으로 변해가고 있었습니다. 입구에서 받은 팸플릿을 보니 삼촌의 작품은 이층에 있다고 했습니다. 마침 계단을 내려오던 삼촌이 반갑게 맞이해주었습니다.

"기영아, 어서 오너라. 형수님도 안녕하시고요? 자, 제가 안내해드리지요."

전시실로 들어가면서 삼촌이 가리키는 곳을 보니 전시실을 삼분의 일쯤 차지한 작품이 있었습니다. 두 벽면에는 무언가 아주 큰 상자 같은 것을 부수어 세워놓았는데 벗겨지고 깨진 검은 칠이 여기저기 보이고 나무는 거친 속살이 드러나 있었습니다.

그 세워놓은 나무 앞에는 기영이 팔뚝 굵기 만한 각목으로 만든 직육면체의 틀이 있었습니다. 그 틀 윗면은 커다란 성긴 그물로 덮여 있고 그물 매듭마다 수많은 명주실을 묶어 드리웠는데, 그 끝에는 여러 모습의 물건들이 매달려 있었습니다.

"야, 이건 학이다. 막 날아다니는 것 같아!"

기영이가 소리쳤습니다. 엄마도 말했습니다.

"이건 거북이고 이건 냇물이네. 저 위에 떠있는 건 구름이고."

기영이 아빠는 아무 말 없이 그것들을 한참 바라보고 있다가 삼촌에게 말했습니다.

"고맙다. 네가 그 자개장을 살렸구나."

"그래, 형. 아무래도 그냥 버리기는 아까워서 한 번 손을 본 거야. 마음에 들어?"

그때 기영이 엄마가 끼어들었습니다.

"아니, 그럼, 이게 그 삼촌이 가져가신 장롱이에요? 어쩜, 어쩜, 그 낡은 장롱을 이렇게 멋있는 작품으로 만드셨어요? 정말 대단해요, 삼촌."

"아니지요, 형수님. 자개장이 워낙 잘 만든 거라서 이렇게 멋진 작품이 된 거죠."

"그래, 이걸 하나하나 뜯어내느라고 고생깨나 했겠다."

"아이고, 고생이야 뭐 늘 하는 거니까. 사실 아교를 가지고 얼마나 단단하게 붙였는지 십장생들 모양이 깨지지 않게 떼어내느라고 애 좀 먹었지. 요즘 많이 쓰는 화학 본드는 오래 가면 저절로 떨어지기도 하는데 전통적인 아교는 잘 안 떨어지거든. 그런데, 자랑 같지만, 이번 전시회에서 이 작품이 제일 인기라니까."

"그래, 아버지, 어머니도 기뻐하실 거야. 고맙다. 수고했다."

기영이 아빠의 눈에 눈물이 고였습니다.

그날 밤, 관람객들이 다 가고 난 후 전시실에서 두런두런 이야기 소리가 들렸습니다. 장롱 나무와 자개로 된 십장생들이 주고받는 말이었습니다.

"비록 우리가 몸은 부서졌지만 이렇게나마 벽에 기대어서 사람들의 관심을 끄니 위로가 되는구먼."

"누가 아니래. 자칫했으면 그냥 쓰레기 매립장으로 갔을 거 아냐? 우리 같은 낡은 것도 사람들을 즐겁게 할 수 있으니 보람이 있는 거지, 뭐."

"저 학들을 보라고. 끈에 매달려 있으니까 바람이 조금만 불면 마치 날아다니는 것 같잖아? 냇물도 졸졸 흐르는 소리가 들리는 것 같고."

사슴이 킥킥 웃으면서 말했습니다.

"거북아, 너희들은 어딜 가도 언제나 그렇게 느려 터졌냐? 좀 빨리 걸어라."

"그렇게 말하는 너희들도 여기서는 우리나 마찬가지로 느린데?"

"다들 그렇게 아웅다웅거리지 마. 장롱에 붙박이로 붙어 있을 때를 생각하면 얼마나 시원하냐?"

해가 달을 껴안으며 말했습니다.

"우리가 모두 이제 새로운 예술작품으로 다시 태어났으니 사람들에게 기쁨을 주면서 보람 있게 지내자고."

"그래, 이 불로초가 영약을 나누어줄 테니까 한 번 영원히 살아볼까?"

십장생들의 깔깔거리는 웃음소리가 어두운 전시장을 울리고 있었습니다.

자전거

어느 동네 삼거리 모퉁이에 마을 쉼터가 있습니다.
길 한쪽을 흙과 돌로 아담하게 담을 쌓아 기와를 올렸고, 가운데는 자그만 팔각정을 지어서 사람들이 쉴 수 있게 만들었습니다. 그리고 주위에는 운동기구를 설치하여 할머니들이나 할아버지들이 운동을 하기도 합니다. 그러고 보니 서너 사람이 앉을 수 있는 벤치도 몇 개 있네요. 은행나무와 단풍나무도 몇 그루 있어서 시원한 그늘을 만들어 주고 있고요.
그런데 이 쉼터 한 구석 풀이 우거진 자리에 웬 자전거가 한 대 버려져 있군요. 그 쉼터에 자주 오는 어르신들 말로는 벌써 반 년 이상 그 자리에 있다고 합니다. 가까이 가서 살펴보니 성인용 자전거인데, 몸체는 녹이 많이 슬었고, 타이어는 두 개가 다 바람이 빠져서 납작합니다. 게다가 바퀴살도 두어 개가 우그러져 떨어져 있네요.
아마 어떤 사람이 타다가 나무나 전신주에 부딪쳐 바퀴가 망가지자 아무 데나 버려두고 가버린 모양입니다.
이 버려진 자전거를 가까이에 있는 벤치에 앉아서 아까부터 바라보고 있는 어르신이 한 분 있습니다. 단정한 차림에 깨끗하게 면도를 하고 등산모를 쓰고 스틱을 가지고 있는데 어디가 불편한 것 같지는 않고 그냥 손이 심심하지 않게 들고 다니나 봅니다. 그런데 어르신의 표정이 그리 밝지 않아 보이네요. 가끔 한숨도 쉬는군요.
이 때 풀숲에 버려진 자전거가 힘없는 목소리로 그 어르신에게 말을 걸었습니다.

"할아버지, 왜 그렇게 한숨을 쉬세요? 얼굴 표정도 어두운데요? 무슨 걱정거리가 있나요?"

그 할아버지는 순간 깜짝 놀라더니 대답했습니다.

"으응? 아무 것도 아니다. 그냥 무슨 생각이 떠올라서 그런 거야."

"아이, 또 한숨을 쉬시네요. 그러지 마시고 한 번 말씀해 보세요. 자꾸 저를 보면서 그러시니 마음이 쓰여서요."

할아버지는 잠시 생각을 하다가 자전거에게 말했습니다.

"내 얘기를 하기 전에 나는 너의 얘기를 먼저 듣고 싶구나. 넌 어쩌다 이렇게 녹슬고 바람이 빠진 채로 여기에 누워 있니? 요즘은 자전거도 많지만 자전거 전용도로가 전국 어디에나 있어서 얼마든지 달릴 수 있는데…."

자전거는 조금 주저하다가 말을 했습니다.

"저기 보이는 아파트에 사는 초등학생이 중학교에 들어간 기념으로 그 애 아버지가 저를 사주셨지요. 지금은 이렇게 녹이 슬었지만 저도 꽤 비싼 자전거였답니다. 그 애도 처음 몇 달 동안은 자주 저를 타고 여기저기 돌아다녔지요. 덕분에 저도 이 골목 저 골목 구경도 하고 길도 많이 알게 되었고요. 그런데 중학교에 들어가서 처음 치른 중간고사 성적이 별로였던 모양이에요. 특히 그 애 어머니가 아이를 심하게 야단을 쳤다고 해요. 그러면서 더 이상 자전거는 타지 말라고 했답니다. 자전거 타느라고 공부를 제대로 하지 않아서 성적이 좋지 않았다는 거예요. 심하게 야단을 맞은 아이가 밖으로 나와서 화난 채로 저를 타고 마구 달리다가 바로 저기 저 나무를 들이받고 말았어요. 아이는 바닥에 떨어지면서 얼굴과 어깨에 상처를 입었고 저도 이렇게 타이어 휠이 휘고 살도 몇 개 부러졌지요. 어른들이 달려와서 아이를 병원에 데리고 갔는데, 그때부터 저는 이 자리에서 이러고 있답니다. 저야 사람이 치워주지 않으면 어찌할 수가 없잖아요."

　자전거의 이야기를 듣고 난 할아버지가 또 다시 한숨을 쉬더니 말했습니다.

　"사실 너나 나나 신세가 비슷한 것 같아서 아까부터 보고 있었단다. 너도 한때는 씽씽 잘 달렸을 거야. 이 근방에도 개천을 따라서 자전거 길이 잘 만들어져 있으니 그 아이가 너를 몰고 다니기만 했으면 지금도 신나게 달리고 있겠지. 나도 마찬가지야. 몇 년 전까지만 해도 나 역시 꽤 잘 나가는 회사의 임원이었거든. 중견사원 때부터 그때까지 수십 년 동안 세계 여러 나라를 다니면서 신나게 사업을 했단다. 사장님도 나를 아주 좋아하고 믿어주었지. 그러다가 소위 경제 불황이 닥치니까 사업 실적이 뚝 떨어졌고 회사의 경영이 어려워졌지 뭐냐. 내가 아무리 수완이 좋아도 전 세계적인 불황을 어떻게 이길 수 있었겠니. 결국 작년 말로 나는 회사를 나오게 되었어. 이제 겨우 환갑을 조금 넘긴 나인데 말이다. 먹고 사는 건 두어 가지 연금이 있어서 괜찮은데, 앞으로 남은 긴 세월을 뭘 하면서 지낼지 생각하면 답답하기만 하구나. 백세시대니 뭐니 하는데, 그냥 숨만 쉬며 백 살까지 살아본들 무슨 보람이 있겠냐 말이다. 너나 나나 아직은 더 달릴 수 있는데 달리지 못하니 답답하구나."

　자전거는 할아버지의 말을 듣고 한참 생각을 하더니 이렇게 말했습니다.

　"할아버지나 저나 달리고 싶어도 달릴 수 없다는 말은 맞네요. 그런데 할아버지와 저는 한 가지가 다르네요."

　"한 가지가 달라? 뭐가?"

　"저야 사람이 저를 이 풀숲에서 꺼내주지 않으면 녹이 빨갛게 슬어도 꼼짝을 못 하지만 할아버지는 스스로 방법을 찾아보실 수 있잖아요. 찾아본다고 금방 길이 보일지는 모르지만 그래도 노력은 해보실 수 있지 않겠어요? 그게 저 같은 사물과 사람의 차이겠지요."
 자전거의 말에 할아버지는 오랫동안 생각에 잠겨 말이 없었습니다.
 한참을 더 지나 할아버지는 자전거에게 물었습니다.
 "스스로 방법을 찾아보라는 말이 참 고맙구나. 그런데 뭐부터 찾아봐야 할까? 이렇게 말하기는 좀 부끄럽다만, 마치 길도 없는 들판 한가운데에 서 있는 기분이어서 말이다."
 "음, 우선은 꼭 돈벌이하고 상관이 없어도 할아버지께서 하시고 싶은 것, 또는 가장 잘하는 것부터 생각해보시면 어떨까요? 그런 일을 찾으면 즐기면서 사실 수 있지 않겠어요?"

 그 다음 며칠 동안은 할아버지가 그 쉼터에 나오지 않았습니다. 그 대신 구청이나 주민센터에 가서 이 사람 저 사람에게 이것저것 묻고 다녔습니다. 그 다음 주 어느 날 할아버지가 다시 쉼터에 나타났습니다. 자전거는 할아버지를 보자 무척 반가워했습니다.
 "할아버지 오셨어요? 오랫동안 안 보이시기에 궁금했어요. 어, 그런데 오늘은 작업복을 입으셨네요? 장갑까지 끼시고. 어디 무슨 일하러 가세요?"
 "하하하, 그럼 일하러 왔지. 너를 손 좀 보려고 말이야."
 "예, 저를요? 저를 손 봐서 뭐 하시려고요?"
 "너도 달리고 싶다며? 그래서 너를 고쳐서 나도 함께 달리려고."
 "예? 그렇지만 혹시 그 아이가 나를 찾으러 오면 어떡하지요?"
 "구청하고 주민센터에 가서 알아봤더니 이렇게 오래 방치해둔 물건은 자기들이 폐기처분하게 되어 있단다. 내가 가져가겠다고 했더니 오히려 좋아들 하더라. 자, 그럼 가볼까."
 할아버지는 녹슨 자전거를 일으켜 세워서 집으로 끌고 갔습니다. 벌써 마당 한편에는 넓은 비닐 매트가 펼쳐져 있고 그 위에는 망치랑 드라이버 같은 작업도구가 놓여 있었습니다. 할아버지는 익숙한 솜씨로 자전거를 분해하여 녹을 제거하기 시작했습니다. 자전거가 말했습니다.

"아이고, 모처럼 분해를 해서 녹을 없애주시니 온몸이 시원하네요. 그런데 할아버지는 언제 이렇게 기계 다루는 법은 배우셨어요?"

"내가 본래 기계 만지는 것을 좋아해서 대학에서 기계공학을 전공했고 사회에 나와서는 공장에서 오랫동안 기계를 다루었기 때문에 자전거 만지는 정도는 아주 쉽지. 네가 그랬잖아? 내가 가장 잘하는 것부터 찾아보라고. 그래서 우선 너부터 손보기로 한 거야."

할아버지는 타이어를 풀어내고 우그러진 휠과 바퀴살을 자전거 수리점에 가지고 가서 고친 다음 다시 조립을 하였습니다. 그 다음에는 타이어 튜브가 어디 새는 곳이 없나 확인한 후 바람을 빵빵하게 넣었습니다. 변속기어에 기름을 치는 것도 잊지 않았지요. 마지막으로 본체의 녹슨 부분을 사포로 갈아내고 스프레이 페인트를 칠하니 번듯한 자전거가 한 대 탄생했습니다. 할아버지가 말했습니다.

"자, 어떠냐? 이만하면 다시 달리는 데 지장은 없겠지?"

"네, 할아버지. 아주 기분이 좋아요. 얼마든지 달릴 수 있겠어요. 정말 고맙습니다. 제가 다시 달릴 수 있으리라고는 생각을 못 했거든요."

"아니다. 고마운 건 나지. 나한테 힘을 준 건 바로 너잖니. 이제 이 페인트만 마르면 우리 한 번 신나게 달려보자꾸나."

그 다음날 할아버지와 자전거는 가까운 자전거 전용도로로 나갔습니다. 꽤 넓은 개천을 끼고 있는 자전거 도로에는 벌써 수많은 자전거들이 달리고 있었습니다. 젊은 남녀가 타는 이인용 자전거도 있고, 획획 달리는 사이클도 있습니다. 새로 태어난 자전거가 말했습니다.

"할아버지, 다른 자전거들은 모두 번쩍번쩍 빛나 보이는데 제가 초라해서 할아버지께 죄송하네요."

"무슨 소리를 하는 게냐? 네가 어때서? 기계는 성능만 좋으면 되는 거야. 너는 지금 달리는 데 전혀 문제가 없는 자전거야. 그리고 나도 나이는 좀 먹었지만 저런 젊은이들 못지않게 달릴 수 있어. 너와 나는 글자 그대로 환상의 콤비야. 자, 이제 우리 한 번 멋지게 달려보자꾸나."

할아버지는 힘차게 자전거 페달을 밟았습니다. 신나게 달리면서 자전거가 할아버지에게 물었습니다.

"이제 앞으로 뭘 하실 거예요? 맨날 저만 타고 다니실 순 없잖아요?"

"이제부턴 내가 좋아하는 것을 할 거야. 먼저 정말 내가 좋아하는 것이 뭔지 찾아봐야지. 틀림없이 찾을 거야. 하지만 우선은 이렇게 너를 타고 달리는 게 좋구나."

자전거가 지나가니 길가의 코스모스가 한들한들 흔들립니다.

푸른 하늘에는 비둘기 떼가 날고 있습니다.

낙엽의 노래

지난해 가을이었습니다.

무더웠던 여름도 지나고 온 산이 울긋불긋 물이 들면서 이 깊은 골짜기 밤나무 숲에도 찬바람이 불어오기 시작했지요. 나뭇잎들은 누렇게 물들어가고 밤송이들이 아람을 벌리자 다람쥐나 청설모들이 나무를 오르내리며 알밤을 갈무리하느라 바빴고요. 산새들 노랫소리도 조금씩 잦아드는 것 같습니다.

겨울이 가까이 오기 때문이셌시요.

사실 이 골짜기에는 삼사십 년 전까지만 해도 십여 가구가 사는 사람들의 마을이 있었습니다. 마을 사람들은 산에서 약초나 나물을 캐고 산비탈에 밭을 일구어 감자랑 옥수수를 심어 생계를 꾸려갔었지요.

그리고 그 당시 정부의 유실수 심기 운동에 따라 뒷산에다 밤나무를 심었습니다. 그런데 몇 년에 걸쳐 심은 밤나무들은 튼실하게 잘 자랐지만, 마을에는 사람들이 점점 줄어들었습니다. 도시로 일하러 가거나 공부하러 간 젊은이들이 이 산골로 돌아오지 않았기 때문입니다.

결국 십여 년 전에 마지막까지 남아 있던 노인이 세상을 떠나자 이 골짜기에는 밤나무들과 몇몇 다른 나무들만 남게 되었습니다. 그리고 여러 해 세월이 흘러 지난해에도 겨울이 다가오고 있었던 것입니다.

서산을 넘어가는 붉은 저녁햇살이 산 그림자를 길게 드리울 때 북쪽에서 한 줄기 찬바람이 이 골짜기를 휩쓸자 제일 높은 곳에 자리를 잡고 있던 가장 나이 많은 밤나무의 이파리들이 우수수 떨어지면서 노래를 부릅니다.

이제는 내려놓고 미련 없이 떠나가자.
새순의 호기심도, 열매의 뿌듯함도
그대로 다 뒤로하고 저 아래로 내려가자.

그때 맨 아래쪽 제일 어린 나무에 달려 있던 이파리들이 불만에 차서 항의했습니다. 올해 처음으로 아람을 맺은 이 어린 나무는 나이 많은 나무의 노래가 못마땅했던 것입니다.
"아니, 어르신, 무슨 말씀을 그렇게 하세요? 봄에 이파리와 꽃의 싹이 나서 여름 내내 따가운 햇살을 받고 비바람을 맞으며 아람을 키웠으면 이제 솜 풍족하고 편안하게 지내야지요. 그런데 그냥 미련 없이 떠나자고요? 제 이파리들을 그렇게 보낼 수는 없어요."
어르신 밤나무는 어린 나무를 내려다보며 빙긋이 웃기만 하더니 또 다시 노래를 부릅니다.

따가운 여름햇살엔 푸른 하늘을 우러르고,
타는 듯 단풍들 때는 아람을 떨궜으니,
기러기 찬 울음소리, 이젠 떠나야 할 때인 것을….

어린 나무는 어이가 없다는 듯 어르신 나무에게 말했습니다.
"그냥 그렇게 바람을 타고 떠나면 어떻게 되는 거예요? 아무 곳에나 내렸다가 그대로 썩어 없어져야 하는 겁니까?"
어르신 밤나무는 대답 대신 또 노래를 합니다.

찬 서리에 얼었다가 해 뜨면 다시 녹고,
한 바람 골짝 휩쓸면 이리저리 날리다가

양지가 아니더라도 앉는 곳이 내 자리지.

어린 나무는 여전히 이해가 안 된다는 듯 언성을 높였습니다.
"지금 떠나면 올 한 해 이 골짜기에서 지낸 추억도 다 사라지겠네요? 아람을 키운 보람도 다 없어지고요? 그냥 저렇게 이 골짝 저 골짝 떠다니는 바람처럼 흔적도 없이 사라지는 겁니까? 이건 너무 억울합니다. 정말로 억울하다고요!"
이때 어디선가 절간의 범종이 뎅뎅 울려왔고 둥지를 찾아가는 산새 한 마리가 호로록 밤나무 숲을 지나갔습니다. 그러자 어르신 나무가 다시 노래를 불렀습니다.

산마루 붉은 해, 둥지 찾는 새 한 마리.
어느 골 낡은 절, 번지는 범종 소리.
추억도 미련이어라, 산 그림자 짙어간다.

그 순간 산마루로부터 한 줄기 세찬 바람이 내리꽂히듯이 불어 골짜기를 휩쓸었습니다. 바닥에 쌓여 있던 어르신 나무의 이파리들과 지금까지 가지에 달려 있던 어린 나무의 이파리들이 함께 바람에 실려 하늘로 날아올랐습니다.
대부분이 이리저리 흩어졌지만 한 무리의 이파리들은 골짜기의 개울을 건너 맞은편 산등성이 너머까지 날려갔다가 바람이 없고 햇볕이 따사한 우묵한 자리에 내려앉았습니다. 그 중에 아직 제법 싱싱하고 넓은 이파리가 숨을 헐떡이며 말했습니다.
"얘들아, 아까 그 어르신 나무가 말씀하셨듯이 이제 우리는 좋든 싫든 나무에서 떠나왔어. 이름처럼 낙엽이 된 거지. 그러니까 우리 앞에 어떤 운명이 기다리는지 우리 모두 바람 부는 대로 함께 가보자. 혹시 가다가 처지거나 떨어지는 이파리는 어쩔 수 없겠지만 말이야."
그러자 다른 낙엽들도 맞장구를 쳤습니다.
"그래, 지금까지는 나무에 달려서 한 곳에만 있었지만 이제부터 이리저리 날아다니면 볼 만한 것도 많지 않겠어?"
우려하는 목소리도 있었습니다.
"그렇기도 하겠지만 우리 이파리는 자꾸 시들어갈 텐데, 그럼 어쩌지?"
싱싱한 낙엽이 말했습니다.
"그거야 어쩔 수 없지, 뭐. 그게 우리의 운명이라면 받아들이는 수밖에. 자, 우선은 밤새 푹 쉬고 보자. 내일도 해는 뜰 테니까."
그날 밤에 날씨가 추워지더니 아침에 눈을 뜬 낙엽들은 모두 하얗게 서리를 쓰고 있었습니다. 그리고 몇몇 이파리들은 벌써 땅에 얼어붙다시피 되어 기운을 잃고 시들어 갔습니다. 해가 중천에 뜨자 서리가 녹았지만 어떤 낙엽들은 바람이 불어도 날아오르지 못하고 기운 없는 목소리로 친구들에게 말했습니다.
"나는 이제 안 되겠어. 결국 여기가 내 마지막 자린가 봐. 너희들이라도 다른 세상을 많이 보기 바랄게. 잘 가."
이제는 날아오른 낙엽도 얼마 되지 않았습니다. 그날 바위에도 앉았다가 다른 나무에도 걸렸다가 하면서 날던 밤나무 낙엽들은 해질 무렵에 어느 골짜기 큰 바위 아래 움푹 파인 양지쪽 구덩이에 내렸습니다. 자그만 회오리바람에 다른 곳에 있던 낙엽들도 함께 몰아와서 구덩이가 가득 찼습니다.
며칠 동안 바람도 안 불고 구름만 잔뜩 끼더니 온 천지가 하얗게 함박눈이 내렸습니다. 구덩이 속에 있던 낙엽들 위에도 한 뼘 정도로 눈이 쌓였습니다. 낙엽들은 깜깜한 구덩이 안이 무섭기도 하고 답답하기도 하여 서로 수군거렸습니다.
"이제 우리는 어떻게 되는 거야?"
"그냥 이렇게 쌓여 있다가 어디로 가는 거지?"
"눈이 이렇게 우리를 덮고 있는데, 가기는 어딜 가겠어?"
이때 제일 나이 많은 밤나무에서 떨어져 나온 낙엽들이 조용한 목소리로 노래를 불렀습니다.

찬 서리에 얼었다가 해 뜨면 다시 녹고,
한 바람 골짝 휩쓸면 이리저리 날리다가
양지가 아니더라도 앉는 곳이 내 자리지.

순간 다른 낙엽들이 모두 숙연해졌습니다. 그리고 그 노래에 귀를 기울였습니다. 그러더니 몇몇 다른 낙엽들도 노래를 불렀습니다.

바람 따라 흘러, 흘러 여기까지 왔는데
눈에 잠시 갇혔다고 무어 그리 두려우랴!
하늘에 해 다시 오르면 또 다른 길이 보일 텐데.

다음 날 날씨가 따뜻해지면서 눈이 조금씩 녹기 시작했습니다. 구덩이가 있는 곳은 양지쪽이라 눈이 더욱 빨리 녹아서 아래에 있던 낙엽들은 점점 젖어갔습니다. 몸이 축축하게 젖은 낙엽들이 투덜거렸습니다.
"이러다간 내 몸이 다 젖겠네. 꼭 물에 빠진 것 같잖아."
밤이 되어 기온이 내려가자 젖은 낙엽들은 꽁꽁 얼어붙었습니다. 그리고 겨울 내내 낙엽들은 얼어붙은 그대로 잠을 잤습니다.

이듬해 봄이 돌아오자 낙엽들을 싸고 있던 얼음이 녹았습니다. 그러나 얼음이 녹았을 때 낙엽들의 몸은 잎맥만 앙상하게 남아 있었습니다. 앙상한 모습들을 보고 서로 측은해 하고 있을 때 구덩이 바닥이 움찔거리면서 연한 연둣빛 싹들이 조금씩 머리를 내밀었습니다. 깜짝 놀란 낙엽들이 물었습니다.

"야, 이게 뭐냐? 어디서 온 거야?"

"그래, 우리 중에 이 싹이 뭔지 아는 낙엽이 있냐?"

"우리가 언제 땅에서 올라오는 싹을 본 적이 있어야지. 우리도 그랬고 우리 나무의 꽃들도 모두 가지에서 싹이 나왔잖아."

그때 귀가 아주 긴 커다란 동물이 낙엽들을 헤치더니 여기저기 있는 싹들을 잘라먹어버렸습니다. 잎맥만 남은 낙엽들을 본 척도 하지 않는 그 동물에게 한 낙엽이 물었습니다.

"금방 당신이 잘라먹은 싹은 무슨 싹이지요?"

"이거? 이거는 밤나무 싹이고 저거는 도토리 싹이잖아. 나 같은 토끼가 제일 좋아하는 게 바로 이런 싹이거든."

그러더니 토끼는 다른 곳으로 깡충 뛰어가 버렸습니다.

뒤에 남은 낙엽들은 놀라기도 하고 궁금해서 서로 물어보았습니다. 도대체 밤이나 도토리의 싹들이 언제 이 땅속에 들어갔고, 어떻게 해서 싹이 나오나 해서 말이지요. 그러나 어느 낙엽도 그걸 알지 못해서 모두들 궁금증만 더해가고 있을 때 구덩이 옆에서 내려다보고 있던 큰 바위가 말했습니다.

"내가 말해 줄까? 음, 너희들 다람쥐나 청설모는 알지?"

"그럼요. 우리 열매를 훔쳐가는 나쁜 동물들이잖아요? 우리가 가지에서 떨어질 때도 그놈들이 열매를 마구 따가고 있었어요."

"그래, 맞았다. 그 다람쥐나 청설모들은 겨울에 먹겠다고 밤이나 도토리를 여기저기 땅속에 묻어놔요. 그런데 하도 여러 군데 묻어두다 보니 나중에 가서는 어디에다 감추었는지 잊어버리는 곳이 많아. 오늘 너희들이 본 싹들도 그런 곳에서 돋아나온 거야."

다람쥐와 청설모는 바보 같은 놈들이라고 낙엽들은 비웃었습니다. 그러자 어느 낙엽이 물었습니다.

"장소는 알겠는데요, 그 싹은 어떻게 해서 나오나요? 그리고 어떻게 커다란 나무가 되지요?"

바위가 대답했습니다.

"아주 좋은 질문을 하는구나. 먼저 밤이나 도토리 껍질 안에 있는 살이 썩으면서 그 영양분의 힘으로 오늘 너희들이 본 싹이 터서 올라오는 거란다. 그러나 그것만 가지고 커다란 나무로 자랄 수는 없지 않겠니? 그럴 때 바로 너희들의 힘이 필요한 거야."

낙엽들은 놀랐습니다. 아니, 우리 같이 말라서 쓸모도 없어 보이는 이파리가 무슨 힘이 있다고? 바위가 놀린다고 생각한 낙엽들이 말했습니다.

"바위 어르신, 놀리지 마세요. 우리가 뭐 가진 게 있다고 힘이 되겠어요?"

"아니야. 놀리는 게 아니란다. 봐라, 너희들이 지난 늦가을에 그 구덩이에 올 때만 해도 잎사귀가 그대로 있었지? 그런데 지금은 잎맥만 남았지? 그럼 나머지는 어디로 갔을까?"

잎맥만 남은 낙엽들은 고개만 갸우뚱거렸습니다.

"글쎄요, 겨우내 얼어 있다가 깨보니까 이렇게 되어 있던데요, 뭐."

"바로 그거야. 잎사귀가 썩어서 땅속으로 들어간 거란다. 잎맥은 굵어서 아직 남았지만 곧 마저 썩어서 땅속으로 들어갈 거야."

"땅속으로 들어가면 어떻게 되는데요?"

"밤이나 도토리가 싹이 틀 때는 뿌리도 같이 뻗어 내리거든. 그 뿌리가 땅속에 있는 물과 영양분을 빨아올려서 싹을 키워 큰 나무가 되게 만드는데……."

그때 한 낙엽이 소리쳤습니다.

"아, 우리가 바로 그 영양분이군요?!"

"그래, 바로 맞췄다. 너희들이 바로 제일 중요한 영양분이란다. 나무에 붙어 있으면 그저 말라비틀어진 이파리에 지나지 않지만 이렇게 땅에 묻히면 새싹을 자라게 하는 영양분이 되는 거지."

잠시 후 잎맥만 남은 낙엽들은 조용히 노래를 부르기 시작했습니다.

아름드리 큰 나무도 싹이 터서 자란 것.
우리는 썩어져도 죽는 것이 아니라네.
목숨이 목숨을 낳으며 영원한 생명 이어가리.

낙엽의 노랫소리가 잦아들 때 한낮의 밝은 해가 온 누리를 따스하게 비추고 있었습니다.

"묵은 솔이 관솔이여!"

저 남쪽 어느 오래된 마을 뒷산에 가면 그 마을에서 가장 유서 깊은 가문에서 제일 유명하신 분을 모신 아주 커다란 묘소가 있어. 그 집안 사람들 말로는 한 이백 년 전쯤에 아주 높은 벼슬을 하셨던 조상님을 모신 곳이라는데, 벼슬도 벼슬이지만 덕망이 더욱 높아서 전국 팔도에 명성이 뜨르르했다더군. 연로하신 후에는 벼슬을 그만 두고 그 마을로 낙향해서 만년을 보내시고 그 자리에 묻히셨대. 지금도 후손들이 명절 때는 물론이고 가끔 고향을 찾을 때는 꼭 그 묘소에 들러 참배를 한대요.

무덤을 쓰면서 후손들은 주위에 빙 둘러 소나무를 심었었어. 나무들은 모두 잘 자랐는데 유독 그 중 한 그루가 어찌된 영문인지 잘 크질 못했다네. 다른 나무들은 쭉쭉 곧게 자라는데 이 나무는 우선 줄기부터 가늘고 좀 옆으로 휘었어. 그래도 다행히 말라죽지는 않았지. 그나마 세월이 흐르면서 이 나무도 커 갔지만 키가 다른 나무들의 반 정도밖에 되지 않았어.

다른 나무들은 이 나무를 '꼬마'라고 부르면서 놀려대곤 했지.
"어이, 꼬마야. 넌 도대체 하늘 높은 줄도 모르냐? 왜 키가 그 모양이야?"
"너나 우리나 똑같은 땅에서 자라는데, 참 이상하다야. 그렇다고 우리가 뭐 네가 먹을 걸 뺏어 먹은 것도 아니잖아."
그렇지만 꼬마 나무는 별로 상관하지 않았어.
"응, 할 수 없지, 뭐. 타고나길 이렇게 타고난 걸 어떡해. 그냥 사는 거지."

그런데 꼬마는 키만 작은 게 아니라 몸도 허약했어. 여름에 태풍이라도 지나가고 나면 잔가지들이 여기저기 부러지고 겨울에 눈이 많이 내리면 그 무게를 이기지 못하고 큰 줄기가 꺾어지기도 했지. 그러다 보니 다른 나무들은 꼿꼿하게 위로 자라서 의젓한 모습을 지녔는데 꼬마는 이리 휘고 저리 뒤틀려서 참 볼품이 없었어.

그렇지만 꼬마는 열심히 땅속 깊이 뿌리를 내리고 있었지. 가지는 부러져도 뿌리만 깊으면 살 수 있다는 것을 알고 있었거든.

물론 다른 소나무들도 똑같이 뿌리를 내렸지. 그리고 여러분도 잘 알아둬. 우리나라 소나무들은 서로 사이좋게 지내려는 친화성이 강해서 뿌리들이 서로 엉켜도 잘 살아간다는 걸. 큰 나무들이 어느 날 자기들끼리 의논을 했어.

"어이, 저 꼬마 말이야. 워낙 허약 체질이라 그냥 놔두면 잘못 돼서 죽을지도 모르니까 우리가 좀 돌봐주자."

"옳은 말이야. 그렇지만 바람이나 눈 때문에 가지가 꺾이고 부러지는 거야 우린들 어떻게 할 도리가 없잖아?"

"그거야 우리도 가지를 마음대로 움직일 수는 없으니 어쩔 수 없지. 하지만 뿌리는 우리가 원하는 대로 움직일 수 있잖아. 그러니까 저 꼬마 나무 뿌리가 잘 뻗어갈 수 있도록 우리가 함께 도와주자고."

그래서 다른 나무들은 꼬마의 뿌리가 깊이 뿌리를 내릴 수 있도록 보살펴 주었어. 물기가 많은 곳을 찾아주기도 하고 돌이나 딱딱한 곳은 피해가도록 알려주기도 했지. 덕분에 꼬마도 사철 소나무의 푸름을 지니기는 했지만 그래도 어릴 때 가지들이 부러지고 줄기가 꺾인 상처는 어쩔 수가 없어서 모양새는 세월이 많이 흘러가도 썩 훌륭하지는 않았지.

시제를 지낼 때나 참배를 하러 온 후손들도 꼬마 나무를 마음에 들어 하지 않았어.

"할아버지, 다른 나무는 다 아주 키가 큰데 저 나무는 왜 저래요? 키도 작고 줄기도 휘고, 영 볼품이 없어요."

"글쎄다. 아마 어릴 때 무슨 병이라도 앓은 게지. 그래도 지금은 싱싱하니 다행이지 뭐냐."

"다른 나무도 많으니 저 꼬마 나무는 베어버리면 어때요?"

"아니다. 조상님 묘소에 심은 나무는 함부로 손을 대는 것이 아니야. 벌써 백 년도 더 넘게 묘소를 지켜온 나문데, 저절로 죽으면 모를까 사람들이 마음대로 없애면 안 되는 법이야."

또 몇 십 년이란 세월이 흘러간 어느 날 그 조상님께 시제를 지내고 음복을 하던 사람들이 근심어린 말투로 이야기를 하고 있었어.

"백부님, 저 일본 사람들이 말하는 대동아전쟁이 어떻게 돌아가는 것 같습니까? 제가 보기에는 뭔가 일본에게 불리한 것 같은데요."

"난들 뭘 자세히 아는 게 있어야지. 저놈들이 말하는 건 언제나 일본군이 이기고 있다는 말 뿐이니 말일세."

"그런데 말이지요, 요즘 하는 짓거리를 보면 아무래도 갈 데까지 간 것 같습니다. 전쟁 물자를 만든다고 놋그릇에 숟가락까지 공출해가는 판이니, 그래 가지고 무슨 전쟁을 할 수 있겠습니까?"

"또 들리는 말로는 소나무도 공출해 간다는군. 목탄차에 화목으로도 쓰고 송진을 짜서 다른 용도로 쓰기도 한다지, 아마."

"그럼 혹시 우리 집안더러도 이 묘소에 있는 소나무를 내놓으라고 하지 않을까요?"

"글쎄 말일세. 그게 바로 내가 염려하는 바라네. 총칼 들이대며 내놓으라면 우리가 무슨 힘으로 버틸 수 있겠는가? 걱정일세, 걱정이야."

정말 얼마 지나지 않아 군용 트럭들이 산 아래까지 오더니 톱과 도끼를 든 군인들이 묘소까지 올라왔어. 문중 사람들도 여럿이 몰려왔으나 총을 든 군인들에게 막혀 저 아래서 올려다보고만 있었지. 그 중에는 땅을 치고 통곡하는 노인들도 있었어. 지휘관처럼 보이는 사람이 묘소 주위를 한 번 둘러보더니 말했어.

"이 정도면 아주 훌륭한 재목감이로군. 어이, 여기 있는 소나무를 몽땅 다 베도록 하라. 아, 그런데 이 꼬마 나무는 놔두도록. 크기도 형편없고 모양새도 그래서 별 쓸모가 없을 것 같으니까. 자, 빨리 시작하도록."

그날 그렇게 훌륭하게 자란 소나무들은 모두 잘려나가고 말았어. 그 넓은 묘소에 꼬마 소나무 한 그루만 달랑 남겨놓고 말이야. 홀로 남은 꼬마는 쓸쓸하고 외로웠지만 달리 어쩔 도리가 없었지. 그냥 참고 견디는 수밖에.

몇 년이 지난 후 묘소에 오는 사람들의 입에서 해방이란 말이 나오더니, 조금 더 지나자 좌익이니 우익이니 하는 말이 들렸어. 얼마 후에는 묘소에 오는 사람들의 발길도 끊어지고 하늘에는 전투기가 날고 여기저기서 포성이 울려 왔지. 묘소를 홀로 지키고 있는 꼬마 소나무야 뭐가 뭔지 알 수가 없었지만 큰일이 났다는 짐작은 했었어.

또 몇 해가 흘러갔어. 모처럼 많은 사람들이 시제를 지내려고 묘소에 몰려왔지. 제사가 끝나고 음복하는 자리에서 종손으로 보이는 사람이 말을 꺼냈어.

"정말 오랜만에 모처럼 집안 어르신들이 이렇게 한 자리에 모이셨습니다. 그래서 이번 기회에 한 가지 제안을 드리고자 합니다. 잘 아시다시피 해방 전에 일본 놈들이 여기 있던 소나무들을 몽따 베어 갔습니다. 그 사이에는 해방이 되고 또 전쟁이 나는 바람에 누구라 할 것 없이 모두 정신이 없었습니다만, 이제 세상도 좀 안정이 되었으니 조상님 묘소도 새로 단장을 해야겠습니다. 그래서 우선 무엇보다도 주위에 나무부터 심어야 하지 않을까 합니다. 어떻게들 생각하시는지요?"

그러자 모두들 당연하다는 듯 찬성을 했지. 비용 문제가 나왔지만 마침 미군을 상대로 장사를 해서 상당히 성공한 사람이 선뜻 거금을 내놓기로 해서 문제는 없었어. 그런데 돈을 내기로 한 사람이 이렇게 제안을 했어.

"제가 알아보니까 미국에도 우리나라 소나무 같은 게 있습디다. 리기다소나무라고 이미 우리나라에도 들어와 있습니다. 이게 우리나라 재래종 소나무와 모양은 비슷하지만 성질은 좀 달라서 자라기도 잘 자랄 뿐더러 곧게 쭉쭉 뻗어 올라가는 게 아주 보기가 좋아요. 이왕 새로 나무를 심어야 한다면 리기다소나무가 좋을 것 같습니다."

외국에서 들어온 나무라고 반대하는 사람도 좀 있었지만 비용을 대겠다는 사람의 말이라 결국 새로 심는 것은 리기다소나무로 결정이 됐어. 그리고 얼마 안 가서 그 묘소는 키가 십 미터쯤 되는 리기다소나무들이 촘촘하게 병풍처럼 둘러싸게 되었지. 원래부터 있던 꼬마 소나무도 그대로 있었고.

세월이 흐르면서 리기다소나무들은 쑥쑥 잘 자라서 키가 훨씬 더 커졌어. 그러다 보니 꼬마 소나무가 더 작아보이게 됐지. 늘씬하게 키가 쭉쭉 뻗은 리기다소나무들은 몸통이 휘고 뒤틀리고 가지가 부러져서 상처투성이인 꼬마 소나무를 점점 업신여기게 되었어.

"야, 저 소나무는 어째 저 모양이냐? 키도 작은 데다 여기저기 옹이만 잔뜩 생겨가지고 말이야."

"글쎄 말이야. 같이 있는 우리가 괜스레 창피하잖아. 그런데 나이는 좀 먹은 것 같지?"

"그래. 언젠가 벌초하러 온 사람들이 그러는데 이 묘소를 만들 때 심었대. 그러니까 거의 이백 년쯤 됐나 봐."

"야, 나이는 정말 많다. 그렇지만 나이만 많으면 뭘 해? 나무면 나무 구실을 제대로 해야지."

꼬마는 리기다소나무들의 말을 들어도 아무 대꾸를 하지 않았어. 그냥 낮에는 햇볕을 즐기면서 바람과 함께 어울리고 밤에는 달빛 아래 별들과 속삭였지.

그런데 리기다소나무들이 조금 이상해지기 시작했어. 날이 갈수록 자꾸 서로 티격태격 거리는 거야.

"어이, 너 말이야. 그 뿌리 좀 다른 데로 뻗을 수 없어? 자꾸 나한테로 오면 어떡해?"

"누가 할 소릴 하고 있는 거야? 네 뿌리가 자꾸 건드려서 내가 짜증이 나는데. 나는 좀 넓게 뿌리를 뻗고 싶단 말이야."

그러자 또 다른 리기다소나무가 말했어.

"아무래도 사람들이 우리를 너무 밭게 심었나 봐. 묘소 주위에 나무가 좀 많아야 아늑해 보이거든. 그렇지만 우리 리기다소나무는 뿌리끼리 닿는 것을 싫어하기 때문에 지금처럼 조밀하게 심으면 좋지 않은데."

"본래 우리는 넓은 땅에서 넉넉한 공간을 가지고 자라야 쭉쭉 잘 자라는데 여기는 역시 땅이 좁아서 그래."

그 말을 들은 꼬마 소나무는 참 이상하다고 생각했어. 우리나라 소나무들은 다른 뿌리들과 오히려 잘 어울려 함께 엉켜서 자라거든.

시간이 지나면서 리기다소나무들 중 몇 그루는 그다지 세지도 않은 바람에 넘어지고 말았어. 뿌리를 뻗을 공간이 부족하다 보니 제대로 깊이 자리를 못 잡아서 그랬던 것 같아.

그 다음 해 여름에 엄청난 태풍이 몰려왔어. 기상대의 발표에 따르면 우리나라 기상 관측 역사상 몇 번째 갈 정도로 센 태풍이었대.
먼저 먹장 같은 하늘에서 양동이로 쏟아 붓는 것처럼 비가 내리더니 곧이어 바람이 미친 듯이 불기 시작했지. 마을에서는 지붕이 뒤집히는가 하면 문짝이 날아가기도 하고 전봇대가 쓰러지고 담장이 무너졌어.
당연히 그 묘소에도 비바람이 몰아쳤지. 약한 가지가 몇 개 부러지기는 했어도 꼬마 소나무는 잘 버텼어. 워낙 이백년 넘게 뿌리를 깊게 내려서 그럴 수가 있었던 거야.
그런데 꼬마가 주위를 둘러보니 리기다소나무들은 말이 아니었어. 원래 우리 소나무처럼 깊이 뿌리를 내리지 못하는 데다 옆으로도 뿌리를 뻗을 여유가 없다 보니 무서운 기세로 불어 닥치는 바람을 견딜 수가 없었던지 한 그루, 한 그루 뿌리가 뽑혀 넘어지더니 결국에는 그 묘소에 꼬마 소나무 혼자만 남게 되었지 뭐야. 그래도 비는 계속 내리고 있었지.
그날 한밤중에 꼬마 소나무는 뿌리를 건드리는 이상한 진동을 느꼈어. 그리고 묘소 뒤쪽으로 한참 올라간 산 중턱쯤에서 무언가 쿵쿵거리는 소리가 들리더니 점점 무슨 커다란 짐승이 울부짖듯 우르릉거리는 거야.
이때에야 꼬마는 산사태가 일어나고 있다는 것을 알았어. 언제인지 기억이 가물가물하지만 옛날 건너편 골짜기에서 산사태가 난 것을 본 적이 있었거든. 꼬마는 마음을 단단히 먹었어. 이제 이 묘소를 지킬 나무는 자기 밖에 없다는 걸 알고 있었으니까. 그래서 깊이 내린 뿌리에 단단히 힘을 준 다음 서로 엉켜있는 다른 뿌리들을 더욱 단단하게 붙잡았지. 이미 오래 전에 잘려나간 소나무들의 뿌리가 아직도 땅속에 남아 있었거든.

다음 날 새벽 동이 틀 무렵 기어코 뒷산 중턱이 무너져 내려오기 시작했어. 물을 잔뜩 머금은 동산만한 흙덩어리가 자기의 무게를 이기지 못한 거야. 산중턱이 삽으로 모래를 퍼내듯 갈라지더니 그대로 밑으로 밀려 왔지. 어지간히 큰 나무도 여지없이 넘어졌고 커다란 바위도 옆으로 밀려나거나 함께 휩쓸려 내렸어.

꼬마 소나무는 두려운 마음으로 산사태가 묘소를 비껴가게 해달라고 속으로 빌었어. 그러나 어느 순간 쏴아 하는 소리와 함께 모래와 흙이 그야말로 폭포처럼 묘소 쪽으로 밀려왔지.

알겠지만 묘소 주위에는 사람들 어깨 높이 정도로 토담을 쌓고 떼를 입혀서 보호하지 않아? 그리고 그 바깥으로 빙 둘러가며 소나무를 심는 거지. 비록 서 있는 나무는 자기 혼자였지만 꼬마 소나무는 있는 힘을 다해서 버텼어.

비록 쓰러지기는 했을망정 다행히 리기다소나무들도 묘소 주위에 그대로 있어서 도움이 됐어. 휩쓸려 가는 바위 덩어리가 밑동을 치는 바람에 허리가 벗겨지고 밀려오는 모래와 흙은 가슴까지 차올라 와서 비바람에 늘어진 가지가 부러지기도 했지만 꼬마 소나무는 잘 견뎠어. 그리고 어느 순간부터 몰려오는 힘이 점점 약해지더니 이윽고 사위가 조용해지는 거야.

꼬마 소나무가 정신을 차리고 둘러보니, 아, 산사태는 끝났고 신기하게도 묘소는 피해를 입지 않고 멀쩡했어. 토담이 몇 군데 조금 무너지기는 했지만 말이야. 꼬마 소나무는 평생 처음으로 나무로서의 보람을 느꼈지. 동쪽 하늘이 훤해지면서 동이 트기 시작했어.

지난밤에 산사태 소리를 들은 터라 틀림없이 묘소가 피해를 입었으리라고 염려가 돼서 낮에 묘소에 올라온 사람들은 멀쩡한 묘소를 보고 무척 놀랐어.

"아니, 당숙 어른, 이게 어찌된 일입니까? 바로 저 등성이에서 저렇게 큰 사태가 곧바로 이리 내려왔는데 묘소가 어찌 이리 멀쩡할 수 있습니까?"

"글쎄 말일세. 조상님의 음덕이 워낙 커서 그렇다고 할 수밖에. 허허, 이 얼마나 다행한 일인가!"

이때 또 다른 한 사람이 큰 소리로 말했지.

"아닐세, 이 사람들아. 잘 보게. 조상님 음덕도 음덕이지만, 가만 둘러보니 이번 사태에 제일 큰 공을 세운 건 바로 저 직은 소나물세. 지게 한가운데 버티고 서서 산사태 기운을 흩었던 거야."

이 말에 들은 사람들이 그 소나무 곁으로 몰려갔어. 전에는 자기들이 눈길도 잘 주지 않았던 나무였는데 새삼스레 고마운 마음으로 살펴보니 몸통 줄기도 여기저기 벗겨지고 찢어져서 성한 데가 별로 없고 가지도 여러 군데 부러지고 휘었는데 그 부러지고 휜 자리에는 딱딱한 옹이들이 박혀 있는 게 아니겠어? 그걸 본 어느 사람이 감탄하듯 말했지.

"야, 옛날 같으면 이 나무가 아주 쓸모 있었겠다. 저녁 잔치마당에 관솔불 밝히기에 딱 좋은데."

한참 젊은 사람이 물었지.

"아저씨, 관솔불이 뭔데요?"

"아, 자네들 젊은 사람들은 그런 거 모르지? 옛날에 전기도 없고 기름마저 귀할 때는 이런 옹이가 있는 소나무 가지에 불을 붙여서 마당 가운데 세워 놓고 일도 하고 잔치도 했지."

그러자 수염이 허연 어른이 말을 받았어.

"그러기에 이 사람아, 옛 말이 틀린 게 없어. 묵은 솔이 관솔이여!"

얼마 후 사람들은 다시 마을로 내려가고 혼자 남은 꼬마 소나무는 아까 그 노인의 말을 떠올리고 있었어.
'묵은 솔이 관솔이여!'

제7부
사랑은 나 자신부터

민들레 꽃씨

따뜻한 오월 어느 날, 양지바른 산등성이에 서 있던 민들레 꽃 대궁에서 하얀 꽃씨들이 바람에 날려 하늘로 날아올랐어.

꽃씨들은 여기저기로 흩어졌지. 어떤 것은 가까운 길가에, 어떤 것은 개울 건너 산등성이에, 또 어떤 것은 냇물에 떨어져 떠내려가다가 그만 고기한테 먹히기도 했고.

그 중 한 개의 꽃씨는 마침 불어온 강풍에 실려 하늘 높이 올라갔어. 그리고는 고개를 넘어 마을을 지나 어디로 가는지도 모르게 멀리 멀리 날아갔지.

"아이, 어지러워. 어디 좀 앉을 데가 없을까?"

날아가다 지친 민들레 꽃씨가 아래를 내려다보니 기다란 기차가 어느 시골 역에 멈춰 서 있는 거야. 꽃씨는 옳다구나 하고 얼른 객차 지붕 위에 살며시 내려앉았지. 그리고는 피곤에 지쳐 그만 스르르 잠이 들고 말았어.

그러다 어느 순간 자기가 바람에 휩싸여 다시 하늘로 날아오르는 것을 느끼며 민들레 꽃씨는 잠에서 깨어났어.

"어, 여기가 어디지?"

눈을 떠서 사방을 둘러보니, 벌써 깜깜한 밤이 되었고 여기저기 전등불이 환하게 사방을 비추고 있는 거야.

"아아, 여기가 도회지라는 곳이로구나. 그런데 도회지는 나 같은 민들레 꽃씨가 뿌리 내릴 곳이 많지 않다고 하던데…… 에이, 뭐, 그래도 나 하나쯤이야 어떻게 되겠지."

꽃씨는 새로 불어온 바람을 타고 다시 날아올랐어.
 민들레 꽃씨들은 아주 오래 전부터 이렇게 바람을 타고 날아가다 적당한 곳이 있으면 뿌리를 내리는 것이 체질화되어 있어서 어떠한 경우에도 당황하거나 절망하지 않았어.
 한참을 날아간 꽃씨는 바람이 머문 곳에 살며시 내려앉았지. 그러나 깜깜한 밤이어서 거기가 어딘지도 모르고 다시 잠이 들었어.

 다음 날, 아침 햇살에 눈을 뜬 꽃씨는 사방을 둘러보았어.
 거기는 꽃씨가 떠나온 산등성이와는 달리 회색빛의 건물들이 여러 채 있었고 그 주위를 높은 담이 둘러싸고 있었는데 그 담 위에는 철조망이 쳐져 있는 것이 아니겠어?
 꽃씨는 자기가 앉아 있는 곳이 어딘가 살펴보았지.
 거기는 한 건물의 2층에 있는 창문이었는데 그 창문 바깥쪽은 굵은 쇠창살이 촘촘하게 박혀 있었어. 민들레 꽃씨는 그 창틀 한 귀퉁이에 끼어 있었던 거야. 다행히 그 귀퉁이에는 흙이 조금 있었고 밤사이에 내린 이슬로 그 흙은 촉촉하게 젖어 있었지.
 "그래, 이 정도면 됐어. 이제 여기에 뿌리를 내리는 거야."
 언제나 낙천적인 민들레 꽃씨는 그 보잘것없는 흙을 파고 들어가 뿌리를 내렸어.
 사실 그곳은 바로 감옥이었고 그 방에는 얼굴이 파리한 젊은이가 한 사람 있었어. 싸느랗고 날카로운 눈을 가진 그 젊은 죄수는 하루 종일 창문 밖을 내다보며 아무 말이 없었어.

 그 다음 해 사월 어느 날, 그날도 그 젊은이는 아침부터 창밖을 내다보다가 문득 창 한 귀퉁이에서 싹을 틔운 민들레를 발견했어. 지루하고 단조로운 회색빛에 지친 젊은이는 모처럼 보는 연한 초록빛의 새싹이 신기하여 한참을 바라보다가 탄식하듯이 말했지.

"아아, 너도 나만큼이나 한심하구나. 어디 갈 곳이 없어서 그래 창틀 틈바귀에 뿌리를 내린단 말이냐…… 흙이라고 겨우 한 줌도 안 되는 곳인데."

뿌리를 내리고 싹을 틔우느라 한눈 팔 겨를이 없던 민들레가 이 말에 화들짝 놀라서 젊은이를 바라보았어. 파리한 얼굴에 덥수룩한 수염, 이제는 지치고 흐린 눈동자의 젊은이는 절망으로 가득 차 있는 것 같아 보였어.

"아저씨, 제가 어때서요? 이만하면 제대로 싹이 텄잖아요."

"그래도 이왕 뿌리를 내릴 거면 넓고 양지바른 곳이 좋잖아? 그래야 뿌리도 깊게 내리고 나중에 꽃씨도 많이 만들고 말이야."

"물론 그렇게 되었으면 더 좋았겠지만, 그래도 이만하기도 쉽지 않아요. 어떤 꽃씨들은 물에 떠내려가서 아예 없어져 버리는 걸요. 그런데 아까 저보고 아저씨만큼이나 한심하다고 하셨는데, 왜 그러셨어요?"

이 말에 젊은이는 자기의 어린 시절을 떠올렸어.

지지리도 가난했던 집, 많은 동생들, 부지런하셨지만 능력이 없었던 아버지, 쫓겨나다시피 옮겨 다니던 셋방살이.

가까스로 들어간 중학교였지만, 2학년 때 몇 개월 치 등록금이 밀리는 바람에 담임선생한테 뺨을 얻어맞고 집에 돌아온 후 다시는 해보지 못한 학교생활.

열여섯 살 때부터 감방을 드나들기 시작하여 십오 년이 지난 지금까지 일곱 번의 감옥살이. 강도, 절도, 폭력 등의 범죄로 제법 크게 신문 지면에 오르내린 이름.

젊은이는 모든 것이 원망스럽고 모든 사람이 저주스러웠지. 세상 모든 것이 불합리하다고 믿었던 거야. 그래서 불합리한 것은 깨뜨려버려야 한다고 생각했지.

젊은이는 자기의 모든 것을 민들레에게 이야기해 주었어. 왜 그런지는 몰라도 민들레에게는 털어놓고 싶었거든.

이야기를 다 듣고 난 민들레가 말했어.

"아저씨의 형편이나 심정은 잘 알겠어요. 그러나 우리 민들레도 비슷하답니다. 아까도 말했지만, 저 같은 민들레 꽃씨 중에는 싹도 틔워보지 못하고 죽는 것이 훨씬 더 많아요. 그리고 저처럼 이렇게 별로 좋지 않은 곳에 내려앉아 뿌리를 내리는 것도 있고요."

"그럼, 넌 그게 억울하지도 않니?"

"아뇨. 어차피 저한테 주어진 환경인데 그걸 원망한다고 뭐 달라질 게 있나요? 당장 벗어날 수 없다면 지금 이 자리에서 최선을 다해 뿌리를 내리는 게 낫지요."

"그렇지만, 주어진 환경에 만족하고 있으면 더 나은 삶을 찾을 수가 없잖아?"

"저희들 민들레는 알아요. 지금 이 자리에서의 삶을 충실하게 살지 않으면 더 나은 삶이 오지 않는다는 것을요. 다시 말해서 누구에게나 지금 이 자리의 삶 외에 더 나은 삶은 없다는 말이지요."

"그래, 네 말대로 네가 지금 그 자리에서 최선을 대해 산다고 하자. 그렇지만 너의 앞날은 너무 빤하지 않니? 그 적은 흙 속에서 뿌리를 내려봤자 얼마나 살겠어?"

"아직 오지도 않은 미래에 대해서 왜 미리 걱정을 하세요? 훗날에 제가 넓은 땅에 뿌리를 내리고 무성한 잎과 꽃을 피우더라도 꼭 행복해진다고 말할 수 있나요? 저는 우선 지금 이 적은 흙에 뿌리를 내린 것만으로도 행복해요."

"그렇지만 말이야, 그렇게 적은 흙에 뿌릴 내린 것으로 만족하고 살면 발전이 없을 텐데…… 뭔가 더 나은 것을 목표로 노력은 해야 할 것 아닌가?"

"맞아요. 뭔가 노력은 해야겠지요. 그러나 미래의 발전을 위한다고 지금 이 자리의 삶을 포기하고, 자기의 운명을 저주하고, 환경을 원망해서는 안 되겠지요. 미래는 아직 오지 않았으니 저는 이 순간 여기의 삶을 충실하게 살려고 노력을 해요. 지금 이 한 순간 한 순간이 모여서 미래가 되는 것이니까요. 모든 것은 생각하기 나름 아니겠어요?"

그날부터 젊은이는 여러 날 동안 감방 구석에 쪼그리고 앉아 민들레의 말을 곰곰이 생각하고 또 생각했어. 그 사이 민들레는 조그맣고 노란 꽃을 한 송이 피웠는데, 얼마 후에는 꽃이 지고 하얀 꽃씨들이 생겼지.

어느 날 아침 모처럼 다시 일어나 창밖을 내다보던 젊은이에게 민들레가 말했어.

"아저씨, 이 꽃씨를 한 번 크게 불어 주세요. 이제는 나한테서 떠나보내야 어디라도 가서 새롭게 뿌리를 내리거든요. 그런데 오늘따라 바람이 불지 않네요."

젊은이는 숨을 깊이 들이마신 뒤 '훅' 하고 크게 내불었어. 하얀 꽃씨들은 아침 해가 환하게 비치는 푸른 하늘을 향하여 춤추듯이 흩어져 날아갔지.

아, 그때 젊은이는 느꼈어.

한 평생 자기 가슴 속에 사무쳐 있던 원망과 저주의 마음이 그 꽃씨들과 함께 저 멀리 날아가 버리는 것을.

소나무와 고령토

어느 야트막한 산 양지바른 곳에 아름다운 소나무 한 그루가 서 있었어. 수십 년을 그 자리에 서서 여름철의 비바람과 겨울철의 눈보라를 묵묵히 견뎌온 소나무였지.

그리고 그 소나무가 뿌리 내리고 있는 땅의 흙은 아주 부드럽고 고운 황색을 띤 고령토였어. 고령토는 언제나 소나무의 뿌리에게 물과 영양분을 주었지. 소나무는 그 덕분에 줄기와 가지가 튼튼하고 잎도 짙푸른 색깔을 띠며 건강하게 자랐고 봄마다 노란 송화 가루를 바람에 실어 여기저기 날려 보냈어.

소나무는 항상 고령토가 고마우면서도 또 한 편으로는 미안하기도 했어.

"얘, 고령토야. 너는 언제나 나에게 이렇게 잘 해주는데 나는 너한테 해줄 게 아무 것도 없어서 미안하구나."

"별 소리를 다하는군 그래. 아, 흙이야 당연히 나무에게 물이나 양분을 주어야지. 그게 흙의 사명인 걸."

"그래도 밤낮 얻어먹기만 하니 아무래도 미안한 마음이 들어서 그러지."

"그런 생각 말고 송화 가루나 여기저기 많이 날려 보내라고. 그래야 이 산 저 산에 솔방울이 많이 맺혀서 소나무가 많이 자랄 거 아냐."

"그래, 알았어. 하지만 나도 언젠가는 너한테 은혜를 갚을 날이 있을 거야."

"쓸 데 없는 생각 말래도 그러네."

그러던 어느 날, 한 무리의 사람들이 바지게에 삽이랑 곡괭이에 톱까지 싣고 산으로 올라 왔어.
바로 그 산 아래 마을에서 도자기를 굽는 사람들이었지. 그 중에 제일 어른으로 보이는 사람이 말했어.
"여보게들. 이번에 나라에서 큰 잔치가 있다고 특별히 좋은 도자기를 구워 올리라는 말씀이 내려왔네. 그러니 우선 좋은 흙은 물론이고 또 좋은 장작감이 될 만한 소나무도 찾아야 하네. 시일이 얼마 없으니 서두르게."
"어르신. 이 산의 고령토와 소나무야 질이 좋기로 소문이 났잖습니까. 찾아보면 쉽게 구할 겁니다"
여기저기를 찾아보던 사람들이 그 소나무와 고령토가 있는 곳에 다다랐을 때 한 젊은 사람이 말했어.
"어르신, 저기 저 소나무가 아주 좋아 보이는데요. 옹이도 별로 없고 굵기나 크기도 저만 하면 딱 알맞은 것 같습니다. 장작으로 쓰면 불길이 곱게 퍼져서 도자기가 열을 고루 받겠습니다. 열을 골고루 받아야 도자기가 금이 가거나 터지지 않지요?"
"허허, 이제 자네도 나무를 볼 줄 아는군. 그래, 저 나무를 얼른 베게나."
그때 다른 젊은이가 말했어.
"어르신, 그런데 여기 고령토도 아주 질이 좋아 보입니다. 색깔도 옅은 황색으로 아주 좋고 입자도 고와서 좋은 그릇이 나오겠는데요."
"잘 보았네. 그래 그 흙도 파가도록 하지."
사람들은 소나무를 톱질하고 고령토를 삽으로 퍼내기 시작했어.

그때 소나무가 고령토에게 말했지.

"고령토야, 난 언젠가는 오늘 같은 날이 올 줄 알고 있었어. 저 아랫마을이 도자기 굽는 마을이라는 걸 오래 전부터 알고 있었거든."

"소나무야, 나도 알고 있었어. 나나 너나 어차피 이렇게 될 운명을 타고 난 게 아니겠니?"

"고령토야, 이제 내가 지금까지 너한테 받았던 은혜를 갚을 날이 온 것 같구나."

"그게 무슨 말이야?"

"사람들이 너를 그릇으로 빚어서 가마에 넣고 불을 땔 때, 내가 그 장작불이 되어서 네가 정말 아름답고 훌륭한 도자기가 되도록 해줄게."

고령토는 아무 말 없이 톱날에 베어져 쓰러지는 소나무를 바라보았어.

사람들은 소나무와 고령토를 지고 내려와서, 소나무는 가마에 넣기 좋게 알맞은 크기의 장작으로 잘라 처마 밑에 쌓아 놓고, 고령토는 물에 푼 다음 체에 걸러 모래나 풀 같은 것을 골라내고 나서 약간 마를 때까지 며칠 간 응달에 두었어.

며칠 후 젊은이들은 고령토를 깨끗하고 넓은 판에 올려놓고 오랫동안 맨발로 짓이겼지. 그래야 고령토의 점성이 높아져서 제대로 된 그릇이 되거든.

드디어 제일 나이가 많은 노인이 고령토를 물레 위에 올려놓고 그릇을 만들기 시작했어. 크고 둥근 항아리, 목이 긴 화병, 아담하게 생긴 단지, 선비들이 쓰는 필통 등 여러 가지 모양의 그릇이 만들어졌지. 형태가 갖추어진 그릇들은 또 다시 그늘에서 며칠을 말린 다음 초벌구이를 하기 위하여 모두 가마에 넣었어.

이제는 장작이 된 소나무는 가마의 아궁이 속으로 들어갈 마음의 준비를 하고 있었지. 그러나 노인이 젊은이들에게 말했어.

"이 장작은 아직 덜 말라서 안 되겠다. 다른 걸 쓰도록 해라."

다른 장작을 써서 초벌구이를 한 그릇들은 열이면 두세 개는 못 쓰게 되어 버렸어.

불이 고르지 않아 그릇이 터져 버린 것이야. 장작이 된 소나무는 그걸 보고 가슴이 아팠지.

장인 노인은 제대로 초벌구이를 마친 그릇 표면에 그림을 그렸어. 새 그림, 꽃 그림, 나비 그림도 있고, 푸른 하늘에 둥실 떠 있는 구름 그림도 있었지. 마지막으로 가장 크고 둥근 항아리를 앞에 둔 노인은 눈을 감고 생각에 잠겼어.

어떤 그림이 이 항아리에 어울릴까 고민하던 노인은 큰 붓을 든 다음 온 정성을 다해 그림을 그렸어.

젊은 도공들은 노인이 가르쳐준 대로 유약을 만들어 그림이 다 그려진 그릇들을 그 유약에 담갔다가 꺼내어 그늘에 말렸지.

사람들은 정성스럽게 그릇들을 다시 가마에 넣었어. 그런 다음 벽돌로 가마의 문을 닫고 진흙으로 남은 틈새를 메웠지.

장인 노인과 젊은이들은 새 옷으로 갈아입고 가마 앞에서 엄숙하게 제사를 지냈어. 모든 그릇들이 터지거나 금이 가지 않고 제대로 구워지기를 소원하는 제사였지.

드디어 노인이 지시했어.

"장작을 가져 오너라."

젊은이들은 그 소나무를 쪼개서 만든 장작을 날라 왔어. 노인이 미리 준비해 두었던 불쏘시개에 불을 붙인 다음 큰 장작개비 몇 개를 그 위에 올려놓고 조금 기다리자 밝고 노란 불꽃이 크게 일어났지. 노인이 뒤로 물러나자 젊은이들은 계속 장작을 아궁이 속으로 밀어 넣었어.

장작이 된 소나무는 몸에서 불꽃이 활활 피어오르자 그릇이 된 고령토에게 외쳤어.

"고령토야, 내가 불을 골고루 보내줄 테니 부디 터지거나 깨지지 말고 좋은 그릇이 되어야 해."

고령토는 점점 뜨거워지는 불길 속에서 소나무의 목소리가 들려오자 큰 소리로 대답했지.

"소나무야, 나는 그래도 그릇으로 다시 태어나지만 너는 이제 다 타고 나면 재가 될 텐데, 안타깝구나."

"아니야. 전에도 말했다시피 이건 나의 운명이니까 이 길로 가야지. 그래도 너를 위해서 내 몸을 태운다고 생각하니 맘이 편해. 인연이 되면 언젠가 다시 만날 날이 있을 거야."

불은 꼬박 사흘 동안 타올랐고, 아궁이에는 하얀 재만 남았어.

불을 끄고도 가마가 식을 때까지 하루를 더 기다린 사람들이 드디어 가마 문을 막은 벽돌을 뜯어내고 안으로 들어가서 조심스럽게 도자기들을 꺼내기 시작했어.

노인이 깜짝 놀라며 말했어.

"어허, 이번에는 터진 그릇이 하나도 없구나. 아주 불길이 잘 잡혔던 모양이야. 우리의 정성이 하늘에 통했던가 보다. 고마울시고."

이때 마지막으로 크고 둥근 도자기를 들고 나온 젊은이가 외쳤어.

"어르신, 이것 좀 보십시오. 정말 훌륭한 그릇입니다."

젊은이가 넘겨준 도자기를 받아든 노인은 숨을 죽인 채 찬찬히 그것을 살펴보았어.

그것은 은은하면서도 흰 광채가 뿜어져 나오는 백자 항아리였어. 그리고 그 항아리 표면에는 커다란 소나무가 한 그루 그려져 있었지. 큰 바위를 뒤로 하고 양지 바른 땅에 굳건하게 뿌리를 내린 소나무였어.
 튼실한 줄기에 난 푸른 가지들은 좌우로 펴져서 항아리 전체를 감싸고 있었고 그 위에는 흰 구름이 흘러가고 있었어. 바로 고령토에게 뿌리 박고 있던 그 소나무의 모습 그대로였지.
 그래서 이제 소나무와 고령토는 영원히 한 몸으로 살아가게 되었던 거야.

상수리나무의 모정(母情)

허허, 오늘은 보아하니 젊은 어머니들께서 많이 오셨네요.
나이로 보아서 벌써 효도관광 오신 것은 아닐 테고, 그럼 누가 계라도 타셨나? 그래 우리 마을에 오셔서 뭐 좀 재미있는 걸 보셨어요? 아니, 이 늙은이 입담이 좋다는 소문을 듣고 들으러 오셨다고? 그거야 뭐 못할 것도 없지요. 나한테는 그게 취미이자 소일거리니까.
그럼 하나 시작해 볼까요?

어느 야트막한 산등성이에 사람들이 흔히들 참나무라고 부르는 상수리나무가 큰 숲을 이루고 있었어요. 참, 이거 하나 상식으로 알아 둬요. 참나무나 도토리나무는 없어요. 우리가 참나무라고 알고 있는 것은 상수리나무, 굴참나무, 갈참나무, 졸참나무, 신갈나무, 떡갈나무 등을 아우르는 말이고, 그 열매를 가리켜 도토리라고 부르지요.
때는 가을이라 그 숲속에는 도토리가 지천으로 떨어졌어요. 도토리 하면 바로 뭐가 생각나시나요? 맞아요. 다람쥐. 다람쥐들은 떼를 지어 다니면서 떨어진 도토리만이 아니라 나무에 달려 있는 도토리마저 훑고 다녔어요.
그 상수리나무 중 한 그루는 이게 불만이었어요. 자기가 애써 여름 내내 키워 놓은 도토리를 다람쥐들이 먹이로 가져가니 그럴 만도 하지요.
그러나 사실은 그게 자연의 섭리 아니겠어요? 다람쥐들이 먹다 남긴 도토리들이 여기저기 흩어지니까 나무의 종자가 퍼지고 숲이 넓어진다 이 말이지요.

그런데도 이런 것까지 알지 못했던 그 상수리나무는 자기 발치에 떨어진 도토리 중에서 튼실한 열매 몇 개를 낙엽으로 살짝 덮어 감추었어요.

그 다음 해 봄이 되어 낙엽 밑에 있던 도토리 중 두 개가 나란히 싹을 틔우자 엄마 상수리나무는 아주 기뻐했지요. 나무도 역시 자기 자식은 사랑스러울 테지요?

엄마 상수리나무는 온갖 정성을 다했어요. 혹시 바람이라도 세게 불어서 새싹들이 부러지지 않을까, 큰 짐승이 지나가다가 밟아 뭉개지나 않을까 전전긍긍하며 잘 돌보았고 그 덕에 새싹들이 처음에는 제법 튼튼하게 자라났지요.

문제는 그 어린 나무들이 어느 정도 큰 후로는 발육 상태가 영 좋지 않았다는 겁니다. 줄기나 가지도 힘이 없고 새로 난 잎사귀들은 밝은 연두색이나 연한 초록색을 띠지 않고 파리한 색깔이었어요.

그럴 수밖에 없는 것이 엄마 그늘에 가려서 햇빛을 제대로 받을 수 없었으니 말이지요. 그래서 하루는 어린 나무들이 엄마 나무에게 말했지요.

"엄마, 우리도 햇빛 좀 받게 우리 머리 위에 있는 엄마 가지를 옆으로 치워 줘."

그러자 엄마 나무가 야단을 쳤어요.

"얘들이 지금 무슨 소리를 하는 거니? 저 여름 햇볕은 많이 쪼이면 안 좋아요. 너무 뜨거워서 잘못하면 너희들 연한 잎사귀들이 말라버린단 말이야. 그래서 내가 일부러 너희들을 보호하려고 가리고 있는 거야. 그리고 햇볕이 바로 쪼이면 너희들 뿌리 근처에 있는 흙이 바싹 말라서 잘못하면 너희들도 말라서 죽을 수가 있어요. 그러니 아무 말 말고 내 그늘 밑에 있어. 다 내가 알아서 해줄 테니까."

어린 나무들은 햇빛이 아쉬워서 키만 빨리 자랐어요.

식물은 다 그래요. 햇빛이 없는 그늘 속에서 자란 식물은 햇빛 쪽으로 뻗어가게 돼 있어요. 그런데 엄마 나무는 그게 기뻤어요. 어린 나무들이 왜 그렇게 키만 크는지는 모르고 그저 빨리 키가 크는 자식들이 대견해 보였던 거지요.

얼마 후에는 태풍이 불면서 비바람이 쳤어요. 어린 나무들은 모처럼 시원한 빗물을 받아먹으려고 했는데 엄마 나무는 자기 가지와 잎으로 어린 나무들을 감싸면서 말했지요.

"얘들아, 요새 빗물에는 더러운 것들이 많이 섞여 있어서 먹어서는 안 돼. 그리고 저 태풍에게 잘못 걸리면 너희들처럼 어린 나무들은 가지가 쉽게 부러져. 그러니 내 품 안에서 얌전하게 있어. 알겠니?"

엄마의 가지와 잎에 싸인 어린 나무들은 숨이 차고 답답했으나 어쩔 도리가 없었지요. 사실 식물이란 가지나 줄기가 바람에 많이 흔들리면 자기를 보호하려고 뿌리를 땅속으로 더 깊이 내려서 더 튼튼해져요. 아마 이 엄마 나무는 그걸 잘 몰랐나 봐요.

가을이 가고 겨울이 왔어요. 엄마나 자식들이나 잎이 다 떨어지고 가지만 앙상하게 남았지요. 그런데 어쩐 일인지 그 겨울에는 눈은 많이 오지 않고 강추위만 몰아쳤어요.

그 다음 해 봄이 되었을 때 어린 나무 두 그루 중 하나는 영영 잎을 틔우지 못했어요. 뿌리가 깊지 못해서 얼어 죽은 것이지요.

엄마 나무는 남은 자식 하나만이라도 제대로 키우겠다고 다짐하고 더욱 더 보호하려고 애를 썼어요. 여전히 햇볕도 바로 쪼이면 안 된다, 빗물은 더러우니 바로 마시지 마라, 그저 내 품안에만 있으면 된다고 야단이었지요.

처음부터 바로 그 상수리나무 옆에서 이 모든 것을 보고 있던 늙은 소나무가 참다못해 말을 했어요.

"이봐, 상수리나무. 자식을 그렇게 키워서 어떻게 하나? 우리 같은 나무들은 한 자리에서 평생을 보내야 하기 때문에 씨앗을 널리 그리고 가급적 멀리 퍼뜨려야 되는 거야. 그래야 자손들이 번성할 것 아닌가? 또 나무들은 햇빛을 많이 받아야 제대로 자라서 열매도 맺고 동물들에게 필요한 산소도 만들 수 있는 것인데, 아무리 자식이라지만 그렇게 품안에 끼고 있으면 어쩌자는 건가? 그건 자식을 살리는 것이 아니라 바로 죽이고 있는 거야."

그러나 엄마 상수리나무는 오히려 화를 내면서 소나무 영감에게 대들었어요.

"아니, 소나무 영감님. 제 자식을 제 맘대로 키우겠다는데 웬 참견이세요?"

"어허, 참. 내 말을 못 알아듣는군. 한 번 자네 자식 몰골을 좀 보게. 키만 벌쭉하게 컸지 허약하지 않은가. 줄기도 가늘고 가지도 제대로 뻗지 않았고 말이야. 잎사귀는 또 어떤가? 색깔도 흐릿한 데다 윤기도 없고, 그래 가지고 어디 제대로 나무 꼴이 되겠나?"

"그래도 제가 끝까지 돌볼 테니 영감님은 영감님 걱정이나 하시지요."

소나무 영감은 더 이상 말을 하지 않았어요. 충고를 받아들이려 하지 않을 때는 무슨 좋은 말을 해도 소용이 없으니까요.

그런데 우리 사람들도 마찬가지 아닐까요?

두 남녀 사이의 사랑은 서로 다가가는 사랑이지만, 부모 자식 간의 사랑은 점점 떨어지는 것이 올바른 사랑 아니겠어요?

자식이 스스로 살아가도록 놓아주고 멀리서 지켜보는 것이 진정한 부모의 사랑이라고 나는 믿어요.

상수리나무 얘기를 더 하자면 이래요.
그해 가을이 되었을 때 한 무리의 사람들이 톱과 도끼를 들고 그 숲으로 올라왔어요. 다름 아닌 숯을 굽는 사람들이었지요. 벌채 허가를 받아서 상수리나무를 베어 가려고 온 것이었지요. 우두머리인 듯한 사람이 적당한 위치에 있는 나무에다가 표시를 하면 젊은 사람들이 톱과 도끼로 그 나무들을 베었어요.
그런데 그만 그 엄마 상수리나무도 거기에 들어갔지 뭡니까.
엄마 나무는 젊은이들이 자기를 베기 시작하자 자기 자신보다는 어린 나무가 더 맘에 걸렸어요. '저 어린 것이 내가 돌보아 주지 않으면 금방 죽을 텐데.' 하면서 울고불고 야단을 쳤지만 사람들이 그걸 알아듣나요, 뭐.
결국 엄마 나무는 밑동만 남긴 채 잘려서 산 아래 숯막으로 실려가 버렸지요.
엄마가 없어지자 어린 나무는 너무나 슬프고 무서웠어요. 우선 무엇보다도 엄마가 서 있던 자리가 텅 비어 있어서 갑자기 아무도 없는 곳에 내팽개쳐진 기분이 들었지요. 게다가 바람이 조금만 세게 불어도 온몸이 덜덜 떨리며 흔들리는 것이 금방이라도 부러질 것 같았어요. 한낮의 햇빛은 너무 더운 것 같았고, 밤하늘의 달이나 별들은 너무 차가워 보였지요.
어린 나무는 며칠 동안이나 훌쩍훌쩍 울면서 엄마를 찾았어요.
그때 옆에 서 있던 그 소나무 영감이 어린 참나무를 위로했어요.
"어린 상수리나무야, 엄마가 없어서 무섭고 힘들겠지만 잘 이겨내야 한다. 너의 엄마에게 일어난 일은 우리와 같은 나무들로서는 어쩔 수 없는 일이란다. 그러니 엄마는 빨리 잊어버리고 너 자신을 잘 가꾸어서 우람하고 멋이 있는 상수리나무가 되도록 해라. 엄마 품 안에 있을 때보다는 힘이 더 들고 어려움도 있겠지만 너 스스로 노력하면 얼마든지 어려움을 헤쳐 나갈 수 있을 거야."

이 말을 들은 어린 상수리나무는 눈물을 닦고 마음을 가다듬었어요. 엄마는 이미 떠나가셨으니 이제는 내 힘으로 살아가야겠다고 스스로 다짐을 하고 자기 주위를 둘러보았어요. 그랬더니 모든 것이 달리 보이는 거예요. 우선 엄마가 서 있던 자리가 텅 비어 보이는 것이 아니라 자기의 가지를 자유롭게 뻗칠 수 있는 공간이 넓어진 것으로 보였지요. 엄마의 가지와 잎에 가려서 잘 보이지 않던 하늘도 환하게 다 보이고 밤하늘의 달과 별들도 새로웠어요. 똑 같은 환경이 마음먹기에 따라 이렇게 달라 보일 수 있는 겁니다.

이제 어린 상수리나무는 햇빛도 얼마든지 즐길 수 있게 되었고, 여름의 장대비나 겨울의 눈보라도 고스란히 받으면서 잘 이겨냈어요. 태풍에 온몸이 심하게 흔들릴 때는 두렵기도 했지만 곧 익숙해졌지요.

그 다음 해 봄에는 힘차게 쭉쭉 뻗은 많은 가지에 윤기 있는 연두색 잎사귀들이 앞 다투어 피어났고 여름에는 여러 새들이 깃들이더니 가을에는 엄청나게 많은 도토리들이 익었지요. 지나가는 바람에 몸을 흔들어 익은 도토리들을 떨어뜨리면서 이제는 어른이 된 상수리나무가 말했어요.

"얘들아, 너희들은 가고 싶은 데로 가서 자유롭게 살아라. 내 곁에 붙어 있을 생각은 하지도 말고. 알았지?"

그래, 오늘 오신 어머니들께서는 어떻게 생각하시나요?
엄마 상수리나무의 모정을?

쌍골죽 이야기

4월이 되니 남도의 대나무 밭에도 봄이 왔어. 언제나 푸름을 잃지 않지만 그래도 지난겨울은 너무 추워서 움츠려 지낼 수밖에 없었던 대나무들이 모처럼 가지들을 펼치면서 부드러운 봄바람에 설렁거렸지.

어느 날, 밤새 봄비가 촉촉하게 내렸어. 산과 들을 적신 봄비는 깊은 골짜기 응달에 남아 있던 잔설마서 다 녹이고, 대나무 밭에도 넉넉하게 내려 겨우내 얼었던 흙을 깨웠지.

며칠 후, 대나무 밭 여기저기의 흙이 조금씩 갈라지면서 뾰족한 죽순들이 고개를 내밀기 시작하더니 얼마 후엔 수많은 죽순들이 키를 재듯이 자라나고 있었어.

그 대나무 밭의 좌장 격인 늙은 왕대는 쑥쑥 커가는 죽순들을 내려다보면서 빙긋이 미소를 짓고 있었지.

'내가 저만 할 때가 언제였지? 벌써 50년이 넘었지? 허허, 나도 이젠 늙을 만큼 늙었군.'

그때 어떤 죽순 하나가 불쑥 늙은 왕대에게 말을 걸었어.

"할아버지께서는 몇 년이나 사셨어요?"

"으응? 허허, 그건 왜 묻느냐? 50년쯤 된다마는……."

"와아, 50년이나요? 그럼 아시는 것도 많겠네요? 보신 것이 많을 테니까요."

"그건 그렇지. 키가 자라면서 점점 멀리 본 것도 많고 또 바람이나 새들이 전해주는 얘기도 많이 들었으니까."

"그럼, 할아버지, 재미있는 옛날 얘기 하나 해주세요."

그러자 주위에 있던 다른 죽순들도 거들고 나섰어.
"그래요. 할아버지, 옛날 얘기 해주세요."
늙은 왕대는 곰곰이 생각하다가 이야기를 시작하였어.

이건 너희들에게도 일어날 수 있는 일이니까 잘 들어라.
그러니까 아주 옛날 나보다 조금 늦게 이 세상 햇빛을 본 죽순이 있었지. 처음에는 그 친구도 지금 너희들처럼 튼실하고 아주 건강했었어. 키도 쑥쑥 크고, 쭉 뻗은 몸매에 윤기가 흐르는 초록빛깔은 거의 청색에 가까울 정도였지.
그런데 언제부턴가 이 친구가 아프기 시작했어. 이유가 뭔지는 몰라. 겉으로 보기에는 그냥 괜찮아 보였는데, 맨 아랫동이 바로 자라지 않고 휘면서 속으로 병이 깊어졌지.
그리고 보통 대나무들은 가지가 나오는 쪽만 몸통에 골이 얕게 패는데, 그 친구는 몸통 양쪽에 아주 깊은 골이 패였어. 그래서 사람들은 그런 대나무를 쌍골죽이라고 부른단다.
이 친구는 병든 자기 몸을 보면서 몹시 절망했어. 하루는 나보고 그러더구나.
"형, 차라리 빨리 죽었으면 좋겠어, 이렇게 고통스럽게 살 바에야."
"어허, 무슨 소릴. 무엇이든 이 세상에 태어난 것은 나름대로 그럴 만하니까 태어난 거네. 풀 한 포기, 벌레 한 마리도 아무 연유 없이 생겨나지는 않는다고."
"도대체 그럼 내가 이렇게 아프게 사는 연유가 뭔데?"
"나도 그 연유가 뭔지는 모르겠어. 그리고 그건 네 문제니까 네가 알아봐야겠지."
그날부터 그 쌍골죽은 홀로 아무 말 없이 생각에 잠겨 지내기 시작했지.

 댓잎에 맺힌 새벽이슬이 아침 햇살에 반짝이다가 스러지는 것도 바라보고, 산등성이에서 몰려 내려와 대숲을 휩쓸고 지나가는 바람에게 몸을 맡겨보기도 했어.

 달 밝은 밤이면 아래 마을에서 들려오는 다듬이 소리에 귀를 기울이는가 하면, 비 온 뒤에 골짜기를 감아 도는 안개구름에게 넋을 빼앗기기도 했지.

 겨울밤에는 어디선가 들려오는 부엉이의 추운 울음소리에 몸을 떨다가, 얼음 같은 하늘에서 차갑게 반짝이는 별들을 쳐다보며 한숨을 쉬기도 했어.

 어느 해 여름이었단다.

 그날은 장대 같은 비가 쏟아지면서 우르릉 쿵쾅 천둥이 울리고 여기저기서 번쩍번쩍 번개가 쳤어. 숲속의 모든 나무들은 혹시 벼락이라도 맞을까 봐 조심들 하고 있었지.

 그러던 어느 순간, 번쩍하는 섬광과 함께 우리 대밭 주위가 대낮보다 더 환해지는가 싶더니 온 천지가 무너지는 것 같은 소리가 들렸어. 바로 우리 대밭 옆에 있던 늙은 대추나무가 벼락을 맞았던 거야. 대추나무 가까이에 있던 내 친구 쌍골죽은 그만 오랫동안 기절을 했었지.

 그런데 기절했다가 그 다음 날 아침 햇살이 돋을 때 깨어난 쌍골죽은 표정이 완전히 바뀌어 있었어. 그전까지 고통스럽고 고민하던 표정이 이제는 밝고 편안한 모습으로 변했던 거야. 그러더니 나에게 그러더구나.

 "형, 이제 나도 어떻게 살아야 할지 알겠어. 그냥 지금 이대로 살면 되는 거야. 싱싱하게 쭉쭉 자라는 대나무도 좋지만, 나 같은 대나무도 있는 게 아니겠어? 이젠 더 이상 나를 괴롭게 생각하지 않고 있는 그대로 받아들일 거야."

그 이후 쌍골죽은 주위의 모든 것을 고마워하며 하루하루를 즐겁게 보냈단다. 더운 여름 날 산들산들 부는 가벼운 바람에도 감격했고, 가끔 날아와서 산 너머 다른 골짜기의 얘기를 전해주는 산비둘기 얘기도 더 이상 귀찮아하지 않고 즐겁게 들었지.

그렇다고 쌍골죽의 병이 나은 것은 아니었어.

오히려 병은 점점 더 깊어져서 한두 해가 더 지나자 옅은 갈색의 검버섯 같은 반점이 여기저기 나타났지. 그리고 보통 대나무와는 달리 속으로 살이 찌면서 나무 두께가 우리보다 훨씬 더 두꺼워졌어. 그래도 이 쌍골죽은 괴로운 내색을 하지 않고 명랑하게 살아갔단다.

왕대가 이야기를 멈추자 죽순들이 떠들어댔어.
"그걸로 끝이에요? 에이, 좀 시시한데요. 그 다음에 그 쌍골죽 아저씨는 어떻게 됐어요?"
"아무렴, 얘기가 거기서 그치면 되겠니? 그 다음에는 말이다…."
왕대 영감은 다시 얘기를 이어갔지.

다음 해 아직도 추운 2월 어느 날, 어떤 늙수그레한 사람이 톱을 들고 우리 대숲으로 다가왔어. 우리 모두는 그 사람이 어느 대나무를 베어 갈까 긴장하고 있었는데, 그 사람은 우리 같은 대나무에는 관심이 없는지 그냥 대숲 여기저기를 샅샅이 찾아다니더구나.

그런데 바로 내 친구 쌍골죽을 본 그 사람이 환하게 웃으면서 말했어.
"아하, 내 평생 이렇게 좋은 쌍골죽은 처음 보네. 굵기도 아주 알맞고, 검버섯 핀 것도 좋고. 살 두께도 그저 그만인 것 같구나."

그러고서는 그 쌍골죽의 맨 밑동을 톱으로 자르더니 밑에서부터 위로 석 자 정도만 남겨 놓고 윗부분을 잘라 버린 다음 마을로 가지고 내려갔어.

다행히 내 키가 아주 컸기 때문에 그 사람이 쌍골죽을 어떻게 하는지 볼 수가 있었지.

집으로 돌아간 그 사람은 그 쌍골죽의 몸통을 가벼운 불에 돌려가며 구워 대나무 기름을 빼고 구부러진 곳을 편 다음 그늘에서 두 달 가량 말리더구나. 그리고는 대나무 속의 마디 막힌 곳을 다 뚫고 소금물을 부어 하루 정도 두었다가 다시 열흘 동안 말렸어. 공을 참 많이도 들이더라.

그 사람은 다음으로 쌍골죽의 몸에 구멍을 여러 개 뚫었어. 그리고 두 번째 큰 구멍에 얇은 갈대청을 붙였지. 갈대청이란 오월에 물이 오른 갈대의 얇은 속껍질을 말하는 거야. 쌍골죽은 아무 말이 없었지만 그 얼굴은 여전히 편안했어.

이윽고 그 사람은 그 쌍골죽을 들어 자기 어깨 위에 올려놓은 다음, 두 손의 손가락으로 작은 구멍들을 막았다 열었다 하면서 취구에 바람을 불어 넣었지. 아, 그때 나는 정말로 기뻐서 몸을 떨며 울었단다.

거기서 울려 나오는 소리는 하늘의 소리이자 땅의 울림이었고, 부드러운 바람결과 유유히 흘러가는 강물의 노래였지. 그리고 갈대청이 찢어질 듯 울리는 소리는 바로 오랜 고통을 이겨 온 내 친구 쌍골죽이 부르는 기쁨의 노래였어.

그 맑고 청아한 가락은 우리 대나무 숲을 지나 산등성이를 넘어 바람을 타고 높이 그리고 멀리 울려 나갔지.

그래서 내 친구 쌍골죽은 이 나라에서 천년을 이어내려 온 대금이라는 악기로 다시 태어났고 그 아름다운 소리로 영원히 살아 있는 거란다.

제8부
믿음이라는 것

땅 따먹기

철수와 돌이는 조그만 시골의 한 동네에서도 같은 골목에 사는 단짝이야. 집도 골목을 사이에 두고 마주보고 있어서 두 집이 다 자기네 집인 양 무시로 드나들곤 했지. 아이들 때문에 두 집의 부모님도 가까운 친척 이상으로 친하게 지냈고.

어느 날 오후에 골목으로 놀러나온 철수와 돌이는 좀 심심했어. 어디로 갔는지 다른 친구들은 하나도 보이지 않고 둘만 있으니 마땅하게 할 만한 놀이가 없었던 거야.

"돌이야, 뭐 재미나는 놀이가 없을까? 심심해 죽겠다."

"나도 그래. 다른 애들은 다 어디로 갔지? 하나도 안 보이네."

"저기 냇가 모래판에 가서 씨름이나 할까?"

"야야, 둘이서 무슨 재미로 씨름을 하냐? 옆에서 응원하는 사람이 있어야지."

"그럼 뭘 해? 좀 생각해 봐."

그때 돌이가 손뼉을 치면서 말했어.

"아, 생각났다. 땅 따먹기 어때? 땅 따먹기 말이야. 저번에 학교 운동장에서 여럿이 했는데 되게 재미있더라. 너도 같이 했었잖아."

"그래, 좋아. 그럼 여기서 하자. 내가 나무 막대기를 주워 올게."

나무 막대기를 주워 온 철수는 골목의 맨땅에 지름이 한 2미터쯤 되는 원을 하나 그렸어. 그리고 나서 철수와 돌이는 조그맣고 납작한 돌을 한 개씩 주워 왔지. 그것으로 놀이 준비는 끝난 거야.

땅 따먹기 놀이는 단순해.

그려진 원의 한 점에서 안쪽으로 자기 한 뼘만큼의 원호를 그려 자기의 기본 땅을 만들어. 그런 다음 그 땅 안에서 자기 돌을 검지로 튕겨서 세 번 만에 그 돌을 다시 자기 땅 안으로 가져오면 그 돌이 지나온 선 안에 있는 땅은 추가로 자기 것이 되는 거야. 물론 그 돌을 세 번 만에 자기 땅으로 못 가져오거나 그 돌이 남의 땅에 들어가면 땅을 먹을 수가 없지. 더 이상 따먹을 땅이 없을 때 서로의 땅을 비교하여 더 넓은 땅을 차지한 사람이 이기는 거지.

먼저 철수가 기본 땅을 만든 다음 돌을 튕겼어. 첫 번째는 한 오십 센티미터쯤 앞으로 나갔지. 두 번째는 왼쪽으로 이십 센티미터쯤 갔어. 이제는 그 돌을 다시 자기 땅으로 넣어야 하는데 철수 눈에는 한 뼘 넓이의 자기 땅이 무척 작아 보이는 거야. 결국 세 번째 튕긴 돌은 너무 세게 쳐서 자기 땅을 지나 바깥으로 나가는 바람에 철수는 땅을 먹을 수가 없었어.

자기 차례가 온 돌이는 너무 욕심을 부리지 않기로 했어. 돌을 한 이십 센티미터쯤 앞으로 보낸 다음 오른쪽으로 또 한 이십 센티미터, 마지막으로 돌을 자기 땅 안으로 무사히 집어넣었지. 땅이 확 넓어진 거야.

처음에는 자기 땅만 넓히면 되니까 서로 문제가 없었지. 철수도 두 번째는 실수하지 않고 자기 땅을 만들었어. 돌이도 열심히 돌을 튕겨서 땅을 넓혀 갔고. 두 아이의 이마에는 땀방울이 송골송골 맺히고 콧물이 흘러서 훌쩍거리면서도 열심히 돌을 튕겼지.

한참 동안 땅을 차지하다 보니 드디어 둘의 땅이 큰 원의 중간쯤에서 마주보게 되었어. 이제 철수의 땅과 돌이의 땅 사이에 남아 있는 공간은 어림잡아서 폭이 약 두 뼘에 길이가 약 여섯 뼘 정도 밖에 없었어.

철수가 돌이의 땅을 가만히 보니 자기 땅보다 약간 넓어 보이는 거라.

'이제 내 차례니까 요번에 남은 땅을 많이 차지해서 꼭 이겨야지.' 하고 철수는 결심했지. 철수는 자기 땅의 가장 좋은 자리에 자기 돌을 앞에 놓고 숨을 가다듬었어. 너무 세게 튕기면 돌이네 땅으로 넘어갈지도 모르기 때문에 조심해서 앞으로 튕겼지. 다행히 돌은 돌이네 땅 조금 못 미친 곳에서 멈추었어. 이번에는 왼쪽으로 돌을 튕겼는데 네 뼘 정도 가서 멈추었어. 이제 이 돌을 자기 원호에 넣으면 이길 것 같은 거야. 남은 땅이 너무 좁아서 다음번에는 돌이가 성공하기 어려울 것 같아서 말이지.

돌이도 긴장했어. 철수가 저 돌을 원호에 튕겨 넣으면 지금 자기 땅보다 좀 더 넓어질 것 같은 거야. 그렇다면 남은 공간을 다 차지해야 땅 넓이가 비슷해지는데, 그게 너무 좁아서 조금만 힘을 주면 실수할지도 몰라. 두 친구 사이에는 보이지 않는 긴장감이 돌기 시작했지.

철수가 드디어 자기 돌을 원호를 향하여 튕겼어. 돌이는 침을 꼴깍 삼켰어. 튕겨진 돌은 맨땅을 미끄러져 가더니 자기 땅의 경계선에서 멈추었어. 가까이 있던 돌이가 얼른 몸을 숙여 돌의 위치를 확인하고 소리쳤지.

"야, 안 들어갔다. 이젠 내 차례야."

철수도 가까이 와서 코를 땅에 대다시피 하며 돌을 확인하고 외쳤어.

"야, 인마. 이게 어떻게 안 들어간 거야? 금에 닿았으니 이건 들어간 거로 치는 거야."

"야, 금에 닿으면 들어간 거라고 누가 말했어? 그리고 그건 금에 닿은 것도 아니잖아?"

하기야 맨 땅에 막대기로 그은 금이니 그 돌이 그 금에 닿았는지 안 닿았는지 어떻게 정확하게 알 수 있겠어? 하지만 철수와 돌이에게는 무엇보다도 중대한 문제였지.

"인마, 네 눈은 사팔뜨기냐? 이게 안 닿은 걸로 보이게?"

"뭐, 사팔뜨기? 내 눈이 작다고 지금 놀리는 거야? 이 자식이!"
"뭐, 이 자식? 이게 정말……."
드디어 둘은 맞붙어 땅에 뒹굴면서 싸우기 시작했어. 온몸이 흙투성이가 된 것은 말할 것도 없고, 철수는 코피가 터지고 돌이는 얼굴에 조그만 상처가 났지. 어쩌다 보니 주위에 아무도 없어서 누가 말려주지도 않아 둘은 한참을 싸웠어. 이제 땅 따먹기는 다 잊어버리고 자존심 싸움이 된 거야.

이때 집안에 계시던 철수 어머니께서 골목을 향해 소리치셨어.
"철수야, 돌이야. 고구마 삶았는데 빨리 와서 먹어라."
한참 멱살을 잡고 힘겨루기를 하던 철수와 돌이는 이 말을 듣자 싸움을 멈추었어. 그리고는 서로 마주 보았지. 고구마라는 말을 들으니 갑자기 배가 고픈 거야. 둘은 누가 먼저랄 것도 없이 철수네 집으로 달려갔어. 골목길에는 막대기 하나와 돌 두 개, 그리고 땅에 그어 놓은 금들이 아이들이 싸우느라고 뒹구는 바람에 군데군데 지워진 채로 어지러이 남아 있었지.

잠시 후 철수 어머니의 혀를 차는 소리가 들렸어.
"에그, 이 녀석들, 또 싸웠구나. 빨리들 씻고 마루로 올라 와라. 고구마 가져올 테니."

가문의 영광

자기 집안의 종손인 그는 여러 날 동안 고민에 싸여 있었어. 이러기도 어렵고 저러기도 쉽지 않은 곤란한 지경에 와 있는 자신의 처지 때문이었지.

그의 집안에는 몇 대를 내려왔는지도 잘 모르는 보물이 있었어. 아주 질이 좋아 보이는 옥으로 만든 동자상인데, 보는 사람들은 저마다 훌륭한 조각품이라고 찬사를 아끼지 않았던 거야. 그의 집안에는 대대로 그 보물에 대해서 전해오는 내력은 이랬어.

어느 때인지는 분명하지 않으나, 아주 먼 조상 중 한 어른이 뜻한 바 있어 신선의 술을 익히고자 태백산인지 금강산인지 어느 깊은 산으로 들어가서 수도에 전념하셨대. 몇 년이 지난 어느 날, 여전히 동굴에서 수도 중이던 그 조상님 앞에 환한 빛이 비치며 머리와 수염이 온통 하얀 신선이 나타나서 이렇게 말하더라나.

"나는 이 산의 신령인데, 네가 수도를 시작하던 때부터 너를 지켜보고 있었느니라."

깜짝 놀란 그 조상님은 무릎을 꿇고 여쭈었지.

"하오면 소인의 도력은 어느 정도나 되는지요?"

"너는 한 인간으로서의 내공은 훌륭하나 현생에서 신선이 되기에는 아직 인연이 없으니 그만 하산하여 너희 가문을 일으키는 것이 더 나을 것이다. 그리고 이것은 내가 너에게 인연의 징표로 주는 것이니 가지고 가도록 하라."

그러면서 옥으로 만든 동자상 하나를 내놓고 사라져 버렸다는 거야.

그 동자상을 가지고 하산하신 그 조상님은 당대에 아주 높은 벼슬을 하셨고 재산도 많이 늘렸으며 자손도 많이 두셨어. 당연히 그 동자상은 그의 집안 대대로 물려 내려왔고, 또 여기저기 소문이 퍼져서, 동자상을 한 번 만지면 온갖 병이 다 낫고 보기만 해도 복이 들어온다고들 하였지. 근래에 와서는 언젠가 어느 유수한 신문에 커다란 기사로 실리기도 하여 전국적으로도 유명해졌어.

그의 집안 일기들도 그저 1년에 한 번 종갓집에 모여 시제를 지낼 때나 그 동자상을 볼 수 있었지. 그러나 그 한 번만으로도 집안 모든 사람들은 자기들 가문과 훌륭한 조상에 대한 긍지와 자부심을 가질 수 있었어.

그 집안사람들은 어떤 일이 잘 되면 당연히 그 동자상의 덕분이라고 믿었고, 어쩌다가 좋지 않은 일이 생기면 자기들이 그 동자상을 소홀하게 대했기 때문이라고 생각하며 행동을 조심하곤 했지. 그러다 보니 그 동자상은 자연스럽게 그 가문 사람들의 정신적인 구심점이 되어 모든 일이 그 동자상과 연결되어 돌아가고 있었던 거야.

집안의 종손인 그는 말할 것도 없이 아주 어릴 때부터 그 동자상의 이야기를 듣고 자랐지. 할아버지나 아버지는 그 훌륭하신 조상님에 대해 그의 귀에 못이 박이도록 이야기했고 그 역시 그 조상님에 대해 아주 강한 자부심을 느껴 기회가 있을 때마다 친구들에게 자랑해 왔지.

서울에서 대학을 나오고 잠시 취직도 했으나 그는 종손의 자리를 지키기 위하여 시골로 다시 내려와 지금까지 십 수 년을 흔들리지 않고 가문을 돌보아왔어.

그런데 얼마 전에 그의 집에서 가까운 대학의 고고학 교수로 있는 고등학교 동창생이 휴가차 고향에 왔다가 그를 찾아왔어. 이런저런 이야기를 나누던 중 그 친구가 물었지.

"아, 참. 자네 집안 대대로 내려온 그 동자상 좀 볼 수 없겠나?"

"그건 왜? 자네도 알다시피 우리 집안에서도 그저 1년에 한 번 정도만 꺼내 본다네."

"그거야 잘 알지만, 내 전공이 전공이니 만치 자네 집안 보물이 얼마나 오래된 건지 호기심이 나서 말이야. 물론 수백 년이 넘었겠지만, 한 번 내가 직접 감정을 해보고 싶네."

"한 번 척 보면 알 수 있단 말인가?"

"아니, 그건 아니고, 우리 학교 연구실에 최신 기기가 들어왔다네. 컴퓨터와 엑스레이를 이용한 장비인데 성능이 아주 우수해서 금방 결과를 알 수 있지."

결국 그 다음 날 그는 그 동자상을 조심스럽게 싸들고 친구 연구실을 찾아갔어. 몇 시간 후 그 교수가 심각한 표정으로 그 친구를 자기 연구실로 부르더니 문을 꼭 닫고 말했어.

"자네 이 동자상에 대해서 얼마나 알고 있나?"

"얼마나 알고 있느냐니? 그저 몇 대째인지는 모르지만 오래 전부터 전해 내려온다는 정도지, 뭐. 왜, 무슨 문제가 있나?"

"우선 감정 결과부터 말해 주겠네. 이 동자상은 기껏해야 100년에서 120년 정도밖에 안 된 것일세. 그리고 재료로 쓴 옥도 질이 아주 떨어지는군. 아마 구한말 경에 중국으로부터 수입된 것 같아."

그는 놀라서 열린 입을 다물 수가 없었어. 친구 교수는 말을 이었어.

"그리고 엑스레이로 찍어봤더니 안에 철심이 박혀 있어. 아마 조각하는 도중에 옥돌이 깨져서 철심으로 접합한 모양이야."

"그럼, 한 마디로 별 가치가 없는 가짜란 말인가?"

"말하자면 그렇다네. 우선 제작연대가 짧은 데다, 깨진 돌을 붙였으니 작품성도 없고 말이야."
"그럼 산신령한테 얻었다는 얘기는…?"
"그건 이 동자상을 구입하신 자네 조상님께서 꾸며내신 것 같은데…."

그날부터 그의 고민이 시작된 거야.
온 문중 사람들이 철석같이 진짜로 믿고 있고, 또 외부에도 많이 알려진 그 동자상이 겨우 100여 년밖에 안 된 가짜라니…….
가짜라고 말하자니 그 후에 닥칠 갖가지 분란을 감당할 자신이 서질 않고, 그냥 그대로 두자니 가짜 보물을 모시고 사는 자신이 한심하기만 했지.
그러던 중, 마침 증조부 기제사 날이 되어 집안 어른들이 모였을 때 그는 그 동자상에 대한 얘기를 꺼냈어. 모두들 한참 동안이나 말이 없기에 그가 다시 말했지.
"어르신들, 이 문제를 어떻게 하면 좋겠는지 말씀 좀 해 보십시오."
그래도 한참 동안 더 침묵을 지키던 어른들 중 가장 연장자가 입을 열었어.
"장조카님 말씀은 잘 들었네. 그리고 그 감정 결과도 틀림없다고 믿네. 그러나 이 물건은 우리 집안의 것이고 우리에게는 물건 이상의 의미가 있다고 보네. 그러니 그 감정 결과에 상관없이, 우리는 지금까지 해 왔던 것처럼 동자상을 우리 가문의 상징으로 지켜나가야 할 것일세."
몇몇 다른 어른들도 고개를 끄덕이는 것을 보며 종손인 그가 다시 말했지.
"어르신 말씀은 잘 알겠습니다만, 가짜는 어디까지나 가짜가 아니겠습니까? 겨우 100년 정도 된 물건을 수백 년 된 진짜로 믿을 수는 없지 않겠습니까. 게다가 속에는 철심도 들어 있어 작품으로서의 가치도 그렇고…….”

"어허, 장조카님, 자꾸 가짜, 가짜 그러지 마시게. 감정은 감정이고 우리 집안의 믿음은 믿음인 게야. 이 믿음이 깨졌을 때 우리 집안이 어떻게 되겠는가? 또 남들은 우리 집안을 어떻게 생각할 것이고…. 그러니 이 얘기는 없었던 걸로 하세.”

"아무리 그래도 진실은 밝혀야…….”

"어허, 무슨 소릴 그렇게 하시는가? 이 보물은 지금 온 세상이 다 알고 있네. 그리고 사람들은 이 보물이 영험하다고 믿고 있어. 그런 데다 대고 이것은 가짜요 하고 선언을 하면 어떻게 되겠는가? 이건 단순한 우리 집안의 문제만이 아닐세. 세상 사람들의 믿음과 연결된 문제란 말일세. 오랫동안 믿어왔던 것이 헛것이라고 할 때 그 사람들의 실망이 얼마나 크겠는가 말이야. 더 이상 이 얘기는 거론하지 마시게. 그리고 모두들 이 사실이 밖으로 새나가지 않도록 말조심 단단히 하시게. 알겠는가?”

그날 밤의 얘기는 이렇게 결론이 나버렸어. 그러나 그의 마음은 도저히 그 결론을 받아들일 수가 없었지. 가짜가 분명한 것을 단지 과거에 진짜라고 믿었으니까 앞으로도 그렇게 믿어야 한다니…… 여러 사람들이 그렇게 믿으니 실망시키지 않기 위해서 계속 진짜인 척하라니…….

몇 달 후 그는 다하지 못한 공부를 하겠다는 핑계를 대고 가족과 함께 서울로 올라왔고, 종갓집 재산을 관리하는 자리는 육촌 형에게 돌아갔어.

"우리 산이 젤 높아!"

옛날 어느 곳에 어마어마하게 높은 산이 있었어.
산꼭대기는 거의 언제나 두꺼운 구름에 싸여 있었고 어쩌다 구름이 벗겨지면 만년설로 덮인 우람한 봉우리가 햇빛을 반사하며 신비한 모습을 드러내곤 했었지. 때때로 꼭대기에 몰린 먹구름 속에서 우르르 쿵쾅 천둥이 울리면 하늘과 땅이 한꺼번에 흔들리는 것 같아서 모든 사람들이 두려움에 떨었어.
그 산은 수많은 낮은 봉우리들을 거느리고 있었고 헤아릴 수 없이 많은 능선들이 부드럽게 또는 험하게 산자락으로 흘러 내려가 평지에 닿아 있었지. 만년설이 녹아서 흘러내려오는 풍성한 물 때문에 산에는 숲이 우거지고 그 숲속에는 수많은 생물들이 살았어.
그러나 그 산은 너무나 크고 넓어서 산의 둘레가 얼마나 되는지 아는 사람이 아무도 없었지.

그 산의 동쪽에 모여 나라를 이루고 사는 사람들은, 해질 녘에 타는 듯이 붉게 물드는 그 산을 신비하게 생각하여 경건하게 숭배했어. 그리고 그 산이 자기 나라의 서쪽에 있었으므로 '서산'이라고 이름을 붙였지.
그 산의 서쪽 나라에 사는 사람들은, 따스한 아침 햇살을 받으며 일터로 나갈 수 있는 것이 다 그 높은 산의 은혜라고 믿고 정성으로 받들었어. 그리고 그 산이 자기들이 볼 때 동쪽에 있었으므로 '동산'이라고 불렀고.
그 산의 남쪽에도 한 나라가 있었는데, 그곳의 사람들은 남쪽이라 날씨는 덥지만 산이 주는 풍성한 혜택을 그 산의 은총이라고 믿으며 살았어. 그리고 그 산이 자기들이 볼 때 북쪽에 있었으므로 '북산'이라고 했지.

역시 그 산의 북쪽에도 사람들의 나라가 있었는데, 북쪽에 있는 자기네 나라가 춥고 눈이 많은 것은 그 산의 만년설이 바로 자기네 조상들의 고향이기 때문이라며 그 산을 높이 기리며 살았고, 그 산의 이름을 '남산'이라고 지었어.

이들 나라가 생긴 지는 무척 오래 되었지만 수백 년 동안 서로 왕래가 없었어. 왜냐하면 각 나라와 나라 사이에는 깊고 넓은 강이 있거나 높고 험한 바위 능선이 가로막고 있었기 때문이었지. 그래서 각 나라 사람들은 자기들 나름대로 그 산에 대한 믿음을 가지고 오랫동안 평화롭게 살아왔어. 강 건너에 누가 사는지도 몰랐고 험한 능선 뒤쪽에 무슨 나라가 있는지 궁금해 하지도 않았지.

그렇게 수많은 세월이 흐른 어느 때, 서쪽나라의 한 용감한 젊은이가 통나무로 만든 뗏목을 타고 깊은 강을 건너서 남쪽나라로 건너갔어. 이 획기적인 사건이 있은 다음부터 서쪽나라와 남쪽나라는 서로 왕래가 활발해졌고, 차츰차츰 이웃하고 있는 다른 나라들 간에도 서로 나들이가 빈번해졌어. 나중에는 더 멀리 있는 나라도 인접한 다른 나라를 거쳐 서로 왕래하기에 이르렀지.

모두들 처음에는 다른 나라의 신기한 풍습이나 새로운 풍광에 놀라기도 하고 감탄도 하였어. 언어도 다르고 기후도 판이하며 사는 모습도 다르니 모든 것이 신기하고 좋았지.

그러나 점점 많은 사람들이 오가면서 섞이다 보니 차츰 생각하지 않았던 문제가 생기기 시작했어. 저 나라 사람이 이 나라에 와서 산다든지, 이 나라 남자와 저 나라 여자가 결혼을 한다든지, 서로 물건을 사고

판다든지 할 때 마땅한 경험도 없고 법규도 없어서 시비가 자주 일어났거든.

그래서 네 나라의 대표들이 동쪽나라에 와서 한 자리에 모이게 되었어. 네 나라가 함께 머리를 맞대고 문제 해결을 위한 좋은 방안을 마련하자는 모임이었지. 사회를 맡은 동쪽나라의 장관이 말문을 열었어.

"먼 길 오시느라고 수고들 많이 하셨습니다. 오랫동안 서로 왕래가 없었던 우리 네 나라가 이제는 서로 협조하여 더 잘 사는 나라를 만들어야 할 때가 되었습니다. 우선 서쪽나라 대표께서 의견을 말씀하시지요."

서쪽나라 대표가 일어섰어.

"여러분, 우리나라의 관습은 이런 큰일을 시작할 때는 먼저 우리나라 사람 모두가 숭배하는 동산에 경배를 드립니다. 그 동산으로 말씀드릴 것 같으면, 이 세상 어느 산보다도 높으시며 어떤 산보다도 거룩하시고 언제나 우리를 보호해 주십니다. 여러분도 저와 같이 이 동산을 생각하시면서 같이 경배를 드리시는 게 어떠하겠습니까?"

이 말을 들은 동쪽나라의 장관이 발끈하면서 말했지.

"무슨 말씀이시오? 이 세상 어느 산보다도 높은 산이 동산이라니요? 얼토당토 아니하오이다. 이 세상에서 가장 높고 거룩한 산은 바로 우리가 섬기는 서산이올시다. 서산보다 높은 산은 있을 수가 없어요. 우리는 그 서산의 따뜻한 품속에서 평화롭게 살고 있습니다."

이때 남쪽나라의 대표가 점잖게 일어서서 거들었어.

"어허, 두 분 다 잘못 알고 계십니다. 우리나라에 가면 북산이라는 거룩한 산이 있는데, 그 높이는 측량할 길이 없고, 정상은 언제나 거룩한 은총의 구름으로 덮여 있으며, 우리에게 베푸시는 그 은혜는 한량이 없습니다. 다소 죄송한 말씀이오나, 동산이나 서산은 우리 북산과는 감히 비교조차 할 수가 없을 것입니다."
 침묵을 지키고 있던 북쪽나라의 대표가 갑자기 우레 같은 소리를 질렀지.
 "듣자 하니 너무 불경한 말씀들만 하십니다. 이제는 여러분도 우리나라에 와보셔서 아시다시피 우리 북쪽나라는 춥고 눈이 많이 옵니다. 이게 왜 그렇겠습니까? 우리가 섬기는 남산이 바로 우리 조상님들의 고향이기 때문입니다. 그 남산은 언제나 성스러운 흰 눈으로 덮여 있으며 천둥이 칠 때는 온 천지가 흔들립니다. 저희가 무언가 잘못을 저질렀기 때문이지요. 그래서 우리는 남산이 노하시지 않게 항상 조심하며 섬기기를 게을리 하지 않습니다. 두말할 것도 없이 이 세상에서 제일 높고 거룩한 산은 바로 우리의 남산입니다."
 결국 이날의 모임에서는 자기가 섬기는 산이 제일 높다고 삿대질을 하며 입씨름만 벌이다가 모두들 얼굴을 붉힌 채 자기 나라로 돌아가 버리고 말았지.

 서쪽나라 대표는 자기 나라로 돌아오자마자 군대를 이끌고 새로 개척한 바닷길을 따라 동쪽나라로 쳐들어갔어. 자기들의 거룩한 동산을 모욕한 책임을 묻겠다는 것이었어.
 동쪽나라도 서산을 헐뜯은 서쪽나라를 용서할 수 없다며 모든 군사를 동원해 대항하는 바람에 두 나라의 수많은 병사들이 목숨을 잃었지.
 잇따라 남쪽나라와 북쪽나라도 싸움에 휘말려서 네 나라 사이에 죽고 죽이는 전쟁이 끝없이 이어졌고, 각 나라 사람들은 서로 원수가 되어 버렸어.
 이런 싸움을 오래 지켜보던 각 나라의 지혜로운 노인들이 자기 나라의 지도자들에게 말했어.

"여보게들, 한 번 곰곰이 생각을 해보시게. 이웃하고 있는 우리 네 나라는 모두 저 높은 산의 산자락에 터를 잡고 있지 않는가? 그리고 이 나라들은 저 높은 산을 중심으로 하여 서로 붙어 있네. 이것이 무얼 말하는 것이겠나? 바로 우리가 섬기는 높은 산은 이름만 다를 뿐 같은 산인 것이야. 그런데도 이렇게 피를 흘리면서 싸워야 되겠는가? 여보게들, 이성을 찾게나. 정신을 좀 차리란 말일세."

그러나 이제는 자기들이 섬기는 산이 더 거룩한지 덜 신성한지 보다도 상대방과의 싸움에서 질 수 없다는 생각에만 사로잡히게 된 사람들은, 노인들의 이런 말을 귀담아 듣기는커녕 오히려 자기네 나라의 거룩한 산을 모독했다는 죄목을 씌워 그 노인들을 죽여 버리고 말았어.

그러고는 우리의 거룩한 산을 모독하는 원수를 쳐부수자고 나라 사람들을 선동하여 계속 전쟁터로 내보냈지.

그리하여 아직도 그 높은 산 아래에서 어깨를 맞대고 사는 네 나라에는, 원수를 물리칠 힘과 은총을 달라고 그 거룩한 산에게 기도를 마친 병사들이 줄지어 싸움터로 나가고 있다더군.

검은 소

　옛날 깊은 산속에 조그마한 마을이 하나 있었어.
　그저 한 사오십 호 정도에 모두 해야 이백 명도 채 안 되는 사람들이 살았지. 이 마을은 워낙 깊은 산속에 있어서 가장 가까운 마을도 험한 고갯길을 두 개나 넘어가야 할 정도였어. 생업이라고는 산비탈에 밭을 일구어 곡식을 심었고 산으로 들어가서 산나물이나 약초를 뜯어서 내다파는 것이 고작이었지.
　어느 날 이 산골 마을에 커다란 검은 소 한 마리가 나타났어.
　떡 벌어진 어깨에 탄력 있어 보이는 다리하며 초승달처럼 안으로 휜 두 뿔이 아주 멋진 황소였지.
　그런데 이 마을에는 옛날부터 전해 내려오는 전설이 있었는데, 언젠가 검은 소가 나타나서 이 마을을 아주 부유하고 살기 좋은 곳으로 만들어 준다는 것이었대.
　그래서 마을 사람들은 전설이 드디어 이루어졌다고 좋아하며 잔치를 벌였지. 그러고는 그 소를 새로 만든 우리에 잘 모셔 놓고 집집마다 돌아가며 쇠죽이나 여물을 정성스럽게 바쳤어.
　곧 그 소가 무슨 영험을 나타내서 모두 잘 살게 될 것이라고 믿은 마을 사람들은 농사도 지을 생각을 하지 않고 산에 가서 나물이나 약초도 캐지 않았지.
　그런데 그해 겨울은 눈이 엄청나게 내렸어.
　그렇잖아도 그 소가 나타난 이후 생업을 게을리 해서 갈무리해 둔 것이 얼마 없던 터라 눈 때문에 꼼짝 못 하게 된 마을 사람들은 곧 굶주림에 시달리게 되었지.

　이 사태를 알게 된 촌장이 마을의 어른들을 불러 마땅한 대책을 찾아보기로 했어.

　"어르신들, 눈이 많이 와서 불편할 텐데 이렇게들 와주셔서 감사합니다. 아시다시피 올 겨울에는 눈이 너무 많이 오는 바람에 마을 사람들이 식량을 구할 길이 없어 불편을 겪고 있습니다. 어떻게 하면 이 사태를 해결할 수 있을지 어르신들의 좋은 의견을 듣고자 합니다."

　그러자 평소에 검은 소의 전설을 믿지 않던 서당 훈장이 말했지.

　"검은 소가 나타나면 우리 마을이 부유해진다는 것은 말도 안 되는 얘깁니다. 소라는 동물은 그저 사람들이 농사일에 부리기 위해 있는 것인데 저렇게 모셔놓고 사람들은 일도 제대로 하지 않으니 지금 우리가 이 꼴이 된 것 아닙니까? 그러니 그 소를 잡아서 마을 사람들에게 골고루 나누어 주어서 그것으로 이 겨울을 넘기게 하고 내년 봄부터는 더욱 열심히 농사를 짓고 약초를 캐야 합니다."

　이 말을 들은 이 마을의 박수무당이 펄쩍 뛰었어.

　"아니, 무슨 그런 불경스런 말씀을 하십니까? 저 소는 신령한 소예요. 그런 신령한 소를 죽이면 이 마을 모두가 벌을 받습니다. 검은 소가 나타날 것이라는 전설이 그대로 맞아 떨어졌지 않습니까? 그러니 식량문제는 달리 방도를 찾아봐야 합니다."

　훈장은 강하게 반박했지.

　"검은 소가 나타난 것은 우연의 일치일 뿐입니다. 도대체 그 소가 나타난 이후로 이 마을에 잘 된 것이 뭡니까? 오히려 사람들이 게을러지기만 했지 않습니까? 그러니까 그 소를 잡아서 두 가지 문제를 한꺼번에 해결해야 합니다. 하나는 올 겨울을 굶지 않고 넘기는 일이고, 또 하나는 사람들이 요행을 바라지 않고 열심히 일하게 하는 것입니다."

결국 오랫동안 토론을 거듭한 끝에 촌장은 소를 잡기로 결정을 하였어. 그리하여 고기는 마을 사람들에게 나누어 주고 가죽은 말려서 마을 공회당에 걸어두었지. 마을 사람들이 그 소의 은공을 잊지 않도록 말이야.

틀림없이 검은 소의 혼령이 이 마을 사람들에게 벌을 내리리라고 믿어 의심하지 않았던 박수무당은 그날부터 공회당에 살다시피 하며 검은 소가죽을 정성껏 섬기기 시작했어.

그러자 그 전설을 신봉하던 몇몇 사람들도 덩달아 그 앞에서 기도를 하고 제사를 지내기도 했지.

박수무당은 자기를 따르는 사람들에게 말했어.

"잘 들으시오. 우리의 검은 소님께서는 곧 다시 소생하셔서 자기를 죽인 사람들을 벌하고 믿는 사람들은 영원한 복락의 나라로 인도하실 것이오. 그러니 우리는 결코 우리의 믿음을 버려서는 안 될 것입니다. 검은 소님께서 다시 오실 때까지 우리는 우리의 모든 정성을 기울여 그분을 섬겨야 합니다."

그러던 어느 날, 눈 쌓인 겨울 산에 토끼 사냥을 나갔던 훈장이 실족하는 바람에 크게 다치는 불상사가 생겼어. 박수무당은 훈장이 다치게 된 것은 분명히 검은 소의 벌을 받은 것이라고 주장했고 많은 마을 사람들이 그 말을 믿게 되었지.

세월이 더 흐르자 모든 마을 사람들이 그 검은 소가죽을 신처럼 떠받들고 모셨어.

급기야 박수무당은 사람들을 모아놓고 말했지.

"여러분, 우리의 신인 이 검은 소님을 우리만 모시고 믿어서야 어디될 말입니까? 이처럼 신령하신 검은 소님을 다른 마을 사람들에게도 알려서 같이 믿도록 해야 합니다. 그러니 이제 우리 가운데 믿음이 강한 몇 분들이 여기저기 이 마을 저 마을 다니면서 우리 검은 소님의 신령함을 알리도록 하십시오. 자, 어서 떠나십시오. 검은 소님의 신령한 영혼이 여러분과 함께 할 것입니다."

그때 한 용감한 젊은이가 손을 들고 말했어.

"박수 어른께서는 분명히 말씀하시기를, 검은 소님께서 곧 다시 소생하셔서 그분을 믿는 우리를 영원한 복락으로 이끌어 주신다고 하셨는데, 벌써 꽤 오랜 세월이 흘렀는데 왜 검은 소님께서 오시지 않나요?"

박수무당은 화를 내며 말했지.

"어허, 그 무슨 불경스런 말을 하는 건가? 신령한 검은 소님의 뜻을 우리 같은 천한 인간들이 어찌 쉽게 알 수 있겠나? 우리는 그저 그분께서 다시 오신다는 것만을 철석같이 믿고 기다리기만 하면 되는 것일세. 절대로 의심을 하면 안 되네."

박수무당의 서슬에 거기에 대해서는 아무도 더 이상 말을 하지 못했어.

그러자 다른 사람이 말했어.

"박수 어른, 전혀 우리 검은 소님을 알지 못하는 사람들에게 신령함을 알리려면 무언가 눈에 보이는 것이 있어야 하지 않겠습니까? 그렇다고 저 신령한 가죽을 모시고 갈 수는 없으니 그림 재주가 있는 분께서 저 검은 소님의 그림을 여러 장 그려주시면 그것을 사람들에게 보여주며 신령함을 알리도록 하겠습니다."

특별히 선발된 몇몇 사람들이 검은 소의 그림을 들고 이웃한 여러 마을을 찾아갔지만 원체 서로 간에 왕래가 없었던 터라 찾아간 사람과 마을 사람들 사이에 충돌이 많았어.

그것도 그럴 것이 어떤 마을은 흰 말을 섬기고 있었고, 어느 곳에는 푸른 독수리를 거룩한 존재로 여기고 있었으니 말이야.

그래서 당연히 처음에는 다른 마을 사람들이 검은 소의 신령함을 받아들이지 않았지.
 "여보시오. 우리 마을은 오랜 옛날부터 흰 말을 섬기고 있소이다. 우리 흰 말님이야말로 아주 옛날 우리 마을이 처음 여기에 자리 잡을 때 우리 선조들을 이리로 인도하셨고 농사짓는 방법을 가르쳐 주셨다 이 말이오. 그러니 그 검은 소님은 다른 곳에나 가서 알아보시오."
 "우리 선조님들은 저 높은 하늘에서 푸른 독수리를 타고 이 마을에 내려 오셨다고 하오. 그러니 이보다 신성한 신은 없어요. 그 검은 소를 가지고 우리 푸른 독수리님과 비교하면 부정 탑니다. 빨리 이 마을에서 나가시오."
 그러나 검은 소를 섬기는 사람들은 산을 타며 다져진 몸이라 힘이 장사였기 때문에 처음에는 말로 사람들을 설득하다가 제대로 말발이 먹혀들지 않으면 우격다짐으로 나갔지.
 "이거 보시오. 정 이렇게 우리 검은 소님을 믿지 않겠다면 한 번 힘내기를 합시다. 더 강한 신이 밀어주는 사람이 더 힘이 셀 게 아니오."
 대개의 경우 이렇게 힘겨루기로 결판이 났지만, 우격다짐으로도 말을 듣지 않는 사람들에게는 산에서 캐온 산삼이나 희귀한 약초로 아픈 사람들을 치료하여 결국에는 많은 인근 마을들도 자기들이 믿어오던 신을 버리고 종이에 그려진 검은 소를 믿게 되었어.
 특히 젊은 사람들은 자기들이 믿던 누런 소나 흰 말은 미신이고 산삼이나 약초를 갖다 주는 산사람들이 믿는 검은 소가 진정한 신이라고 굳게 믿었지.

 세월이 지나 그 젊은이들이 마을을 이끌어가게 되자 그 중의 우두머리가 제안을 했어.
 "우리가 저 산사람들 덕분에 검은 소님을 믿게 된 지도 이만하면 꽤 오래 되었네. 그러니 이제 우리도 아직 검은 소님을 믿지 않는 마을로 사람들을 보내어 검은 소님을 전파하는 것이 도리일 것일세. 어떻게들 생각하는가?"

다른 사람이 얼른 대꾸했지.

"나는 사실 너무 늦었다고 생각하네. 그리고 이제 우리가 검은 소님을 전파할 때는 미적지근하게 할 것이 아니라 화끈하게 해야 할 것이야. 다시 말해서 우리 검은 소님을 받아들이지 않는 놈들은 그 자리에서 처형해 버려야 돼. 우리의 검은 소님이야말로 이 세상에서 오직 한 분이신 신이니까 말일세. 다른 것들은 다 미신이고 가치가 없는 것들이야."

다들 이 말에 찬성한 것은 아니었지만 워낙 분위기가 험해서 나른 사람들은 입을 다물고 있었어. 찬성하는 사람들은 마을 제단에 고이 모셔 두었던 검은 소의 그림을 모사했어.

오랜 세월에 빛이 바래고 종이가 많이 삭아서 처음에 그렸던 소의 형상이 뚜렷하지 않았지만 사람들은 자기들의 기억과 상상을 동원하여 검은 소의 모습을 그렸지.

그런데 그 그림은 살아 있을 때의 모습과는 전혀 딴 판이었어. 실물보다 훨씬 더 길게 그려진 두 뿔에서는 번개가 번쩍이고 있었고, 핏발이 선 두 눈은 싸늘한 빛을 뿜고 있었지. 다리에는 두 갈래로 갈라진 발굽 대신 날카로운 발톱이 달려 있어서 사람들에게 순종하는 순한 소의 모습은 어디에도 보이지 않았어.

전혀 엉뚱한 검은 소의 그림을 들고 전파하러 나선 사람들은 다짜고짜 이웃 마을로 쳐들어가서 싸움을 걸었어. 검은 소든 흰 소든 아무 상관없이 평화롭게 살아가던 사람들은 이유도 모른 채 칼이나 창에 찔려 죽었고 몇몇 살아남은 사람들은 뭐가 뭔지도 모른 채 억지로 검은 소를 신으로 믿게 되었지.

그리고 세월이 흘러 싸움의 상처가 기억에서 지워지자 그 사람들은 전보다 더 무시무시하고 소름이 끼치는 검은 소의 그림을 그려서 자기들이 거룩하다고 믿는 산의 동굴 벽에 걸어놓고 언젠가는 그 검은 소가 다시 오리라고 믿으며 밤낮으로 경배하고 기도를 드렸던 거야.

아직도 그 지방에 가보면 많은 사람들이 어느 누구도 본 적이 없는 그 검은 소가 다시 이 세상에 나타나리라고 믿으며 그날을 애타게 기다리고 있다고 하는군.

책을 집필하고, 만들고, 읽는 사람들이 함께 모여 협동조합을 만들었습니다. 부지런히 한마음 한 뜻이 되기 위해 노력하면서 새로운 책 문화를 만들어 나갈 수 있도록 해보겠습니다. 한 번 조합원으로 가입하시면 가입 이후 modoobooks(모두북스)에서 출간하는 모든 책을 평생 동안 무료로 받아 볼수 있습니다.

***조합가입비** (1구좌)500,000원
***조 합 계 좌** 농협 355-0048-9797-13 모두출판협동조합
***조합연락처** 전화02)2237-3316 팩스 02)2237-3389
　　　　　　　이메일 modoobooks17@naver.com
　　　　　　　공식카페 http://cafe.naver.com/modoobooks17

조합원

강석주 강성진 강제원 권유 김욱환 김원배 김의수 김정응 김철주 김헌식 김효태 도경재 박성득 박상명 박정래 박주현 박지홍 박진호 서용기 성낙준 송태효 심인보 오원선 유영래 이재욱 이정윤 임민수 임병선 정병길 정은상 채성숙 채승기 채한일 최중태 허정균 현기대 홍성기 황우상

협동조합출판사

모두출판협동조합에서 운영하는 modoobooks(모두북스)에서는 무해유익(無害有益)하여 세상에 널리 도움이 될 수 있는 내용이라면 어떤 책이든 펴낼 만한 가치가 있다고 생각합니다. 소량 다품종의 원칙으로 꾸준히 발간하되 저작권자의 요청, 개정판의 발간 등 특별한 경우를 제외하면 책이 절판되지 않도록 관리해 나갈 예정입니다.

\<modoo\>

- **modo01** 음악가 내 친구들
  성악가 채승기의 음악가 이야기
- **modo02** 4차 산업혁명
  도경재의 미래 준비 길라잡이
- **modo03** 타나토스가 숨어 있는 그림
  권유 전작 장편소설
- **modo04** 시절인연
  강계원의 4부작 휴먼 스토리
- **modo05** 바람도 길이 있다
  유영래의 한걸음으로 누린 백두대간
- **modo06** 왜 반야심경인가
  김윤재의 재가불자의 생활수행
- **modo07** 납갑서법
  주역6효로 자신의 미래 스스로 점쳐보기
- **modo08** 정치, 생필품
  장미대선과 한국정치의 미래
- **modo09** 꽃과 詩
  시련에서 피어난 우정의 기록
- **modo10** 코끼리, 장님 바라보기
  구산 박정래의 20년 에세이
- **modo11** 창직이 답이다
  정은상, 4차 산업혁명 시대의 결론
- **modo12** 마라도부터 백두산까지
  정병길의 모바일스케치
- **modo13** 북두칠성 브랜딩
  김정웅의 '나를 가치있게 만드는 기술'

\<modoostory\>

- **01** 디케의 진실
  김원배 전작장편소설
- **02** 영웅으로 사는 세상
  송노만 장편현장소설
- **03** 뱁새가 황새는 왜 따라가?
  황우상의 어른을 위한 동화
- **04** 아마존에 이는 바람
  황우상의 장편환경소설

\<modoostart\>

- **01** 인연
  늦깍기 작가들의 발랄한 도전